hanser**blau**

Jasmina Amin

ROTE NÄCHTE

hanserblau

1. Auflage 2019

ISBN 978-3-446-26447-2

Umschlag: Zero Werbeagentur, München
Motiv: © PixxWerk® unter Verwendung von Shutterstock.com
Satz: Satz für Satz, Wangen im Allgäu
Druck und Bindung: Friedrich Pustet, Regensburg
Printed in Germany

FSC
www.fsc.org
MIX
Papier aus verantwortungsvollen Quellen
FSC® C014889

ROTE NÄCHTE

FRISCHFLEISCH

Mein Name ist Jasmina.

»Mein Goldschatz, ich habe dich so genannt, weil du die Blume der Reinheit und Schönheit sein wirst«, hat meine Mutter immer gesagt. Momentan habe ich aber echt Zweifel, ob das so ein Wahnsinnstreffer war. Ich bin zwar ein sehr romantischer Mensch. Ich habe lange an die wahre Liebe geglaubt, von einem Haus auf dem Land geträumt, einem anständigen, gutaussehenden Ehemann und zwei wundervollen Kindern. Aber mein Leben entwickelt sich gerade in eine völlig andere Richtung. Im Moment folge ich allein meiner Neugier. Ob das klug ist? Vielleicht nicht, aber letztlich können alle Bedenken dieser Welt nichts ausrichten gegen dieses kribbelige Gefühl der Spannung.

Micha, der von meinen Gedanken nichts ahnt, hat die Sitzheizung angemacht. Zum Glück fährt er mich. Nicht nur, weil es in der Stadt arschkalt ist. Alleine hätte ich mich nie zu diesem Vorstellungsgespräch getraut. Der Job passt eigentlich überhaupt nicht zu mir. Ich stamme aus einer muslimischen Familie, jetzt nicht hardcore, aber Schweinefleisch und Alkohol sind absolut tabu, meine Eltern halten Ramadan ein, und im Wohnzimmer liegt ein Gebetsteppich. Meine Eltern sind Araber. Sie wollten immer, dass ich es mal besser habe als sie und etwas Ordentliches studiere. Und jetzt das: ein Job im Edelpuff! In der sündigen Großstadt!

»Jasmina, schäm dich, denk doch an deine Ehre! So wird dich

keiner mehr wollen!«, würde meine Mutter sagen und entgeistert den Kopf schütteln. Mein Vater würde ausrasten. Der wäre imstande, mich hinter dem Tresen hervor zu zerren, ins Flugzeug zu setzen und zu der strengsten Araber-Tante zu verfrachten, die er in seiner weitläufigen Verwandtschaft auftreiben könnte.

Micha parkt seinen weißen Mercedes direkt vor dem Eingang. Noch nichts los hier. Es ist kurz nach sechs. Um sieben macht der Club Nuit auf. Das Haus ist riesig. Ein riesiger, megaprotziger Altbau. Fünf Stockwerke. Die Fenster sind noch dunkel. Ich frage mich, ob all die vielen Zimmer in der Nacht voller williger Frauenkörper sind.

»Komm, die legen dich nicht gleich in Ketten«, sagt Micha und lächelt mir aufmunternd zu. Seit er mich neulich im Club ohnmächtig und blutend ins Hinterzimmer getragen hat, sind wir so was wie Freunde geworden. Was merkwürdig genug ist. Micha ist ein Kumpel von meinem total eifersüchtigen Freund. Ein Boxkumpel. Wenn Torben wüsste, dass ich Micha treffe, würde er durchdrehen. Weil er mich so sehr liebt, behauptet er zumindest immer. Torben dreht immer durch, wenn andere Männer mich ansprechen. Genau wie neulich in diesem Club. Beim Tanzen hat sich so ein vollgekokster Typ an mich rangemacht. Der hat erst gar nicht geblickt, dass ich mit Torben da bin. »Hau ab und lass meine Freundin in Ruhe!«, hat Torben gebrüllt. Der Typ hat ihn ausgelacht und seinen Arm um meine Taille gelegt. Ich habe versucht, mich rauszuwinden, aber der Typ hatte eine Wahnsinnskraft, und der hat sich richtig festgekrallt. Da hat Torben ihm so eine geballert, dass ich fast mit umgefallen wäre. »Hau ab! Verpiss dich!« Ein Riesengeschrei. Ich hasse so was.

Dann kam die Security. Micha arbeitet da als Türsteher, und zwei andere. Zu dritt haben sie Torben festgehalten, weil der so einen Krawall gemacht hat. Aber den Kokser haben sie losgelassen, diese Idioten. Der war sofort wieder bei mir und hat mir seine Fresse ins Gesicht gedrückt. Ich hab noch versucht, meine Hand zwischen meinen Mund und seinen zu schieben. Dann kam dieser irre Schmerz. Ich hätte nie gedacht, dass ein Mensch so fest zubeißen kann. Mein Schrei hat offenbar das Elektrogewummer übertönt. Micha war sofort da, hat den Typen mit seinen Bärenarmen von mir weggepflückt. Ab da kann ich mich an nichts mehr erinnern. Nur noch, dass Torben ganz bleichgesichtig und erschrocken über Michas Schulter geguckt hat. Dann war ich weg.

Als ich später auf der Sani-Liege im Hinterzimmer aufgewacht bin, hat Micha sich erstmal bei mir entschuldigt.

»Jasmina, die Scheißhaare von dem Typen hingen dem voll ins Gesicht. Ich konnte echt nicht sehen, dass der deine Hand noch zwischen den Zähnen hat. Ich musste den Kiefer erst auseinanderdrücken. Tut mir so leid!«

»Danke, da kannst du ja nichts für.« Unter dem dicken Verband puckerte meine Hand übel.

Dann hat Micha mich ins Krankenhaus gefahren und ist die ganze Zeit bei mir geblieben.

Von Torben kam nur eine WhatsApp voller Emojis. »Sorry Baby, fahre heute doch zu mir. Kann echt kein Blut sehen. Krass, wie dem Typ der rote Sabber runtergelaufen ist. See u, love u 4ever!!!«

Micha hat mir noch Antibiotika aus der Nachtapotheke besorgt und mich heimgefahren. Eine Woche später habe ich ihn zum Dank zum Essen eingeladen, und wir haben uns ganz nett unterhalten. Seitdem tut er so, als wäre er mein großer Bruder und müsse mich beschützen. Micha arbeitet schon seit Jahren als Türsteher, auch in Rotlicht-Bars. Weil er mit den Leuten im Nachtleben viel besser klarkommt als früher mit seinem Chef im Autohaus und weil die Kohle stimmt. Beim Essen hat er mir auch von dem Job in diesem Edel-Nachtclub erzählt. Da würde ich auch gut verdienen, und zwar so richtig, richtig gut. »Over the top, verstehste?« Und er hat mir versprochen, dass niemand davon erfährt. Vor allem nicht Torben.

Der Eingang von dem Club ist kein Altbauportal, sondern ganz neu. Die Tür ist aus richtig dickem Glas, bestimmt Sicherheitsglas, der Name prangt darauf mit goldener Schrift und Schnörkeln. Sieht ein bisschen altertümlich aus, aber auch edel. Wir passieren die zwei Türsteher, die Micha wie alte Freunde grüßt, gehen durch einen Flur über einen dunkelroten Teppich in die Bar. Alles ist eingerichtet wie in einem Luxushotel. Elegant und teuer, schwere Möbel, Seidentapete.

Ich brauche einen Moment, bis sich meine Augen an das Halbdunkel gewöhnt haben. Der Raum ist riesig, der Tresen am hinteren Ende ist schwarz und glänzend und geht über die ganze Breite des Raumes. Auf einem nackten goldenen Frauenkörper aus Metall balancieren die Regale. In Glaskästen, die von hinten rot beleuchtet sind, stehen unglaublich viele Gläser, vor allem Champagnerkelche, daneben ein paar Flaschen. Das ist ein Puff? Ich finde es richtig schön hier. Die Sofas sind mit dunkelrotem Samt bezogen. Alles klingt gedämpft, weil überall dicke Teppiche liegen. Die schweren Vorhänge vor den Fenstern sind zugezogen. Das ganze Ambiente ist total stilvoll, irgendwie verschwindet der ganze Großstadtdreck sofort, wenn man erst mal hier drinnen ist.

Zwei Frauen sitzen an der Bar und scannen Micha und mich mit Blicken. Das sind bestimmt die Prostituierten, die hier arbeiten. Weiter hinten auf einem tiefen Sofa sitzen noch drei und quatschen, sieht aus wie gute Freundinnen im Café. Da stupst die eine ihre Nachbarin mit dem Ellenbogen an, und jetzt starren alle rüber. Zu mir, nicht zu Micha. Klar. Die riechen die Konkurrenz. Ich kann spüren, wie ihre Blicke wandern. Über meinen Pulli, meine Jeans, runter zu den Sneakers. Eine dunkle Schöne im Abendkleid zieht ihre perfekt geschwungene Augenbraue hoch.

Ich hatte keine Gelegenheit, mich noch umzuziehen. Micha hat mich direkt von der Uni abgeholt.

»Ist schon okay. Kannst ganz lässig gehen, das ist dem Chef wurscht, solange du am Abend gut aussiehst.«

Mir nur recht, in Jeans und Pulli fühle ich mich wohl, da werde ich auf der Straße nicht dauernd angemacht. Außerdem hätte Fabienne sofort gefragt, was ich vorhabe, wenn ich mich aufgestylt hätte.

Fabienne kenne ich vom Studium. Wir haben uns im ersten Auslandssemester in Lissabon getroffen. Fabienne sieht immer fabulous aus und ist zu jeder Gelegenheit passend angezogen. An der Uni trägt sie Sakkos, niemals Pullover. Sie hat einen ganzen Schrank voll, und alle sitzen perfekt. Ich sehe mit Sakko aus wie ein grauer Schuhkarton auf Stelzen, Fabienne wie ein Model. Sie ist außerdem wahnsinnig nett, hat abartig reiche Eltern und schreibt Supernoten. Ich bin wirklich froh, dass Fabienne meine Freundin ist, weil es an der Uni sonst gar nicht auszuhalten wäre, aber manchmal hasse ich sie für all ihre Perfektion. Sie findet sogar Öff-Recht interessant. Und ich weiß nicht mal, ob ich das Studium noch bis zum Ende durchhalte. Jeden Tag Gesetze und Fälle und politische Hintergründe und stundenlang vorm Computer sitzen. Mein Vater meint ja, mit Jura ist man auf der sicheren Seite, gut bezahlte Jobs, gesellschaftliche Elite und so. Also studiere ich das jetzt seit vier Jahren. Was hätte ich sonst auch machen sollen? Bestimmt nicht in die Heizungsfirma meines Vaters einsteigen, was mein bequemer Bruder gemacht hat. Aber weil ich jetzt schon im achten Semester bin und die letzten Klausuren verkackt habe, hat mir mein Vater die monatliche Unterstützung gekürzt.

»Du musst endlich lernen, Verantwortung für dein Leben zu übernehmen, Jasmina! Such dir einen Job!«, hat er gesagt und mich ganz streng angeschaut. Und dann kam wieder die ganze Leier mit »Ich musste bei null anfangen und habe mich hochgearbeitet, dabei wollte mich hier in Deutschland keiner haben. Ihr sollt es besser haben, streng dich mehr an, nur weil deine Kommilitonen keine Werte mehr kennen ...«.

Deswegen warte ich nun hier darauf, dass der Chef zur Fleischbeschau kommt, und muss die Eisblicke von fünf Nutten aushalten.

Ich probiere es mit einem freundlichen Lächeln. Die drei auf dem Sofa verziehen keine Miene. Nur die Dunkle zieht wieder ihre eine Augenbraue hoch. Von denen hat offensichtlich keine auf mich gewartet. Alle Frauen hier sind wunderschön. Die eine an der Bar sieht aus wie Kate Moss mit platinblondem Bob. Sie hat ein langes Abendkleid an, das ihre perfekten Schultern betont. Sie sieht überhaupt nicht so aus, wie ich mir eine Prostituierte vorgestellt habe. Entweder kommt sie gerade vom Friseur, oder sie hat sich die Haare selbst so elegant geföhnt. Betont ihren edel geschwungenen Nacken. Die Arme sind sanft trainiert, und ihr Dekolleté wirkt natürlich. Ich schaue nochmal genau hin. Da ist ganz sicher kein Silikon verbaut.

Die andere daneben hat seidige dunkle Haare, die ihr fast bis zum Po reichen, und riesige Brüste. Sieht irgendwie griechisch aus oder vielleicht italienisch. Die würde ich auch gut finden, wenn ich ein Mann wäre. So ein sinnlicher Typ, aber nicht billig. Perfekt lackierte Fingernägel, echte, weil sie kurz sind. Die Italogriechin lächelt mich ganz kurz an, dann friert ihr Gesicht wieder ein.

Meine Vorstellung von den Frauen war so anders, das ist mir fast peinlich. Ich habe mir Solariumbräune und Kunstnägel und gemachte Brüste vorgestellt.

Hinter der Bar kreuzt eine Frau auf, die Champagnerkühler poliert. Sie trägt eine schwarze Hose und eine Corsage. Mit so einem Outfit könnte ich auch leben. Minikleid und Strapse scheinen hier nicht zur Arbeitsuniform zu gehören.

Ein braungebrannter Typ tritt durch eine Tür neben der Bar. Das muss der Chef sein. Er trägt ein türkis-goldenes Versace-Hemd, das er ziemlich weit aufgeknöpft hat. Seine Rolex ist mit Brillis verziert, und die blonden Haare sind garantiert gefärbt. Der ist bestimmt schon über fünfzig, aber wegen seines Paradiesvogel-Styles kann ich es schwer einschätzen.

»Micha, Alter, was läuft bei dir? Ist das deine kleine Freundin?« Er klatscht seine Pranke auf Michas Schulter und guckt einmal an mir rauf und wieder runter. Jeans und Pulli! Meine Wangen glühen.

»Ich bin der Andi«, sagt er und streckt mir die Hand hin.

»Jasmina. Freut mich.« Ich setze mich auf den Barhocker, den er mir anbietet. Ungefragt stellt die Corsagen-Frau Bier und Wasser für Micha und mich hin.

»Haste schon mal im Nachtclub gearbeitet?«, fragt Andi.

»Äh, nicht direkt, aber ich kann es mir gut vorstellen«, sage ich. »Ich mag Menschen. Und ich habe bis vor Kurzem in einer Cocktailbar gejobbt.« Bis die Frau des Besitzers zu eifersüchtig wurde und ihn dazu gebracht hat, mich rauszuschmeißen, die blöde Kuh.

Der Chef hört gar nicht groß hin. Der schaut nur.

»Sag mal, sprichst du zufällig Spanisch? Oder Portugiesisch?«

»Ja, ich habe ein Jahr in Lissabon studiert«, antworte ich höflich. Spanisch habe ich auch ganz passabel gelernt, aber das unterschlage ich jetzt mal.

»In Lissabon!« Jetzt sehe ich so was wie echtes Interesse bei Andi.

Ich nicke. Der Bordellchef grinst.

»Na gut, dann versuchen wir's mal. Nächste Woche geht die Fruchtmesse los, da kommen haufenweise Südamerikaner. Aber wehe, du verarscht mich mit deinem Portugiesisch!«

»Nein, keine Sorge, eu falo português fluente! Não tem problema.«

Die Sprache kriege ich schon hin. Aber den Rest? Wer weiß, ob der mich nicht sowieso gleich wieder rauswirft, weil ich vom Rotlichtmilieu einfach keine Ahnung habe? Vielleicht sage ich lieber, dass ich doch nicht kann, weil ich noch eine Hausarbeit schreiben muss. Andi scheint zu riechen, dass ich einen Rückzieher machen will. Er schaut mich misstrauisch an.

»Oder hat dein Freund was dagegen, wenn du hier anfängst? So ein hübsches Mädel wie du hat doch ganz sicher einen Freund.«

Was soll ich sagen, ich bin zwar seit fast einem Jahr mit Torben zusammen, aber er weiß ja nicht mal, dass ich heute hier bin. Er würde sofort eine Riesenszene machen. Wie neulich im Club. Der Kokser wäre vielleicht gar nicht so aggressiv geworden, wenn Torben sich nicht so aufgeführt hätte. Aber das kann ich doch nicht dem Chef erzählen, sonst denkt der, Torben kommt jede Nacht vorbei und macht Krawall. Das braucht ja kein Mensch. Ich schaue kurz zu Micha, aber der verzieht keine Miene.

»Der findet das in Ordnung, solange ich nur an der Bar arbeite.« Jetzt weiß der Chef auch, dass ich nicht als Prostituierte zur Verfügung stehe. Torben muss ich gerade sowieso nichts erklären, der ist seit einer Woche in Thailand auf einer Backpacker-Tour. Erst mal rausfinden, ob ich hier überhaupt arbeiten will, vorher muss ich ihm die Sache mit dem Puff gar nicht erst erzählen.

Micha grinst.

Mein neuer Chef nickt bloß. »Jetzt brauchst du nur noch einen Namen.«

»Einen Namen?« Wollen die mir hier etwa so einen Pornonamen geben? Yvette oder Gina oder Candy?

Andi schaut wieder, als könnte er meine Gedanken lesen. »Macht nichts, wenn dir kein Name einfällt. Wir denken uns was Nettes für dich aus. Komm nächste Woche rein, und wir probieren es mal miteinander. Sei pünktlich um 18 Uhr hier, alles Weitere dann an dem Abend.« Er schaut Micha an. »Mit Geld und so erklärst du ihr. Wir machen es wie immer.«

Micha nickt und trinkt sein Bier aus. Unter den kühlen Blicken der schönen Frauen gehen wir zum Ausgang.

»Was meint er damit?«

»Hundertfünfzig bekommst du als festen Lohn für die Nacht. Dazu kriegst du von jedem Euro Umsatz, den du machst, deine Prozente. Und vor allem geben die Freier ohne Ende Trinkgeld! Je besser du dich anstellst, umso mehr Kohle ist für dich drin.« Micha grinst. »Und weißte was? Du wirst hier richtig Geld rausholen, Jasmina. Das hab ich im Urin!«

Vier Tage später trete ich meine erste Schicht im Club an. Ich bin meganervös. Und ich habe ein total schlechtes Gewissen. Wegen meinen Eltern. Aber ich muss Geld verdienen. Außerdem bin ich wirklich neugierig auf dieses Nachtleben, von dem mir Micha schon so viel erzählt hat. Ich habe mir genau überlegt, was ich anziehe. Es soll elegant aussehen, aber nicht zu sexy. Also trage ich eine schwarze Hose, hohe Schuhe und ein schwarzes, schlichtes, enges Oberteil, die Haare ganz sleek hochgesteckt, dazu Kirschlippen und Glitzer-Eyeliner.

»Na, da ist ja meine Julia!«, ruft der Chef. Ich sehe ihm an, dass mein Look ihm gefällt.

»Jasmina«, korrigiere ich. Kann ja mal passieren, dass der meinen Namen vergisst.

»Weiß ich doch, Schätzchen. Aber hier bist du ab jetzt Julia. Gefällt dir das?«

Ach so. »Klar, passt. Kann ich mir gut merken, wegen J am Anfang und A am Ende. Schöner Name.« Und zum Glück ein ganz normaler Name und damit gleichzeitig ein bisschen Anonymität.

Am Tresen steht die Frau von neulich. »Julia, das ist die Maria. Die zeigt dir alles. Wo sind eigentlich die anderen Weiber?«

»Küche«, sagt Maria und deutet mit dem Kopf irgendwo nach hinten ins Halbdunkle.

»Komm mal mit«, sagt der Chef und schiebt mich vor sich her. »Dann lernste gleich die Mädels kennen!«

In der Küche sitzen drei Frauen in Abendkleidern an einem hellen Holztisch. Kate Moss, die Halbgriechin und eine, die ich noch nicht kenne. Die Halbgriechin und die Unbekannte tippen auf ihren Handys und schauen nicht mal hoch, als ich mit dem Chef reinkomme. Kate Moss zieht schlürfend an einem grünen Smoothie und blättert in der neuesten *Vogue*. Sieht total gemütlich aus in dieser kleinen Puffküche. Es kommt fast so was wie WG-Feeling auf. In einer Ecke steht ein Kühlschrank, daneben eine Mikrowelle und obendrauf ein nagelneuer Smoothie-Mixer.

»Handys weg, ihr bescheuerten Weiber, wenn ich mit euch rede!«

Die Frauen seufzen wie genervte Teenies und schauen gelangweilt zu uns rüber.

»Mädels, das hier ist Julia, die macht jetzt mit Maria die Bar!«

»Hallo.« Ich lächle einfach mal in die Runde. Keine reagiert. Andi seufzt.

Maria kommt in die Küche. »Los, komm mal her.« Sie zeigt mir einen Raum, in dem wir unsere Sachen in Spinde einschließen können. Wenigstens *redet* Maria mit mir, das ist schon mal wesentlich angenehmer als die stummen Prostituierten mit den seelenlosen Gesichtern.

»Musst gut auf deinen Kram achten wegen der Rumäninnen.«

»Alles klar.« Ob eine von den Schönen, die ich beim letzten Mal hier gesehen habe, wohl Rumänin ist?

Maria nimmt mich wieder mit nach vorne und zeigt mir den Kühlschrank für die Champagnerflaschen. Sie wedelt mit einer laminierten Preisliste. »Der Moët kostet zweihundertzwanzig, der Roederer vierhundert und der Dom Pérignon sechshundertneunzig. Sieh zu, dass die Gäste immer gleich eine ganze Flasche nehmen, verstanden?«

Ich gucke mir die Liste genauer an, beeindruckende Preise. Wer zahlt für eine Flasche Champagner fast siebenhundert Euro? Siebenhundert! So viel kostet meine kleine Wohnung. Schon klar, dass es hier exquisit und teuer ist, aber der Preis für den Dom Pérignon ist der Hammer. Bei der nächsten Gelegenheit muss ich unbedingt den Chef fragen, wie viel Prozente ich pro Flasche kriege.

Maria erklärt mir das Kreditkartengerät. Bargeld nehmen wir auch, aber die meisten Gäste zahlen wohl per Karte. Während ich versuche, mir die Funktionsweise des Kartenlesers einzuprägen, kassiert Maria bei einem Typen im Anzug ab, der mit weltmännischem Gehabe zwei Frauen, ein Zimmer mit Pool und eine Flasche Dom Pérignon ordert und von Maria auf Zimmer Zwölf geschickt wird.

»So, das war das Wichtigste. Schaffste jetzt erstmal alleine, oder? Ich geh mal zu den anderen, wir essen zusammen. Hmm! Lecker Avocado-Salat mit Chia-Samen. Du hast eh nichts dabei, was?« Die will mich bestimmt neidisch machen mit ihrer übertriebenen Schwärmerei.

Ich schüttele den Kopf. Essen habe ich natürlich keins mitgebracht. Wusste ja nicht mal, dass es eine Küche gibt.

»Und lass dich bloß nicht am Handy erwischen, bei Neuen kassiert der Chef sofort Strafgeld.«

»Strafgeld?«

»Zwanzig Euro, wenn du das erste Mal erwischt wirst. Fünfzig, wenn ein Gast warten muss, weil du am Handy bist. Wenn du deine Schuhe ausziehst, zwanzig Euro. Wenn du die Bar nicht sauberhältst, noch mal zwanzig.« Dann zwitschert sie ab in die Küche. Mann, ist die arrogant!

Zum Glück ist der Laden noch leer. Ich wische den Tresen und bin froh, dass ich so schlau war, zu Hause noch Nudeln zu essen.

Der Chef ist irgendwohin verschwunden.

Vom Eingang her kommen zwei Frauen. Der reinste Showauftritt. Die langen Haare fliegen, wunderschöne Mäntel wehen. Die eine trägt sogar Pelz. Und beide Frauen wedeln demonstrativ mit ihren Louis-Vuitton-Täschchen. Das eine Modell kenne ich, weil Fabienne das auch hat. Ist ganz aktuell, kostet fast zweitausend Euro. Ich muss mich richtig zwingen, nicht zu starren. Die sind Nutten! Was verdienen die hier, dass die sich so was leisten können?

Hinter den Frauen latscht ein Mann herein. Ach du Scheiße.

Jetzt muss ich performen. Kann ja nicht so schwer sein, Jasmina. Gekellnert hast du doch schon, reiß dich zusammen. Auf keinen Fall will ich jetzt wie ein Baby zu Maria dackeln und um Hilfe bitten.

Die Frauen gehen nach hinten und kommen kurz darauf ohne Taschen und Mäntel wieder, um sich anmutig auf den dunkelroten Samtsofas niederzulassen.

Der Mann setzt sich auf einen Hocker direkt vor mich an an den Tresen und schaut mich von den Augenbrauen bis zur Taille an, als hätte er eine Bodyscanner-Brille. Ekelhaft. Ich bin doch kein Stück Obst, das man daraufhin abcheckt, ob es faulige Stellen hat. Außerdem ist der Typ wirklich unattraktiv mit seinem hängenden blassrosa Fleischkinn. Zum Glück trennt uns die Bar. Der Tresen ist wie eine Mauer, die den Freier auf Abstand hält.

»Bist du neu hier, schöne Frau?«, fragt der dicke Mann und starrt auf meine Brüste. Der saugt sich mit seinen Augen regelrecht an mir fest und fängt fast an zu sabbern.

»Nö, ich bin aus Hamburg zum Aushelfen rübergekommen.« Niemals, niemals zugeben, dass man neu ist. Das geht immer nach hinten los. Das habe ich spätestens bei meinem zweiten Kellner-Job gelernt. »Was trinkst du?«

»Mach mir mal ein Bier«, sagt das Fleischkinn.

Ein Bier! Das geht ja gut los. Ein Pils kostet nur zwölf Euro.

»Ich bin der Waldemar.« Er grinst mich an und hält mir seine Hand hin. Sie ist warm, ein bisschen feucht und schlapp. Ich lasse sie schnell wieder los.

»Freut mich, Julia.« Geht mir ganz leicht über die Lippen, mein neuer Künstlername.

»Stell doch mal eine schöne Musik an, Julia. Was ist das denn für eine traurige Veranstaltung heute!« Waldemar schaut mich vorwurfsvoll an.

Ich fühle mich sofort ertappt. Stimmt, Musik fehlt. Neben der Kasse liegt ein iPad, das hat Maria mir vorhin auch gezeigt. Ich scrolle durch die Playlists und bin total ratlos.

»Nimm Elvis, ich liebe Elvis!«

Es gibt tatsächlich eine Liste »Elvis for Waldi«. Wahnsinn, der kommt offenbar so oft her, dass er schon seine eigene Playlist hat.

»It's now or never …« Der dicke Mann vor dem Tresen singt laut und nicht sehr melodisch mit. Dann winkt er mich zu sich heran. »Magst du Elvis, Dschuuulia? Hat seine Armeezeit in meiner Geburtsstadt abgeleistet. Bad Nauheim. Wusstest du, dass er da Karate gelernt hat? Mit mir zusammen! Auf der besten Karateschule. Da war ich als junger Kerl auch. In derselben Karateschule wie Elvis, Dschulia, wie Elvis. Beim besten Lehrer von ganz Deutschland. Ein Pionier war das, der Hans-Joachim vom Karate-Center, ein echter Pionier!«

Ich nicke, lächle und heuchele Interesse: Ah, oh, echt? Was für ein furchtbar nerviger Typ. Der wiederholt sich dauernd und übertreibt vermutlich schamlos. Außerdem interessiert mich Karate nicht und Elvis auch nur mäßig. Waldemar labert einfach weiter und wechselt ins Englische. »I'm an english teacher, Dschuuuulia, if you want to practise – my pleasure.«

Soll das eine zweideutige Anspielung sein? Wenn der sich auf Englisch unterhalten will, bitte. Kein Problem. Ich habe mein Abi in England im Internat gemacht, das fand mein Vater wichtig, wenn's um Bildung und Karriere geht, ist er ganz modern. Aber Waldemar hört sowieso lieber sich selbst reden. Hat einen schrecklichen deutschen Akzent, der angeblich so tolle Englischlehrer. Er quatscht und quatscht. Dabei ist er gerade mal beim zweiten Bier.

»Sag mal, was läuft denn hier?«

Ich zucke vor Schreck zusammen, als Maria mir von hinten ins Ohr zischt. Meine gesamte höfliche Aufmerksamkeit ist auf Waldemar gerichtet.

»Waldemar, du alter Charmeur, hast du mal wieder eine Dumme gefunden? Aber jetzt gibt es Champagner, mein Lieber, gell? Schau mal, die Mädels freuen sich doch auch schon drauf!« Maria nickt abwechselnd Waldemar und den Frauen auf dem Sofa zu, die daraufhin aufstehen und an die Bar kommen.

»Aber ...« Waldemar protestiert halbherzig.

»Ne, ne, ne, du weißt schon, mein Lieber, dass du uns einen schönen Moët schuldig bist.« Dabei immer dieses Nicken!

Und es funktioniert. Waldemar holt seufzend seine Kreditkarte aus der Brieftasche, und noch bevor Maria den Champagner öffnet, zieht sie die Karte durch.

»So geht das, Julia. Merk's dir«, raunt sie mir zu.

Sie schenkt fünf Gläser ein, die Frauen stoßen mit Waldemar an, eine krault ihm den Nacken, die andere schmiegt sich an ihn. Waldemar trinkt in einem Zug aus. Auch mein Glas ist plötzlich leer. Dabei habe ich nicht mehr als einen Schluck getrunken. Komisch.

Ein Typ im Anzug taucht im Laden auf, kommt zu Maria, die winkt den Mädels, die inzwischen aus der Küche auf die Sofas gewechselt sind, und schwuppdiwupp gibt der Mann der Italogriechin und Kate Moss eine Flasche Dom Pérignon aus. Sechshundertneunzig Euro, mal eben so! Die beiden Frauen kleben richtig an ihm. Kein Wunder, der muss richtig Geld haben. Wieso ist das nicht mein Kunde?

Als der Champagner alle ist, rutschen sie vom Barhocker. Ich kriege noch mit, wie der Freier mit der Kreditkarte im Voraus zwei Stunden bezahlt. Tausendsechshundert Euro für zwei Frauen. Dann verziehen sich die drei nach oben. Wenn jede auch nur die Hälfte von dem Geld behalten darf, dann kommen die für zwei Stunden auf vierhundert Euro. Und das hochgerechnet auf die Nacht …

Waldemar ruft: »Julia!« Er ist inzwischen ein bisschen besoffen und fängt an, mir Komplimente zu machen. »Jemandem wie dir bin ich noch nie begegnet. Mein schwarzer Engel!«

Bla, bla, bla. Soll er mal. Ich werde bestimmt nicht mit dem hochgehen, ich stehe hier schön sicher hinter meiner Bar. Ich stütze mich mit ausgestrecktem Arm auf den Tresen.

»Magst du vielleicht mit einem Mädchen aufs Zimmer gehen?«

Aber er stiert weiterhin nur mich an. »Was soll ich mit denen, wenn ich bei dir sein kann, meine Schöne.«

Ich drehe mich weg und tu so, als müsste ich den Tresen abwischen. Maria schüttelt den Kopf und rollt mit den Augen.

Waldemar erzählt mir irgendwas von Kant und Hegel und verlangt zwischendrin immer wieder, dass ich Elvis lauter drehe, bis er fast schreit, damit ich ihn trotz der Musik verstehen kann.

»Als Lehrer am Gymnasium musst du mehr im Kopf haben als alle anderen. Köpfchen, darauf kommt es an!«

Er tippt sich an die Stirn und trinkt sein zweites Glas von dem Moët aus.

Was für ein Angeber. Mir dröhnt der Schädel. Vom dauernden Nicken und Lächeln kriege ich gleich einen Krampf. Waldemar labert seit zwei Stunden auf mich ein und hat gerade erst eine einzige Flasche vom günstigsten Champagner geleert, und die hat er bei Maria geordert. Mittlerweile habe ich kapiert, dass Maria jedes Mal unsere Gläser auskippt, sobald der Gast sich kurz wegdreht. Und dann gießt sie Apfelschorle rein, natürlich nur in ihr

Glas und in meins. Seins hat sie in den Abfluss geleert, und er hat es nicht mal gemerkt.

»Maria, mach mir mal ein Bier!«

Warum bestellt der nicht bei mir? Sogar für das Bier wäre ich jetzt dankbar. So komme ich im Leben nicht auf irgendwelche Prozente. Wenn das so weitergeht, gehe ich mit hundertfünfzig Euro Lohn, null Trinkgeld und Kopfschmerzen nach Hause. Da könnte ich genauso gut in einer Eckkneipe kellnern.

Maria stellt Waldemar ein Bier hin. »Aber gleich gibst du uns noch eine Flasche aus«, flötet sie. Dann nimmt sie mich am Arm und zieht mich in die Küche. »Hör mal, du darfst dich von dem nicht so vollquatschen lassen. So macht der keinen Umsatz.«

»Aber was soll ich ihm denn sagen?«

»Mit den Gästen hier kannst du ganz anders reden als in einem normalen Restaurant. Die riechen, dass du neu bist, und labern dich voll. Waldemar musst du sagen, dass er nervt. Und wenn er nichts bestellt, gehst du halt einfach kurz weg.«

»Echt? Einfach stehen lassen?« Daran hatte ich noch gar nicht gedacht.

»Sorry, ich bin gleich wieder da«, verkünde ich Waldemar, als er mich kurz darauf wieder anspricht. Ich gehe am anderen Ende des Raumes Tische wischen, sehr gründlich und ausgiebig. Ich entwickle einen regelrechten Wischfetisch. Als ich nach zehn Minuten wieder am Tresen bin, flüstert Maria mir zu: »Zeit für die zweite Flasche.«

»So, mein Lieber, gell, jetzt machen wir uns noch einen schönen Champagner auf.« Eine Feststellung, keine Frage. Waldemar hebt demonstrativ sein halbvolles Bierglas und schüttelt den Kopf.

»Na komm, nun sei nicht so knickerig. Willst du dein Geld mit ins Grab nehmen?«, sagt Maria halb ernst, halb scherzhaft.

Waldemar lacht, trinkt sein Bier aus und steht auf. »Ich muss jetzt sowieso los. War wieder ganz zauberhaft bei euch. Schade, dass wir heute keine Zeit mehr zu zweit haben, Julia.« Sein gieriger Blick streift von meinem Hals bis zur Taille, dann verschwindet er Richtung Ausgang.

Maria schaut ihm nach. »Der wird dich nicht in Ruhe lassen. Warte mal ab, nächstes Mal bietet er dir Geld dafür, dass du mit ihm hochgehst. Hat er bei mir genauso gemacht!« Sie grinst mich vollkommen mitleidslos an. »Und jetzt komm mit, du Anfängerin. Wir müssen verlängern.«

»Was denn verlängern?«

Maria rollt mit den Augen. »Den Business-Typ von vorhin. Die zwei Stunden, die er bezahlt hat, sind um.«

Ach so. Ich bin so neugierig, da ist mir Marias schnippischer Ton schon fast egal. Was genau machen wir gleich da oben? Und was treiben die drei, die im Zimmer sind? Feiern die Orgien im Whirlpool? Vögeln die alle miteinander? Das wäre mir ziemlich peinlich. Nicht, dass ich unbedingt prüde wäre, aber sehen muss ich das auch nicht gerade.

»Stören wir den Freier denn nicht?«

»Haha, bist du süß! Die Mädels wissen doch genau, dass ich nach zwei Stunden komme. Für länger hat er ja nicht bezahlt.«

»Okay.« Irgendwie beruhigend – und logisch.

»Und sag nicht Freier. Wenn der Chef das hört!« Maria rollt wieder mit den Augen. »Dann zahlst du Strafgeld! Die Männer sind unsere GÄSTE, kapiert?«

Im Treppenhaus liegt derselbe dicke rote Teppich wie im Eingangsbereich, und vor Zimmer Nummer zwölf im ersten Stock bleibt Maria stehen und klopft ganz kurz an. Dann geht sie einfach rein. »Nun komm schon, du Baby«, zischt sie und zieht mich hinter sich her.

Drinnen ist es schummerig. Kerzenlicht. Immerhin kann ich erkennen, dass der Raum viel größer ist, als ich erwartet hatte. Stilvoll eingerichtet, barocke Muster auf der goldenen Tapete, ein schweres dunkles Bett, daneben eine Sofalandschaft. Ein Whirlpool, in den Boden eingelassen und von unten beleuchtet, blubbert vor sich hin. Der Gast liegt im weißen Flauschbademantel auf den Laken, hat eine Hand auf dem runden, aber straffen Hintern der Italogriechin, die eine Corsage, einen Spitzentanga, Strapse und Netzstrümpfe anhat, und redet auf die Blonde ein. Die trägt ein seidenzartes Unterkleid, zeigt aber ihre langen, absolut makellosen Beine. Die lümmeln gemütlich auf dem Bett und plaudern und streicheln ein bisschen an dem Gast rum. Die sind noch beim Vorspiel oder wie sie das hier nennen. Sogar die Bettwäsche sieht noch ganz ordentlich aus. Erstaunlich.

»Zeit zum Verlängern, mein Lieber«, sagt Maria und setzt sich neben die drei aufs Bett.

»Wirklich? Ich habe doch voll bezahlt für die zwei Stunden, und die Mädels haben noch gar nichts gemacht«, nölt der Gast. Also wirklich kein Sex bisher. Tausendsechshundert Euro fürs Rumliegen und Reden! Und er scheint keine Lust zu haben, noch mehr Geld zu verballern.

»Es ist so interessant, was du von deinem Kanada-Urlaub erzählst. Der Wahnsinn, was du erlebt hast«, säuselt die Italogriechin und rückt ein bisschen näher an ihn ran.

»Na komm.« Maria schiebt ihm den Kartenleser hin. »Du weißt doch, die dritte Stunde ist immer die beste.«

Die Kate-Moss-Doppelgängerin singt verträumt den Song mit, der gerade läuft, krault dabei die Brusthaare des Gastes, der ergeben seufzt. »Na gut, noch eine Stunde. Aber dann macht ihr wirklich was!« Er reicht Maria seine Platinum-Amex.

Auf dem Weg nach unten macht Maria ein wichtiges Gesicht. »Nur ein Gast, der noch keinen Service bekommen hat, verlängert. Verstehst du endlich?«

Ich nicke. Solange der Freier geil ist, will er mehr. Wenn er befriedigt ist, geht er.

»Aber warum zwei Mädels?«

»Frag sie selbst, wenn du's wissen willst.«

»Wieso hat der Waldemar eigentlich vorhin keine Frau genommen?«

»Der hat dich im Visier, Julia.« Maria tätschelt mir den Arm. »So ist das halt, wenn hübsches Frischfleisch hier aufkreuzt.« Sie lächelt dabei so nett, als würde sie mich ganz ehrlich bedauern.

Wie ekelig ist die Vorstellung, dass ich für Waldemar *Frischfleisch* bin.

Um eins kommen die Blonde, die Dunkelhaarige und der Typ, jetzt wieder im Anzug, runter. Der Gast sagt Tschüss, bekommt von einem dicklichen jungen Mann, der laut Maria hier der »Manager« ist, seine Jacke herbeigetragen und geht. Alle scheinen froh zu sein, dass wenigstens der Businesstyp vernünftig Umsatz gemacht hat, sonst ist nicht viel los. Die Messekunden kommen erst in ein paar Tagen.

Die zwei Nutten kommen an die Bar.

»Und, musstet ihr was machen?«, fragt Maria.

»Ne, ich hab ihn überredet, uns noch was von seinem Wildwasser-Rafting-Urlaub auf dem Yukon zu erzählen, das fand der viel geiler«, sagt die Italogriechin und kichert. Ich muss grinsen. Schon doof für den Mann, der eigentlich Sex will. Aber Mitleid habe ich nicht. Schließlich wird ja keiner gezwungen, herzukommen.

Die Dunkle macht elegant eine halbe Drehung auf ihren hohen Hacken und streckt mir eine Hand mit schwarz lackierten Nägeln entgegen. »Ich bin Sabine. Und das ist die Butzi.«

Butzi? Was ist das für ein lustiger Künstlername? Ich bin total neugierig, wie sie dazu gekommen ist, aber ich frage mal lieber noch nicht.

»Hallo, freut mich, ich bin Julia.« Ich lächle sie freundlich an.

Butzi gleitet geschmeidig von ihrem Hocker und kommt um den Tresen herum auf mich zu.

»Julia heißt du? Aha.« Sie stemmt die Hände in ihre schmale Taille und mustert mich mit schräggelegtem Kate-Moss-Köpfchen. Dann packt sie mir an den Busen, umfasst mit jeder Hand eine Brust und drückt. Richtig fest, mit allen Fingern. Es fühlt sich an, als wolle sie prüfen, ob eine Avocado den richtigen Reifegrad hat.

»Hast doch geile Titten, das Oberteil kannst du auch ohne BH anziehen!«, stellt sie in einem sachlichen Ton fest.

Ich schiebe ihre Hände energisch weg. »Wenn du mich noch mal anfasst, fängst du dir eine!«

Die Mädels lachen.

Alter, ob ich einen BH trage oder nicht, das geht die hier alle überhaupt nichts an. Ich würde doch auch keiner fremden Frau einfach an die Brüste fassen.

Genug Zickereien für heute, ich bin froh, dass Maria mir um vier freigibt. Aber so einfach werden die Weiber mich nicht kleinkriegen. Ich habe wahrscheinlich mehr Außenseiter-Erfahrung als jede von denen. In meiner Grundschule war ich das einzige Ausländerkind. Das Mädchen, das neben mir sitzen musste, hat sich in jeder Pause die Hände gewaschen, weil ihre hysterische Mutter ihr eingeschärft hatte, dass Araber schlimme Krankheiten übertragen. Aber irgendwann habe ich trotzdem Freunde gefunden.

Meine Wohnung kommt mir winzig vor. Torben hat sich nicht gemeldet. Die letzte Nachricht kam vor zwei Tagen, und wenn ich anrufe, ist immer die Mailbox dran. Ich versuche, mir keine Gedanken zu machen. Ist vielleicht an irgendeinem Strand ohne Empfang. Dafür habe ich sieben Nachrichten von Fabienne, in denen sie nach der Hausarbeit fragt und sich darüber wundert, warum ich nicht antworte, weil ich normalerweise abends zu Hause bin. Die ist richtig beleidigt, aber bin ich jetzt einfach zu müde, um darüber nachzudenken, was ich ihr erzählen könnte: Du, ich arbeite jetzt im Puff an der Bar – wohl eher nicht. Ich stopfe mein Federbett rundherum um meinen Körper und warte darauf, dass es in meiner gemütlichen Thermofestung warm wird.

SCHNEE AUS MEXIKO

Drei Nachtschichten später ist der Club schon am späten Nachmittag voller Frauen. Wegen der Messe. Der Club voller Nutten, die Stadt voller Männer. Männer ohne Ehefrauen, aber mit Geld, jetzt soll es richtig losgehen.

Heute habe ich mir einen Couscous-Salat mitgebracht. Als ich meine Tupperdose in die Küche bringe, kommt mir Maria in einem kurzen Samtkleid entgegen.

»Ach, bist du goldig, Schätzchen. Ich war vorhin schon mit den Mädels essen. Die besten Muscheln meines Lebens. Dieser Koch ist ein Gott. Naja, aber das ist sowieso nichts für dich.« Mit ihrem arroganten Lächeln, das ich inzwischen gut kenne, dreht sie sich um und stolziert zum Tresen. Ganz kurz fühle ich mich furchtbar ausgeschlossen. Erst essen die ohne mich hier im Club, dann gehen die zusammen weg. Na ja. Sollen sie mal. Ich bin nicht hier, um Freundschaften zu schließen, sondern um Geld zu verdienen. Ich mache noch die Fruchtmesse, dann sehe ich weiter. Danach sollte ich die Miete für die nächsten drei Monate zusammenhaben. Außerdem habe ich *echte* Freunde in der Tagwelt.

Mittags habe ich mich mit Fabienne im Fitnessstudio getroffen und ihr erzählt, dass ich für die Semesterferien jetzt einen Job in einer Bar habe. Nicht die ganze Wahrheit, aber einigermaßen nah dran. Fabienne ist zu anständig für die wahre Geschichte, die wird schon rot, wenn ich ihr erzähle, dass ich mir beim Masturbieren gerne halbnackte Bauarbeiter vorstelle. Sie würde nicht verstehen, dass ich im Puff arbeite, um einfach mal richtig Geld zu verdienen. Geld ist in Fabiennes Familie so selbstverständlich vorhanden wie woanders fließend Wasser. Das gehört zum zivilisierten Leben. Es muss nur der Hahn aufgedreht werden. In meiner Familie musste man dafür schon immer zum Brunnen laufen. Und manchmal ist sogar der ausgetrocknet.

Meine Eltern haben zum Glück gar nicht nachgefragt, was für einen Job ich gerade mache. Vermutlich denkt mein Vater immer noch, dass ich Cocktails serviere, denn von dem Rausschmiss habe ich ihm lieber nicht erzählt. Er hätte mir sowieso nur wieder Vorträge darüber gehalten, dass ich mich einfach zu blöd anstelle.

»Na, wie geht's dir, klappt alles?« Wolfi, unser Manager, begrüßt mich freundlich.

»Ja, so langsam komme ich rein.«

Wolfi sieht aus wie ein Riesenbaby mit seinen roten Haaren und der Wampe. Dabei ist er bestimmt fast zwei Meter groß. Die anderen Frauen verarschen ihn dauernd.

»Pass nur auf mit den Drogen, der Chef mag das überhaupt nicht, wenn die Barfrau Koks nimmt. Die Polen-Tanja hat es ihm erzählt. Aber von mir haste das nicht, okay?«

Ich bin sprachlos. Die Polen-Tanja ist eine von den erfahrenen Huren im Club. Mit der hatte ich bisher kaum was zu tun. Was denkt sich die blöde Kuh dabei?

»Aber Wolfi, ich nehme überhaupt nichts. Wieso erzählt die so einen Scheiß?«

»Na ja, wenn nichts dran ist, musst du dir ja keine Sorgen machen, oder?«

»Klar muss ich das! Ich bin neu.« Ist so ein Gerücht erst mal in der Luft, bekommt es schneller ein Eigenleben als eine befruchtete Eizelle. »Meinst du, ich soll mit Andi reden?«

»Lass mal, der glaubt der Tanja eher als dir. Bist nicht die Erste, der das passiert. Mach lieber ordentlich Umsatz.«

Also, Jasmina. Hat ja keiner versprochen, dass das hier Ponyhof-Style wird. Wenigstens die Fruchtmesse durchhalten. Brasilianer! Portugiesisch! Superchancen auf guten Umsatz! Als die angesagte Mädels-Clique im Gymnasium mich gemobbt hat, weil ich keine Marken-Sneakers und nicht die richtigen Daunenjacken getragen habe, habe ich mich auch nicht unterkriegen lassen. Ich habe mich einfach mit den Jungs angefreundet. Bis die Mädels gecheckt haben, dass ich vermutlich nicht ganz so bescheuert bin, wenn die coolen Jungs sich mit mir abgeben. Und irgendwann haben die einfach aufgehört, gegen mich zu sein, und ab da war ich eine von ihnen.

Mittlerweile sind mindestens zwanzig Frauen auf den Sofas verteilt. Polen-Tanja, Butzi und Sabine kommen mit drei Ananas aus der Küche. »Das bringt Glück«, zwitschert Tanja und streicht geradezu liebevoll über die Blätter. Sie lächelt mich an, als wären wir die besten Freundinnen.

»Du brauchst gar nicht so zu tun. Man weiß ja, wer hier was über wen erzählt.«

Polen-Tanja rollt die Augen und zuckt die Schultern, als hätte ich eine unerklärliche Psycho-Macke. Scheinheilige Kackbratze.

Auf den Tischen stehen auch überall Ananas. Der Chef stöhnt. Normalerweise lässt der sich hier kaum blicken, aber wenn, dann findet er immer was zum Meckern.

»Nicht wieder diese Schweinerei mit dem Salz, sonst zahlt ihr alle Strafgeld, ihr bekloppten Weiber!«, ermahnt er Sabine und Butzi. Die beachten ihn nicht. Ich glaube, die würden lieber Strafe zahlen, als Pech riskieren.

Das mit dem Salz hat Maria mir erklärt: Es muss überall auf

dem Boden verstreut werden. Ist so Brauch, damit das Böse rausgeht aus dem Laden und das Geld kommen kann.

»Andi, nun sei nicht so.« Sabine drückt ihre üppigen Brüste gegen den Arm des Chefs. Aber der ist immun gegen die Nuttentricks.

»Vergiss es, beim letzten Mal hat der ganze Laden geknirscht! Alle total bescheuert, diese Huren!«

»Messeschluss.« Maria grinst, die Vorfreude auf das gute Geschäft quillt ihr aus jeder Pore. Mit dem Kinn weist sie auf fünf dunkelhaarige, mittelgroße Männer, die sich auf die Bar zubewegen. »Da kommen unsere Freunde aus Banana-Land.«

Inzwischen weiß ich, wie der Umsatz gemacht wird. Für die günstigste Flasche Champagner, den Moët, bekommen wir fünfzig Euro. Also natürlich nicht jede, sondern die Mädels, die mittrinken, müssen sich das dann teilen. Bei einer Flasche Dom Pérignon sind es sogar hunderfünfzig Euro. Das läppert sich ganz schnell und lohnt sich besonders, wenn nur eine oder zwei mittrinken.

Andererseits sollen mit einem Gast immer mindestens zwei Frauen gehen. Oder mehr, wenn der Freier es bezahlen kann. Je mehr Frauen sich um einen Mann kümmern, desto weniger Arbeit hat jede einzelne. Während die eine was macht, kann die andere den Gast ablenken. Maria hat mir erzählt, dass die Frauen gern »Falle schieben«: Die ölen dem Gast den Penis ein, bis alles ganz flutschig ist, klemmen ihre Schenkel eng zusammen und helfen irgendwie noch von unten mit der Hand nach, damit er das Gefühl hat, er sei drin. Das trainieren die richtig, diese Technik. Geht wohl besonders gut, wenn der Freier besoffen ist. Aber dabei muss eben eine zweite Frau obenrum Programm machen, damit er sich nicht genauer anschaut, was gerade untenrum passiert.

Manchmal schläft auch eine der Frauen erschöpft, während die andere sich um den Gast kümmert. Die Wache muss dann reden und zuhören oder singen und tanzen. Ein richtiges Entertainment-Programm muss die liefern. Hauptsache, die Männer bleiben lange. Die besten Geschäfte machen die Frauen, die genau wissen, wie sie den Gast zum Reden bringen. Dann erzählen die Männer stundenlang.

Manche wollen nicht mit zwei Frauen gehen. Das sind die Freier, die schon wissen, dass dann viel gequatscht und wenig gemacht wird. Aber denen muss man es halt einreden, sagt Maria. »Sag einfach, die beiden Mädels sind so gute Freundinnen, die darfst du nicht trennen. Oder, die beiden sind Schwestern. Ist egal, ob die eine schwarzhaarig und die andere strohblond ist. Die glauben das, und ich schwör dir, da stehen die besonders drauf.«

Einer von den Südamerikanern kommt an die Bar. »Olá«, sage ich.

»E aí, gata?«, sagt der Mann. Ich frage ihn, aus welcher Stadt er kommt, wow, Rio, uma grande cidade, und merke, wie gut mein Portugiesisch ankommt. Der bestellt sofort einen Dom Pérignon. Er zückt lässig seine Platin-Card. Ich linse auf den Namen. »João, auf dich.« Ich proste ihm zu und schütte das erste Glas weg. Immer den Gast beim Namen nennen. Auch das hat Maria mir eingeschärft.

Ausgerechnet jetzt vibriert mein Handy. Ich hab's angelassen, damit die Mädels mich erreichen können, wenn was auf den Zimmern ist. Aber nun ruft Torben an. Ich drücke ihn weg. Dabei ist das seit Tagen sein erster Anruf. Sofort zwickt mein Gewissen. Mann, Jasmina, du geldgieriges Ding. Riskierst deine Beziehung für ein paar Hundert Euro.

João erzählt mir von einer ganz neuen Bio-Plantage, die er mit seinem Partner betreibt. Er fragt nicht nach anderen Frauen. Ich könnte die Flasche mit ihm alleine trinken. Mein Umsatz! Ungeteilt! Aber falls er ein paar Mädels bucht, bringt das noch mehr. Für die – und für mich. Ich entschuldige mich für einen Moment und gehe zu Sabine und Butzi, die beiden hängen eigentlich immer zusammen. »Also, wer möchte, kann zum Mittrinken rüberkommen.«

Sabine schaut mich skeptisch an, dann steht sie im Zeitlupentempo auf. »Hättest du nicht machen müssen.« Zum ersten Mal sieht sie mich irgendwie anerkennend an.

Nach der zweiten Flasche erklärt mir João, dass er und seine Freunde jetzt acht Frauen mitnehmen möchten. Acht Frauen! Die Männer wohnen um die Ecke in einem der besten Hotels der Stadt, haben drei Suiten gemietet, jetzt wollen sie dort weiterfeiern.

»Não tem problema.« Ich tue so, als wäre das völlig normal. »Die Mädels ziehen sich nur noch kurz um.« Heute haben nämlich nur zwei Frauen ein langes Kleid an. Die anderen tragen enge Leggins und Corsagen und Polen-Tanja, die einen richtig nuttigen Stil hat, der ihr aber super steht, einen ultrakurzen Ledermini, wo die halbe Pobacke rausschaut, und hohe schwarze Lackstiefel. Die Outfits würden schon auf der Straße auffallen, in einer Luxushotellobby aber erst recht.

»Não, imediatamente!«, drängelt der Brasilianer. Ich nicke, gucke fragend Maria an, die auch nickt, dann sagen wir den Mädels Bescheid.

Ich kassiere noch schnell, bevor die Gruppe aus leicht bekleideten Frauen und liebeshungrigen Brasilianern abzieht. João hat für drei Stunden im Voraus bezahlt, und Maria hat ihm einen kleinen Rabatt gegeben. Von dem Betrag könnte ich ein Jahr lang meine Miete bezahlen.

Mittlerweile habe ich alle Frauen, die heute da sind, im Geiste registriert. Anfangs waren achtundzwanzig Mädels am Start, aber die meisten waren nach einer Stunde weggebucht. Nach zwei Stunden schmerzen meine Hände, weil ich so viele Champagnerflaschen aufgemacht habe. Wolfi kommt an die Bar und hilft. Nach drei Stunden ruft der Concierge vom Hotel an. Ob man noch einige junge Damen rüberschicken könnte? Jetzt sind nur noch die Rumäninnen übrig. Alle hier reden schlecht über die Rumäninnen. Dass die klauen und zu doof sind fürs Geschäft.

»Die ficken viel zu früh«, sagt Maria. »Dann ist der Gast nach einer Stunde wieder weg.«

Deswegen will niemand mit den rumänischen Frauen arbeiten. Aber heute ist Ausnahmezustand, heute müssen alle ran.

Maria sagt, ich soll drei Rumäninnen ins Hotel bringen und die anderen Frauen verlängern. Sie drückt mir das mobile Kartenlesegerät in die Hand, und ich ziehe mit den Frauen los. Wenigstens hatten diese drei noch Zeit, sich Mäntel anzuziehen. Sie sehen sogar einigermaßen elegant aus.

Der Concierge im Hotel weiß trotzdem sofort, wer wir sind. Er empfängt uns mit einem wohlinformierten Nicken. Dem muss ich offensichtlich nichts erklären.

»Herzlich willkommen in unserem Hause. Dort drüben finden Sie die Fahrstühle, und die Herren erwarten Sie bereits in Suite 732.« Dabei schaut er diskret auf irgendwelche Papiere, die er vor sich hin und her schiebt. Ich finde es sehr beeindruckend, dass der Mann rumänische Prostituierte so respektvoll begrüßt wie einen Staatssekretär. Hat irgendwie Klasse.

Die Rumäninnen verhalten sich leider nicht so stilvoll. Sie wackeln mir Kaugummi kauend auf ihren High Heels hinterher, die peinlichen Tanten, aber zum Glück begegnet uns niemand.

Ich klingele an der Tür der 732. Polen-Tanja öffnet. Sie hat nur noch ihren roten Tanga und einen passenden BH an, riesige Pupillen und ein Champagnerglas in der Hand. Die Mädels kreischen hysterisch, als sie die Rumäninnen sehen, tun so, als wären die Tanten ihre liebsten Freundinnen, und die Brasilianer reden auf Portugiesisch über Hintern, Brüste und Geschäfte. Ich verstehe nur die Hälfte, weil die tatsächlich einen richtigen DJ angeheuert haben, der sein Pult mitten in der Suite aufgebaut hat, mit fetten Boxen wie auf einer Hochzeit. Die feiern hier, als gäbe es kein Morgen. Über den riesigen, gläsernen Couchtisch zieht sich eine weiße Line Kokain, die mindestens einen Meter lang ist. Daneben steht eine Plastiktüte mit Schnee. Mindestens 150 Gramm. Und eine mittelgroße Schale voller Pillen.

»Hat er extra aus Südamerika mitgebracht«, gurrt Tanja und legt mit einer Art Besitzerstolz den Arm um einen der Männer, der einen Kopf kleiner ist als sie. Ich schätze, alleine die Ecstasy-Pillen könnten die halbe Clubszene der Stadt einen Abend lang versorgen.

Aus dem Nebenzimmer kommt João. Sein Hemd ist komplett aufgeknöpft.

»E aí, gata, nimm auch etwas.« Er greift eine Pille aus der Schüssel und will sie mir in den Mund schieben. Ich überlege ganz kurz, ob ich Nein sagen soll, aber dann öffne ich meine Lippen, klemme mir die Pille unter die Zunge, drehe mich tanzend weg, spucke sie in meine Hand und lasse sie in den Topf der Zimmerpalme fallen. Merkt der gar nicht. Maria sagt, sie spuckt die Drogen von den Gästen auch immer aus. Bestimmt sind hier in der Suite schon Dutzende Pillen in den Blumenkübeln gelandet.

»Obrigado, João. Superzeug! Ihr habt ja echt viel dabei, kommen noch mehr Leute?«

Er lacht mit aufgerissenem Mund und legt mir gönnerhaft die Hand auf den Arm. »Gata, das ist nicht wie bei den Deutschen. Wenn wir feiern, rechnen wir vier Tabletten für jeden!«

Er zieht wieder seine Platinkarte und verlängert für weitere vier Stunden. Noch mal elfmal vierhundert mal vier. Und er feilscht nicht mal rum.

Halleluja, jetzt weiß ich, warum die Mädels die Fruchtmesse-Gäste in den höchsten Tönen loben. Ich rechne mir aus, was ich verdient habe. Mit den Stunden vorhin und dem, was ein anderer Gast in der Bar ausgegeben hat, komme ich auf fast tausendfünfhundert Euro. Ich bin zwar total fertig, und meine Füße tun nach zig Stunden in High Heels wirklich verdammt weh. Aber ich grinse wie ein Honigkuchenpferd. Das ist meine erste wirklich gute Nacht.

WOLF OF WALL STREET

Heute Mittag war ich vor der Arbeit shoppen. Nicht wie sonst bei H&M, sondern richtig fett diesmal. Ich habe mir im Gucci-Shop diese wunderschöne, elegante, sauteure Handtasche gekauft. Die fühlt sich so edel an, wenn man über das weiche Leder streicht, und sieht super stilvoll aus. Ich bin mir nicht ganz sicher, ob die Verkäuferin komisch geschaut hat, als ich die fünfzehnhundert Euro bar auf den Tisch gelegt habe, oder ob ich mir das eingebildet habe. Ist mir auch egal.

Die Handtasche hat was Tröstendes. Es fühlt sich total gut an, dass ich mir so was gönnen kann. Außerdem muss ich nicht ganz so viel an Torben denken. Der hat jetzt drei Abende versucht, mich anzurufen, und mir seine Eifersucht auf der Mailbox hinterlassen. »Wo bist du? Jeden Abend hast du das Handy aus, hast du einen anderen?!«

Natürlich habe ich versucht, ihn zurückzurufen, aber dann war jedes Mal sein Handy aus. Bestimmt wegen der Zeitverschiebung. Nächste Woche kommt er wieder. Dann ist die Messe rum. Vielleicht nehme ich ein paar Tage frei.

Aber heute gehe ich vor der Arbeit mit Sabine und Butzi essen. Seit wir zusammen diese gigantischen Fruchtmesse-Umsätze gemacht haben, ist die Anti-Haltung verschwunden. Ich weiß jetzt auch, dass Butzi in Wirklichkeit Natascha heißt, den Spitznamen hat ihr ein Gast aus Köln verpasst. Da sagt man zu kleinen Jungs »Butzi«. Und Butzi sah wohl mal ganz jungenhaft aus, als sie die

Haare raspelkurz geschnitten hatte. Jetzt sind die Haare wieder lang, aber sie ist immer noch die Butzi.

Wir haben einen Tisch in diesem Luxus-Steakladen reserviert, wo ich vor ein paar Monaten mal mit Fabienne war. Sie hatte mich eingeladen, weil sie Geburtstag hatte. Hauptgerichte ab achtunddreißig Euro. Ich habe das günstigste genommen. Heute ist das egal.

Es ist fast, als wäre ich mit Freundinnen unterwegs. Bloß, dass Sabine und Butzi eine ganz andere Vergangenheit haben als alle Mädels, die ich von der Schule oder der Uni kenne. Butzi ist im Heim aufgewachsen und schafft an, seit sie sechzehn ist. Sabine hatte jahrelang einen Freund, der auch ihr Zuhälter war. So einen Typen aus einer Rockergang, der sie geschlagen hat, bis sie in eine andere Stadt abgehauen ist.

»Habt ihr beide jetzt einen Zuhälter?«

»Ne. Der Chef duldet das nicht«, sagt Sabine. »Zum Glück. Jetzt ist das meine Kohle, und ich kann damit machen, was ich will.«

»Und hast du einen neuen Freund? Also … einen ganz normalen?«

»Ja, aber der denkt, dass ich als Domina arbeite. Ist mir lieber so.«

Das leuchtet mir ein. Die Mädels haben mir schon einiges von dem Domina-Gewerbe erzählt, und es ist irgendwie ganz anders, als ich es mir vorgestellt habe. Wer als Domina arbeitet, hat keinen Sex mit den Gästen. Das hat mich erstmal total überrascht. Die Männer, die zu einer Domina gehen, sind oft ganz hohe Tiere aus der Wirtschaft oder der Politik. Die haben in ihrem Alltag krass viel Verantwortung und Macht über andere Menschen, aber bei der Domina, da wollen sie erniedrigt werden und alle Kontrolle abgeben, sagt Sabine. Manchmal kommt eine Domina zu uns in den Club. Die verabredet sich aber schon vorher mit ihrem Freier.

Als wir im Club ankommen, ist Maria schon da.

»Heute ist Vollmond«, sagt sie. »Mach dich auf was gefasst!«

»Wieso?«

»In Vollmondnächten passieren oft krasse Sachen.« Maria trägt heute eine silberne Corsage zu ihrer schwarzen Hose. Sieht super aus mit ihren langen schwarzen Haaren. Die gehen bis zum Hintern. Extensions, aber gut gemacht. Maria ist auch Araberin. Sie kommt aus Hamburg.

»Aber da musste ich weg«, hat sie mir neulich mit verschwörerischem Blick zugeflüstert. »Mein Vater ist Libanese, der wollte mich verheiraten. Mit einem Mann, den ich in meinem ganzen Leben noch nie gesehen habe und der dreißig Jahre älter ist als ich. Kannst du dir das vorstellen?«

Ich kann. Mein Vater ist auch Araber, oft genug habe ich am eigenen Leib gespürt, dass er darüber bestimmen möchte, wie ich leben soll. Verheiraten wollte er mich zum Glück aber noch nicht. Dass ich mit Torben zusammen bin, habe ich ihm sicherheitshalber trotzdem lieber nicht erzählt. Wenn es nach meinen Eltern ginge, würde ich einen soliden arabischen Autohaus-Besitzer heiraten.

»Irgendwann steige ich aus«, sagt Maria immer, wenn ihr ein Gast auf die Nerven geht, und das ist bisher noch jeden Tag passiert. »Ich schwör's dir, Julia. Wenn ich genug Kohle gespart habe, um ein Nagelstudio aufzumachen, dann bin ich weg. Ich hab die Idioten hier satt. Lieber möchte ich in Zukunft nur noch andere Frauen glücklich machen.« Sobald ich eingearbeitet bin, will sie weniger im Club arbeiten und diesen tollen Kurs in Nagelmodellage machen, von dem sie schon lange träumt.

Aber jetzt stehen wir hier. Ein gut aussehender Mann steuert auf die Bar zu. Dezent gebräunt. Gute Figur. Geht bestimmt regelmäßig ins Gym. Warum geht der in den Puff? Warum sucht der sich keine Frau in freier Wildbahn?

»Hi, girls«, grüßt er lässig. Ami, tippe ich. Er schnappt sich Sabine und eine andere Frau, Vera. Gute Wahl. Die können beide Englisch und kriegen auch Small Talk hin.

»Die Amis waren früher die besten Gäste.« Maria klingt richtig wehmütig. »Hatten keine Ahnung, dass es hier auch Sex für Geld gibt. Die dachten, Sex gibt es nur ausnahmsweise, wenn sie die Frauen besoffen machen und verführen. Bei denen musste man nie Service machen.«

Der Gast von heute sieht allerdings nicht so aus, als würde er annehmen, dass die Mädels nur zur Gesellschaft da sind. Er hat die Hand schon ziemlich weit oben auf Sabines Schenkel und erzählt, dass er im selben Hotel wohnt wie der amerikanische Präsident, wenn der mal in der Stadt ist.

Ich schau mich um und sehe, dass auch Evelyn sich einen Freier geschnappt hat. Evelyn kommt aus Schwaben und ist eine blonde Sexbombe mit frechem Mundwerk. Das Dickerchen neben ihr dreht mir den Rücken zu.

»Gibst du mir einen Champagner aus?«, fragt Evelyn. Der Dicke schüttelt den Kopf. »Schau, Waldi, ich muss mir dich doch schöntrinken.« Sie grinst.

Aha, der Waldemar. Freiwillig mache ich dem heute seinen Elvis nicht an, dafür ist jetzt schon zu viel los, und eine Stunde Elvis in Endlosschleife erträgt kein normaler Gast.

»Champaign!«, ruft von der anderen Seite der Ami. »Dom Pérignon!« Er legt um jede Frau einen Arm. Vermutlich Banker, wahrscheinlich aus New York. Sabine ist schon total in das Gespräch mit ihm vertieft. Das kann die super, einem Mann das Gefühl geben, er würde gerade in diesem Augenblick die interessanteste und witzigste Story der Welt von sich geben. Vor allem kann sie zuhören. Die Frauen, die wirklich zuhören können, machen den meisten Umsatz. So viel habe ich schon mitbekommen.

Ich serviere den Champagner, kassiere und gehe rüber zu Waldi. Heute will ich es schaffen, ihn zum Geldausgeben zu bringen. Wenigstens eine Pulle Champagner muss rumkommen.

»Gibst du uns einen aus? Oder willst du etwa auf dem Trockenen sitzen?«

»Genau«, ergänzt Evelyn. »Lass mal was springen. Nur wenn wir gut drauf sind, sind wir gut drunter!«

Waldemar grinst und fragt, ob wir ein Bier wollen. Das geht gar nicht.

»Ja schau, die Julia trinkt aber viel lieber Champagner«, sagt Evelyn mit ganz zuckersüßer Stimme, und ich nicke eifrig und lächle Waldemar ganz lieb an.

Er glotzt mich so gierig an wie am ersten Tag.

»Wirklich?«

»Ja, ganz besonders mit dir.« Augenaufschlag. Klimpern. Kopf schief legen.

Waldemar kriegt Stielaugen.

»Na gut … dann mach uns halt eine Flasche!«

»Ich liebe übrigens Rosé«, ergänze ich schnell, denn der kostet immerhin dreihundertneunzig Euro. Sonst spendiert der Geizkragen nur die günstige Flasche Moët. Waldemar widerspricht nicht. Ich ziehe seine Kreditkarte durch und freue mich.

»Butzi liebt doch auch Rosé, und weißt du eigentlich, wie toll die Elvis-Songs singen kann?« Ich winke Butzi, damit sie vom Sofa rüberkommt. Sie spielt gerade an ihrem Handy und steht erst nach einer halben Ewigkeit auf. Wenn der Chef das gesehen hätte, wäre Strafgeld fällig gewesen.

Der Ami-Banker hat inzwischen zwei Flaschen bekommen. Dass er sie getrunken hätte, würde ich nicht sagen, weil ich die Gläser der Mädels immer wieder ausgeleert habe. Und wir haben ihm ein paar Kurze ausgegeben. Jägermeister. Der knallt am besten. In die Gläser von den Mädels tun wir immer Cola. Der Ami war richtig beeindruckt, was die Görlz vertragen können, und hat drei Kurze hintereinander runtergekippt, weil er ihnen zeigen wollte, dass er mithalten kann. Ich habe immer schön nachgeschenkt und dabei ein bisschen von dem aufgeschnappt, was der so erzählt. Er war vorhin noch ein bisschen Sightseeing, und dann hatte er ein Meeting, war natürlich ein Erfolg, was sonst. Jetzt will er hochgehen, und Sabine hat einen richtig guten Tarif ausgehandelt: fünfhundert pro Frau, das sind hundert Euro mehr als der übliche Stundensatz. Die sieht einfach auf den ersten Blick, wenn sich einer das leisten kann. Sabine gibt mir ein Zeichen, ich gebe ihr den Schlüssel und buche zwei Stunden. Der Ami fragt nicht mal, wie viel es kostet, weil er so schön betrunken ist. Geht gut los, der Abend.

Waldemar scheint es richtig angestachelt zu haben, wie der Banker an den Mädels rumgegrabbelt hat. Das Dickerchen fantasiert mittlerweile bestimmt schon, was für eine tolle Elvis-Party er mit Butzi und Evelyn feiern könnte. Sicherheitshalber helfe ich nach.

»Mit den beiden wirst du die Nacht deines Lebens haben, und mir machst du auch eine Freude damit.« Er findet es richtig toll, wie ich ihn umgarne. Das merke ich an seinem selbstgefälligen Grinsen. Wenn man es schafft, einem Gast das Gefühl zu geben, er wäre der Größte, macht der fast alles, was man will.

Die Flasche Rosé ist endlich leer. Ich hole noch einen Zimmerschlüssel, drücke ihn Evelyn in die Hand, Butzi nimmt Waldemar am Arm, und der reicht mir seine Kreditkarte. Ich kassiere auch bei ihm für zwei Stunden, zwar nur den Standardpreis von vierhundert Euro, aber das ist bei Waldemar ein geradezu sensationeller Erfolg.

Auf einmal steht der Ami wieder vor mir, nur noch mit offenem Hemd und Hose bekleidet. Was will der denn jetzt? Der war doch schon längst auf Zimmer?

»Those girls in my room are ugly! Total hässlich! Bring mir die anderen wieder, die von der Bar«, verlangt er.

Will der mich verarschen? Der fand die doch vorhin rattenscharf, und jetzt ist er mit ihnen auf Zimmer und denkt, es wären andere? Aber er sieht aus, als würde er es ernst meinen. »Okay, ein Fauxpas, sorry. Just a moment.«

Ich rufe Sabine auf dem Zimmer an.

»Sag mal, wieso ist euer Gast auf einmal so unzufrieden?«

»Keine Ahnung! Erst war alles gut, aber auf einmal meinte der, er will die Frauen von der Bar zurück. Vielleicht ist der schon zu besoffen?«

»Weißte was? Steck dir mal die Haare hoch, Vera am besten auch, und dann kommt noch mal her. Und anderen Lippenstift. Macht euch so zurecht, dass ihr bisschen anders ausseht als eben.«

Als die Mädels runterkommen, guckt der Ami sie an, als würde er sie zum ersten Mal im Leben sehen.

»Gefallen dir diese beiden?«

»Yeah, they look great!«

So besoffen wirkt der gar nicht, vielleicht liegt's am Vollmond, dass er sich derartig merkwürdig verhält?

Ein paar Stunden später sieht der Waldi-Umsatz vergleichsweise mickrig aus. Der Ami hat inzwischen vier Frauen auf dem Zimmer und fünfzehntausend Euro auf der Uhr. Der hat anscheinend das Geld wirklich locker sitzen. Zuckt nicht mal mit der Wimper, als ich zum Verlängern komme und ihm den Preis sage.

Er macht eine wegwerfende Handbewegung. »Baby, I am the Wolf of Wall Street! Geld ist mir scheißegal.«

Aha. Ich nicke und mache aus rein taktischen Gründen ein ehrfürchtiges Gesicht.

Ich habe jetzt zwei seiner Kreditkarten bis zum Limit belastet und bete, dass auf die dritte noch was geht. Der Wolf of Wall Street will verlängern, und ausnahmsweise mache ich das ohne Vorkasse – weil er schon so guten Umsatz gemacht hat.

Waldi ist längst gegangen. Ich schicke Butzi und Evelyn auch zum Wolf of Wall Street.

»Och nee, ich bin aber müde.« Butzi ist unglaublich. Die hat mehr Glück als Verstand, dass sie hier überhaupt so viel Geld rausträgt.

Neulich ist sie mal vor Langeweile eingepennt, als ein Freier ihr von seinen Motorradtouren erzählt hat. Der hat sich dann natürlich bitter beschwert, und ich habe mir Butzi geschnappt und gefragt, was sie sich eigentlich dabei denkt. »Wenn der wenigstens über was reden würde, was mich auch interessiert!«

»Du, Süße, wenn der Gast vierhundert Euro die Stunde für dich bezahlt, dann darf der schon über das reden, was ihn interessiert!« Ich habe bestimmt eine halbe Stunde auf sie eingeredet. Schließlich hat sie mir versprochen, sich beim nächsten Gast etwas mehr Mühe zu geben. Eigentlich ist sie richtig intelligent und sehr begabt. Sie hat manchmal tolle Kleider an, die sie selbst geschneidert hat. Außerdem sagt sie immer, was sie meint. Irgendwie fange ich an, sie richtig zu mögen.

Ich bin ein bisschen nervös, weil ich hoffe, dass die Sache mit dem Wolf of Wall Street gut ausgeht. Der ist ein guter Fang. »Saftige Ananas« nennen die Mädels die Freier, die so richtig fetten Umsatz machen. Und Umsatz heißt »Bock« auf Puffdeutsch. Maria hat mir erzählt, dass manchmal gerade die Bock-Freier Ärger machen und dann stornieren wollen. Das gibt dann jedes Mal einen Riesenaufriss. Oder die rufen sogar die Bullen, weil sie sich betrogen fühlen. Das kommt auch vom Kokain. Die kriegen dann regelrecht Paranoia.

Mein Handy brummt. Nachricht von Evelyn. Weil Butzi wieder eingepennt ist, hat der Wolf sich total aufgeregt. Er hat gedroht zu gehen, wenn die Mädels sich nicht um ihn kümmern.

Ich gehe hoch. Vielleicht kann ich ihn beruhigen.

Als ich die Zimmertür öffne, sehe ich Sabine über dem Freier knien. Ich brauche einen Moment, um zu kapieren, dass sie ihn gerade untenrum rasiert. Ihre nackten Titten hängen ganz nah über ihm, aber doch mit genug Abstand, dass er sie nicht mit seinem Schwanz berühren kann. Und weil der Gast die scharfe Klinge am Sack spürt, wagt er nicht, sich zu bewegen.

Ich bleibe an der Tür stehen. Will nicht stören, aber rausgehen will ich auch nicht, das hier fasziniert mich. Sabine schäumt dem Mann konzentriert mit einem Rasierpinsel die Schamhaare ein und zieht ganz langsam die Klinge über seine Haut, Bahn für Bahn, bis er kein Haar mehr am Sack hat. Er keucht.

»So sieht dein Schwanz noch größer aus.« Sabine lässt ihre Stimme bewundernd klingen. Der Ami schaut auf seinen erigierten Penis und findet das offenbar auch. Sabine spült die Klinge in dem Champagnerkühler ab, den sie als Wasserbehälter benutzt. Kein Wunder, dass die Dinger manchmal kaum sauber zu kriegen sind.

Die Prozedur hat insgesamt bestimmt eine halbe Stunde gedauert. Eine Supersache, um Zeit zu schinden. Und jetzt ist der Gast in erregter Vorfreude. Gute Gelegenheit, um zu kassieren. Es ist gleich sechs Uhr morgens, und ich will das Geschäft langsam zu Ende bringen. Er wird sich vielleicht zu einer weiteren Stunde überreden lassen, weil er endlich mit Sabine vögeln will.

»So, das sind noch mal achttausend, welche Karte sollen wir denn dafür nehmen?«

»Eight thousand? Are you crazy?« Er wird ganz rot im Gesicht.

»Ja schau, noch eine Stunde mit Sabine, und du hast ja hier schon die ganze Nacht die anderen Frauen. Du meintest doch, das ist kein Problem, oder ist dein Geld alle?« Die Eitelkeitsmasche zieht fast immer, sagt Maria.

»Eight thousand, really?« Er sucht in seiner Brieftasche. »Hier. Probier mal diese Karte.«

Erleichtert ziehe ich die Amex durch das Gerät.

Ich schreibe ihm noch meine Handynummer auf; den Tipp hat mir Maria gegeben. »Melde dich, wenn du mal wieder in der Stadt bist!«

Am nächsten Tag weckt mich das Klingeln meines Handys. Der Ami. Will der schon wieder? Es ist drei Uhr nachmittags.

»Hi, are you there, Julia? Ihr habt mich ja gestern total abgezockt. Das müsst ihr stornieren. Ich habe doch gesagt, das kann nicht sein, als du mit der letzten Rechnung ankamst.«

Von wegen Wolf of Wall Street. Wäre ja auch zu schön gewesen. Ich setze mich im Bett auf und versuche, meine Gedanken zu sammeln. Der hatte sechs Frauen auf dem Zimmer. Das kostet nun mal.

»Sorry, aber ich habe dir gesagt, wie die letzten Achttausend zustande gekommen sind. Und du meintest doch, du bist der Wolf of Wall Street, und Geld spielt für dich keine Rolle. Was denn nun, kannst du dir das etwa nicht leisten?«

Ich höre seinen Atem am anderen Ende der Leitung.

»I can spend much more money, if I want to.« Jetzt kann er natürlich gar nicht anders, als einzulenken. Sonst müsste er ja zugeben, dass er gar nicht so ein toller Typ ist, wie er behauptet hat. »But next time you take better care of me!«

Ich verspreche ihm, das nächste Mal darauf zu achten, dass er seinen Service bekommt, und frage, ob er noch eine Weile im Hotel ist.

»Yeah, den ganzen Nachmittag, why?«

»Die Girls wollten sich total gern noch von dir verabschieden«, lüge ich. »Die fanden dich so nett.«

»Ihr habt doch bloß Angst, dass ich doch noch storniere.« Blöd ist der ja nicht.

»Nein wirklich, die würden sich irre freuen, wenn sie kurz Auf Wiedersehen sagen können! Ich schicke sie dir rüber.« Jetzt kommt kein Widerspruch mehr.

Ich rufe Sabine und Evelyn an. Die sollen ein Stündchen mit ihm verbringen und dafür sorgen, dass er wiederkommt, wenn er in der Stadt ist.

Maria hat mir erzählt, dass die Mädels so was bei sehr, sehr guten Gästen schon mal machen. Kundenbindung nennt man das. Ich werde ihm auf jeden Fall auch noch eine Nachricht schreiben, damit er weiß, dass er hier jederzeit willkommen ist.

Gleich fängt meine nächste Schicht an, und auf einmal merke ich, dass ich mich sogar auf die Arbeit freue. Diese Woche habe ich jeden Tag im Club gearbeitet. Es kommt mir vor, als wäre ich schon viel länger dabei als nur ein paar Wochen. Im Gegensatz zur Uni habe ich hier das Gefühl, wirklich Talent für das zu haben, was ich mache. Der Umgang mit den Gästen, gerade mit komplizierten, macht auf eine verrückte Art und Weise Spaß. Ist ja auch beim Wolf of Wall Street wieder gut gegangen. Und mit den Frauen komme ich inzwischen auch wirklich gut klar. Das ist alles viel interessanter als die öden Seminare oder Vorlesungen.

Meine ersten Wochen waren wie ein heimliches, spannendes Spiel. Hat ja keiner was davon erfahren. Fabienne ist zu einem Praktikum nach Los Angeles abgedüst – so richtig wie in *Suits*, aber schön über Papas Kontakte bekommen –, die stellt gerade keine Fragen. Bloß mit Torben muss ich mir was überlegen. Der kommt übermorgen aus Thailand zurück. Dann muss ich ihm wohl oder übel das mit dem Puff verklickern. Dabei haben wir seit Wochen nicht telefoniert und nur so angespannte WhatsApps hin- und hergeschickt.

Der Chef will unbedingt, dass ich die nächsten Wochen jede Nacht arbeite, wegen des Film-Festivals kommen so viele Promis in die Stadt. Ich will das auf jeden Fall machen. So viel Geld kann ich nicht so bald wieder verdienen, frühestens vielleicht in fünfzehn Jahren als Partnerin in einer großen internationalen Kanzlei, und zum ersten Mal in meinem Leben merke ich: Es ist ein Supergefühl, richtig viel Kohle zu haben.

FUCKING IN THE DARK

Ich sitze in der Küche des Clubs und heule Rotz und Wasser. Meine Wimperntusche ist schon total verschmiert.

»Du siehst aus wie ein Waschbär.« Butzi hat den Arm um mich gelegt.

Von der anderen Seite streichelt mir Sabine wie eine Mami über die Haare. »Das wird schon wieder, der beruhigt sich!«

Das ist mir echt alles zu viel. Torben ist gerade mal zwei Tage wieder da, und schon haben wir eine Beziehungskrise vom Allerfeinsten. Dabei habe ich mir wirklich Mühe gegeben. Aber es hätte mir von Anfang an klar sein müssen, dass er das mit dem Puff nicht einfach so schlucken würde.

Es fing schon damit an, dass mir der Chef wegen des Festivals partout nicht freigeben wollte. Regelrecht anbetteln musste ich den. Am Ende habe ich ihn damit rumgekriegt, dass ich versprochen habe, auf jeden Fall bis März zu bleiben. Dabei musste ich eigentlich noch eine Hausarbeit fertig machen zu so einem wirklich blödsinnigen Sachverhalt. War mir aber alles egal. Ich wollte Torben unbedingt vom Flughafen abholen. Nach dem ganzen Heckmeck mit dem Chef stand ich dann also mit einer Rose in der Hand zwischen all den Wartenden. Ich hatte mir ganz fest vorgenommen, direkt mit der Wahrheit rauszurücken. Keine Lügerei.

Dann kam Torben vom Gepäckband. Sah unverschämt gut aus gegen die blassen Wintergesichter. Ganz braungebrannt und so goldene Strähnen in den Haaren. Er hat mich sofort entdeckt, den

Rucksack fallen gelassen und mich hochgehoben. »Baby! Endlich! Du siehst super aus. Freust du dich, dass ich wieder da bin?«

Ich habe genickt und spontan beschlossen, es ihm noch nicht zu sagen. Vielleicht erst am nächsten Tag. Oder doch erst die Woche darauf. Auf jeden Fall nicht am Wochenende. Es fühlte sich zu gut an, wie er mich im Arm hielt.

Wir sind dann zu mir gefahren. Ich hatte ein richtig schönes Essen vorbereitet und alles mit Kerzen dekoriert. Wir haben Wiedersehen gefeiert mit allem und einer wirklich schönen Nacht.

Misstrauisch wurde Torben erst, als ich mich direkt nach dem Frühstück geduscht und geföhnt habe. Sonst bleibe ich gemütlich im Schlafanzug, wenn wir nichts vorhaben.

»Was brezelst du dich jetzt so auf? Ich dachte, wir haben den ganzen Tag zusammen?«

»Also, ich habe da so einen neuen Job angefangen.« Tief durchatmen.

»Was für einen Job?« Tiefstes Misstrauen in der Stimme.

»Als Barfrau. Ich arbeite an der Bar.«

»Barfrau? Wo denn?«

»Ist ein wirklich edler Laden …« Das sollte sich irgendwie anständig anhören.

Aber es hat ihn noch skeptischer gemacht. »Entweder du sagst mir jetzt sofort, wie der Laden heißt, oder ich komm dir hinterher, ich schwör's dir.«

Bis in den Club oder was! Das hatte mir gerade noch gefehlt. Ich habe tief durchgeatmet. Er wird es schon verkraften.

»Ein ganz seriöser Laden. Er heißt Club Nuit.«

Torben hat mich angestarrt, als würde ich ihn verarschen.

»Du arbeitest in einem Puff?« Richtig entsetzt klang er. Als würde ich anschaffen gehen, dabei mache ich doch nur die Bar.

Ich kam überhaupt nicht mehr dazu, es zu erklären.

Der hat mir eine Riesenszene gemacht und in einer Tour gestöhnt: »Meine Freundin ist eine Nutte! Meine Freundin ist eine NUTTE!«

Am Ende ist er wortlos gegangen.

Jetzt versuche ich schon seit Tagen, ihn zu erreichen, habe ungefähr zwanzig Nachrichten auf seiner Mailbox hinterlassen, aber nicht ein klitzekleines Lebenszeichen von ihm bekommen. Das macht mich wirklich fertig, schuldig fühle ich mich auch, weil ich wieder in der Bar arbeite, obwohl er nicht damit einverstanden ist.

»Du bist echt zu gut für den. Glaubst du etwa, der hat seine Eier in Thailand nur in der Sonne gewärmt?« Butzi schüttelt den Kopf.

»Meinst du, der hat da was mit einer anderen gehabt?«

»Na klar. Männer sind alle so. Die nehmen, was sie kriegen können.«

Ob da vielleicht was dran ist? Irgendwie kam es mir ja auch komisch vor, dass Torben sich tagelang nicht gemeldet hat. Aber wieso sollte er dann so eifersüchtig sein? Nee, nee, Torben ist anders.

»Du musst ihm Zeit geben, sich an deinen Job zu gewöhnen«, sagt Sabine.

Genau, denke ich. Der ist einfach total überrumpelt.

Butzi rollt mit den Augen und reicht mir eine Serviette. »Hier! Schnäuz dich und hör auf mit der Heulerei. Du bist schließlich die ganze Zeit super ohne den klargekommen!«

Das kann sie natürlich leicht sagen, weil sie nämlich auf Frauen steht. Und ihre Freundin ist wohl relativ offen, die hat sie am Anfang mal in den Club mitgebracht, weil sie unbedingt mitkriegen wollte, wie das abgeht mit den Freiern. Zuerst war sie echt eifersüchtig, aber dann hat sie sich eingekriegt, als sie gesehen hat, dass Butzi und ihre Freier gar nicht vögeln. Da hat Butzi ja noch weniger Bock drauf als die anderen Prostituierten, weil sie halt nie auf Männer abfährt.

Aber das ganze Rumgrübeln hilft mir auch nicht. Ich schnäuze einmal kräftig Tränen und Rotz raus, mache mir frische Wimperntusche und Lippenstift drauf und gehe an die Bar.

Draußen ist schon richtig viel los. Meine Arbeitsmoral, eingeimpft von meinem Vater, springt sofort wieder an. Jasmina, du lässt hier die Kolleginnen im Stich, jetzt aber mal ran!

Auf den Tresen kommt ein Mann in Lederjacke zu. Ich kenne den. Deutscher Rockmusiker. Die Mädels haben schon erzählt, dass er öfter hier auftaucht. Hinter ihm schleicht in komisch geduckter Haltung ein Typ mit Wollmütze und Baseball-Cap herein. Welcher Vollidiot kommt auf die Idee, sich über eine Mütze noch eine Kappe zu stülpen?

Die Verkleidung macht mich erst recht neugierig. Jetzt erkenne ich ihn. Markante, beinahe schwarze Augen. Wie ein Eichhörnchen. Das ist dieser Hollywood-Schauspieler, der immer in so romantischen Komödien mitspielt. Meist treudoofe Typen, die rettungslos in eine Unerreichbare verknallt sind. Jetzt steht Mr. Hollywood an der Bar, nur anderthalb Meter von mir entfernt. Dabei hab ich neulich noch in der *Gala* gelesen, wie glücklich der angeblich mit seiner Frau ist. Von wegen. Ein Puffgänger!

Er bleibt hinter dem Musiker und hält dauernd die Hand vor den Mund, damit man bloß nichts von seinem Gesicht erkennen kann. Der Musiker legt sich halb auf den Tresen, winkt mich zu sich ran und murmelt verschwörerisch: »Kannst du darauf achten, dass mein Freund hier gut behandelt wird?«

»Klar.« Wieso hat der Bedenken? Der müsste doch wissen, dass wir hier jeden gut behandeln. Außer wenn er sich danebenbenimmt.

»Wollt ihr was trinken, ich mach euch gern eine Flasche Dom Pérignon auf.« Ich lächle Hollywood sicherheitshalber ganz besonders freundlich an und dann wieder den Rocker.

»Ne, du, ich kann nicht lange bleiben. Muss noch woanders hin.«

»Nicht mal auf einen Drink?«

Der Rocker schüttelt den Kopf.

Hollywood schaut sich nervös im Laden um. Ich muss lachen. Über ihn.

»Something funny?« Er guckt genervt.

»Ganz ehrlich, niemand würde dich erkennen, wenn du einfach nur die Mütze aufgesetzt hättest. Aber du fällst total auf, weil du die bescheuerte Kappe obendrauf hast. Da denkt doch jeder, was ist das denn für ein komischer Vogel.«

Er greift sich an den Kopf und nimmt die Basecap ab. Immerhin, jetzt sieht er nicht mehr ganz so dämlich aus. Der Musiker erzählt ihm irgendwas und zeigt auf die Mädels. Sind ganz vertieft in ihr Freierfachgespräch, die zwei.

Gerade ist Tankstellen-Theo reingekommen. Den haben die Mädels so getauft, weil er nach der Wende mit Tankstellen stinkreich geworden ist. Der ist ein richtig guter Gast, sagt Sabine. Bleibt immer lang.

Ich hole Polen-Tanja für Theo, weil die angeblich genau weiß, wie man mit ihm umgehen muss, und eine Neue.

Polen-Tanja macht ein ausgesprochen zufriedenes Gesicht, als sie sieht, wer ihr Gast ist.

»Habt ihr alles, was ihr braucht? Noch eine Flasche?«

Theo nickt. »Tanja, Schätzchen, hol doch mal ein bisschen Geld!« Er reicht ihr seine EC-Karte.

»Mach ich, mein Süßer!«, säuselt Tanja und steht auf.

»Hast du etwa die PIN-Nummer?«, frage ich leise.

»Klar! Die kennen wir alle. 1234! Und weißt du, was das Beste ist? Der fragt nie, wie viel Geld man geholt hat. Ich zieh immer so viel, wie der Automat hergibt, und manchmal behalte ich ein paar Hundert.« Sie zwinkert mir zu, holt ihren Mantel und geht los.

Ich stelle Theo und der neuen Rumänin eine Flasche Dom Pérignon hin. Dann kommt Tanja schon wieder, und Wolfi, unser Manager, bringt die drei und den Champagner nach oben.

Die Mädels unten haben inzwischen auch schon herausgefunden, wer Hollywood ist. Ich merke das daran, dass auf einen Schlag gleich vier Damen versuchen, sich an ihn ranzumachen. Er sieht richtig abgenervt aus.

Der Rocker checkt das sofort und geht dazwischen wie ein Wachhund. »Hey, lasst ihn mal in Ruhe, okay? Wir sagen euch Bescheid, wenn wir euch brauchen.«

Hollywood hat aber immerhin ein paar Worte mit Sabine gewechselt. Er brummelt was zum Rocker. Irgendwas mit »soundsoviel Euro per hour«.

Aha, vermutlich hat er Sabine gefragt, was sie nimmt.

Der Rocker haut mit der Faust auf den Tresen. »Seid ihr irre? Vierhundert die Stunde? Ich hab keinen Bock, abgezockt zu werden.« Der blafft mich an, als hätte ich versucht, ihn auszurauben.

»Jetzt hör mal zu.« Ich merke, wie meine Halsschlagader anfängt zu puckern. »Dass der ein Megaschauspieler ist, heißt noch lange nicht, dass er was umsonst bekommt. Der hat genauso zu zahlen wie jeder andere. Die Mädels sind keine Schuhe, die man runterhandeln kann. Und du kennst unsere Preise. Denkst wohl, ich weiß nicht, dass du öfter herkommst?« So. War vielleicht etwas laut am Ende. Aber Hollywood hat doch mit Sicherheit genug

Kohle. Wenn solche Leute geizig werden, könnte ich kotzen. Zwingt ihn ja keiner, in den Puff zu gehen.

Der Musiker glotzt mich wortlos an, die Stirn gerunzelt. Aber dann lacht er auf einmal. »Du gefällst mir. Du kriechst mir nicht in den Arsch.«

Wir beruhigen uns beide innerhalb von ein paar Sekunden. Lustig, im Alltag weiß ich oft nicht, was ich sagen soll, wenn mir einer dumm kommt. Ich werde so oft blöd von Typen angelabert. Hinter der Bar fällt mir das irgendwie leichter. Hier fühle ich mich auch nicht so lost wie auf der Straße.

»Ich komm ein andermal wieder, aber heute besorgst du meinem Freund ein gutes Mädel. Er mag die Dunkle mit dem Tattoo auf dem Rücken.« Er zeigt auf Sabine.

»Die muss er aber unbedingt mit ihrer Freundin buchen.« Ich deute auf Vera, die gerade sehr dekorativ auf einem Barhocker neben Sabine thront.

Hollywood, der uns bei den Verhandlungen mit zugekniffenen Eichhörnchenaugen beobachtet, schüttelt den Kopf: »Only one girl.«

Er mustert mich. »What about you?«

»Sorry, ich arbeite nur hinter der Bar.«

»Das glaube ich dir nicht. Wenn ich dir fünftausend Euro gebe, kommst du auf allen vieren zu mir ins Hotel gekrochen.«

»Wenn du meinst.« Da ist jede Diskussion zwecklos. Verdirbt bloß die Stimmung. Soll er doch denken, dass er jede kriegen kann. Mich kriegt er nicht rum. Da hat er sich getäuscht. Diese Sprüche! »Jede hat ihren Preis.« – »Irgendwann wirst du schon drauf eingehen.« Solche Typen können sich gar nicht vorstellen, wie viel ich hier in einer guten Woche verdiene. Da verzichte ich gerne auf fünftausend Euro für eine Nacht mit Mr. Hollywood.

Der soll mal schön mit Sabine und Vera gehen, und zwar mit beiden.

»Du, die Vera und die Sabine darfst du nicht trennen. Die haben ein ganz besonderes Verhältnis zueinander, das hast du bestimmt noch nicht erlebt«, verspreche ich.

Hollywood guckt noch genervter. Er sagt irgendwas zum Rocker, leider so leise, dass ich es nicht verstehen kann.

»Die machen vollen Service, auch französisch und von hinten, ja?«

»Das klärst du am besten mit den beiden.« Ich mische mich da nicht ein. Das entscheiden die Mädels selbst. Bei Sabine weiß ich, dass sie keinen Analverkehr macht und Küssen auf keinen Fall. Vera, die erst zweiundzwanzig ist, aber schon fünf Jahre in einem Hardcore-Laden in der Schweiz gearbeitet hat, ist anders drauf. Die macht auch Natursekt, also Anpinkeln, und Hochzeitsnacht mit Küssen, und auspeitschen lässt sie sich auch.

»Die beiden kann man mit Worten kaum beschreiben.« Ich setze einen verheißungsvollen Blick auf. Nicht zu konkret werden, lieber ein bisschen der Fantasie überlassen. Das klappt meistens.

»Also gut, dann mach die beiden. Aber nur für eine Stunde.« Er klingt, als ob er das Hin und Her leid wäre. Ich stecke seine Karte ins Gerät und buche achthundert Euro. Dafür bekommt er sogar eins der schönsten Zimmer. Eine Suite mit Whirlpool, der von unten beleuchtet ist, alles leuchtet türkis, wunderschön sieht das aus.

Ich gebe Sabine und Vera ein Zeichen. Sie holen sich den Zimmerschlüssel und stöckeln mit Hollywood zum Flur.

Der Rocker, der offenbar nur als Vermittler dabei war, klopft zum Abschied mit seinem fetten Totenkopf-Ring auf den Tresen, dreht sich um und verschwindet.

Ich muss bei Tankstellen-Theo verlängern. Der will bestimmt noch nicht gehen, jedenfalls nicht, solange Polen-Tanja wach ist. Tanja sagt immer, sie weiß genau, wie sie ihn bei der Stange hält. Wenn Theo mault, weil er endlich Service will, dann fragt sie einfach nach seinem Sohn. Das funktioniert immer. Dann sagt Tanja nur noch ach, ja, hm, oh und krault ihm den Brustpelz. Die steckt sich sogar manchmal Ohropax rein, damit sie sich entspannen kann, während Theo erzählt, dass sein Sohn, also der Junge, den er mit seiner ersten Frau hat, noch nicht einmal zu Weihnachten angerufen hat. Weil er es nämlich gar nicht gut findet, dass sein Vater, also Theo, inzwischen mit einer thailändischen Ex-Nutte verheiratet ist. Was der arme Theo, der seinem Sohn doch jeden Monat Geld für sein teures Studium überweist, gar nicht verstehen kann.

Theo jammert, als er mich sieht. »Ihr wollt alle nur mein Geld«, stöhnt er. Da hat er leider recht. Der ist wie ein Magnet für Leute, die ihn ausnehmen wollen. Seine Thailänderin und sogar sein bester Freund, Erich, der ihn immer wieder hierherschleppt. Der will von dem Geld, das Theo hier ausgibt, sogar noch eine Provision haben. Von uns kriegt Erich natürlich nichts, deswegen holt er sich's von Theo. Arme Wurst. Aber Theo lässt sich von mir schließlich zum Verlängern überreden, zahlt noch mal für zwei Stunden und guckt mich vorwurfsvoll an.

»Aber dann müssen die wirklich was machen, sag denen das!« Ich nicke und flüstere Tanja zu: »Jetzt zeig ihm halt mal deine Titten.« Tanja dreht sich zu ihm und zieht ganz langsam den Reißverschluss von ihrem Top auf. Sie trägt so ein enges bauchfreies Teil, in dem die Brüste hochgepusht werden. Tanja hat eine Superfigur, ganz schlank, aber richtig Busen. Jetzt quillt er förmlich auf, weil er nicht mehr im engen Top eingequetscht ist, und Theo seufzt ergeben, als er ihre Nippel sieht. Ich gehe. Tanja kriegt das schon hin.

Heute scheint eine gute Nacht zu sein. Mal hören, was Hollywood macht. Ich schreibe Sabine eine Nachricht. »Verlängern? Soll ich noch eine raufschicken?« So machen wir das jetzt oft, wenn sie bei einem Freier ist. Wenn der Lust auf mehr hat, bereiten die Mädels ihn auf eine weitere Frau vor. Dann machen die richtig Party auf dem Zimmer, das bringt den besten Umsatz.

»Kommen gleich runter«, antwortet Sabine. Ich gucke auf die Uhr. Kann eigentlich nicht sein, es ist gerade mal eine halbe Stunde rum, seit die hochgegangen sind, und bezahlt hat Hollywood ja immerhin für eine Stunde. Komisch. Ist vielleicht was schiefgelaufen.

Vera erscheint als Erste und schlendert zum Sofa. Hollywood ist ein paar Schritte hinter ihr. Er hat wieder die Kappe über die Mütze gezogen und rennt fast Richtung Ausgang. Sehr zufrieden sieht der nicht aus.

Sabine bringt mir den Zimmerschlüssel.

»Was war los?« Mit Sabine kann ich gut reden. Die erzählt, was Sache war, und erfindet keine dummen Ausreden, auch wenn mal was schiefgelaufen ist. »Hat er einen Rückzieher gemacht?«

»Ne, gar nicht. Der wollte einfach nur möglichst schnell ficken.« Sie schnaubt verächtlich. »Kein Licht. Nicht mal eine Kerze durfte ich anzünden. Ich glaube, der hatte wahnsinnig Schiss davor, dass wir den filmen. Dann hat er im Dunkeln zu Vera gesagt, sie soll sich ausziehen und umdrehen, damit er sie von hinten nehmen kann. Der wollte erst ohne Kondom, aber das hat sie nicht gemacht. Dann hat er sie gefickt, einmal gegrunzt, als er gekommen ist, und sich sofort wieder angezogen. Und weißte was?« Sabine haut sich vor die Stirn. »Der wollte unbedingt das Kondom mitnehmen. Echt, der hat das eingesteckt!«

Ich muss lachen. Hollywood, mein romantischer Held, mit einem benutzten Gummi in der Tasche, voll mit seinem kostbaren Sperma. »Hatte der Angst vor Samenraub? Oder denkt der, wir wollen ihn damit erpressen?«

»Keine Ahnung. Wir haben ihn ausgelacht, aber er hat das Gummi in ein Taschentuch getan und eingesteckt.«

Ich seufze. Vermutlich kann ich jetzt nie wieder einen seiner Filme gucken, ohne an das eingewickelte Kondom zu denken.

Mein Handy vibriert. Eine Nachricht. Es ist Torben. Endlich. »Baby, habe deine Nachricht gehört, muss dich sehen. T.«

Ich bin so erleichtert, dass ich fast heulen muss. »Bei dir zum Frühstück?«, schreibe ich zurück. Wenn er ja sagt, schlafe ich halt nur drei Stunden. Wird ja noch dauern, bis ich hier raus kann, bis um fünf haben wir auf, solange muss ich definitiv bleiben, vielleicht sogar länger, wenn noch ein Freier auf Zimmer ist. Aber egal. Hauptsache, wir sehen uns, bevor er es sich anders überlegt.

ORGASMUSPROBLEME

Sabine, du hattest recht.« Ich stehe am Tresen, sortiere Gläser und zünde Kerzen an. Die meisten Mädels sind schon da; vor ein paar Minuten hat der Club aufgemacht.

»Womit habe ich recht?«

»Na, wegen Torben. Wir haben uns vertragen. Er meinte, er musste das erstmal verkraften.« Diesmal hat er mir wenigstens zugehört und ist nicht gleich abgehauen. Der hatte ja auch vollkommen falsche Vorstellungen vom Club. Er dachte allen Ernstes, ich würde da oben ohne bedienen. Ich habe ihm von Polen-Tanja, Theo und dem Gequatsche über Theos Sohn erzählt. Die Vorstellung, dass Theo Hunderte von Euro dafür bezahlt, damit sich jemand sein Gejammer anhört, fand Torben sogar witzig. Ich hab ihm die ganze Geschichte natürlich so erzählt, als wären die meisten Gäste eher harmlos. Torben war trotzdem noch misstrauisch.

»Baby, wenn dich mal einer anfasst, dann rufst du mich an. Ich hau dem auf die Fresse! Und such dir einen anderen Job, dann hörst du da auf!« Wenn Torben sich so aufregt, kann man mit dem überhaupt nicht mehr normal reden. Also habe ich meine Taktik aus dem Club angewandt. Wenn da ein Gast meckert, bleibe ich ganz freundlich, lächle nett, werfe die Haare zurück und halte das Köpfchen schief, dann kommen sie runter.

»Mach dir keine Sorgen, Torben. Ich mache das ja nur noch für ein paar Wochen. Du bist mir doch viel wichtiger.« Am Ende war er tatsächlich damit einverstanden, dass ich das Festival mache und wir danach besprechen, wie es weitergeht.

Sabine hört sich die ganze Geschichte geduldig an und findet, ich solle unabhängig von Torben mein Ding machen. »Oder denkst du etwa, der wird für dich sorgen, wenn du ohne Job dastehst?« Stimmt schon. Torben ist dauernd klamm, der hat sich gerade wieder Geld von mir geliehen.

Heute bin ich alleine an der Bar. Maria hat frei, die fängt jetzt echt ihren Nagelmodellage-Kurs an. Aber Wolfi, der Manager, ist da.

Wolfi hat mir neulich erzählt, dass er eigentlich Polizist werden wollte, was ich total skurril fand. Mehr Gegensatz zum Nachtleben geht ja kaum. Doch der Hirni ist dreimal durch den Sporttest gerauscht und hat dann auf Security umgesattelt. Ein Kumpel vom Chef hat ihn schließlich hier angeschleppt.

Es ist irre viel los, und ich komme nicht mal dazu, etwas zu essen. Ich habe mir angewöhnt, das immer so gegen neun zu machen, damit ich die Nacht gut durchhalte. Jetzt bin ich hungrig und total müde, weil ich wegen Torben so wenig geschlafen habe. Ausnahmsweise habe ich ein Glas Champagner getrunken, mein Hirn ist schon leicht benebelt. Jasmina, reiß dich zusammen. Diese Nacht riecht nach Stress.

Sabine und Polen-Tanja sind seit einer Weile mit einem Freier auf Zimmer. Eigentlich wollte er nur Sabine, aber ich habe ihn so lange bequatscht, bis er auch Tanja mitgenommen hat.

»Na wenn das mal gut geht«, hat Sabine geunkt, als sie den Gast gesehen hat.

»Wieso, was ist mit dem?«

»Braune Schuhe! Die mit den braunen Schuhen sind oft Protestfreier. Und dann noch Österreicher! Die sind ganz schlimm.«

Die Mädels haben zu jeder Art Freier ihre Meinung. Italiener sind dreist und wollen schnell zur Sache kommen. Franzosen trinken zwar viel Champagner, aber mit dem Service sind sie nie zufrieden, weil in Frankreich ganz andere Dinge zum normalen Angebot gehören, zum Beispiel Küssen, oder Blasen ohne Gummi. Schweden sind tolle Gäste, weil die gut verdienen, die Norweger aber wiederum nicht. Amis waren früher super, die haben alles mit sich machen lassen und nie Nein gesagt. Engländer sind gut, wenn sie aus London kommen, weil da das Geld sitzt. Schweizer wollen immer Analverkehr ohne Kondom. Männer, die zum Anzug braune Schuhe tragen, sind oft dominant und unverschämt. Und Gäste, die sich beschweren, nennen wir Protestfreier.

Ich gehe hoch zum Österreicher, um zu verlängern. Als ich reinkomme, merke ich sofort: Die Sache läuft nicht gut. Tanja sitzt auf dem Sofa und starrt in die Luft, und Sabine torkelt gerade zum Champagnerkühler auf dem Couchtisch. Die ist total betrunken.

»Was sind das denn für Urscheln! Ich bin seit Stunden hier, und die haben noch nichts gemacht.« Der Österreicher sitzt in Hemd und Unterhose vor mir und zeigt auf Sabine. »Guck dir die besoffene Kuh an. Ein Scheißladen ist das.« Er ist kurz davor, richtig auszuflippen, hört gar nicht auf zu meckern. »Du bist doch die Chefin, jetzt verklickere denen gefälligst, dass sie was machen sollen!«

»Ja klar, Mädels, also, jetzt mal Vollgas!« Ich schnappe mir Sabine. »Ich bring dir gleich eine andere.«

Sabine hängt wie ein nasser Sack an meinem Arm. Ich schleppe sie in die Küche und lege ihr ein nasses Tempo in den Nacken. Zum Ausnüchtern.

»Was war denn los mit dem?«

»Der hat so genervt, weil er unbedingt anal wollte, aber das mache ich auf keinen Fall. Auf Tanja hatte er keinen Bock. Der klebte permanent an mir. Und ich habe echt zu viel getrunken. Kriegst du das hin mit dem?«

»Ich lass mir was einfallen«, verspreche ich. Evelyn muss helfen. Die ist nicht auf den Mund gefallen, so eine brauch ich jetzt.

»Was soll die denn hier?« Der Österreicher mustert die blonde Evelyn. »Ich wollte eine Dunkle. Was ist das für eine Scheiße hier!«

»Na hör mal, Schatz.« Ich tue so, als wäre ich ganz entsetzt. »Kennst du uns denn nicht?«

Er guckt mich verständnislos an. »Wieso? Woher soll ich euch denn kennen?«

»Na, wir sind doch alle Pornodarstellerinnen. Die Evelyn hier ist gerade vom Dreh auf Ibiza zurückgekommen. Und Sabine auch, deshalb war die so fertig.« Ich bin ein bisschen stolz, dass mir spontan diese schöne Story eingefallen ist. Im Seminar kann ich überhaupt nie spontan was ausdenken, aber hier fällt mir das alles auf einmal total leicht.

»Ja und? Trotzdem habe ich hier für Sex bezahlt und noch immer nix bekommen!«

»Na ja, schau, Sabine hat mir eben gesagt, was wirklich passiert ist. Da musst du dich halt auch nicht beschweren!« Ich bluffe. Wie geht die Story jetzt weiter? Irgendwas fällt mir hoffentlich gleich ein, wenn er fragt. Und natürlich fragt er.

»Was soll denn passiert sein?«

»Du kannst keinen Sex. Tut mir leid.«

Evelyn kichert. Der Österreicher guckt völlig verständnislos. »Wie meinst du das?«

Evelyn steigt sofort mit ein. »Ja schau, Schatz, du müsstest vielleicht mal einen Kurs machen. Einen Sexkurs.« Bei dem Gedanken müssen wir beide lachen. »Und zwar für Anfänger«, kreischt Evelyn und kichert albern.

»Genau. Du bist ja gar nicht in der Lage, wie ein normaler Mann Sex zu haben, Schatz!«, mischt sich Tanja ein. »Aber wir zeigen es dir!«

»Jetzt reicht's. Raus mit euch allen.«

Evelyn und Tanja kichern hysterisch. Ich versuche, mich zusammenzureißen, und winke die Mädels zu mir. Besser, wir verziehen uns. Immerhin hat er drei Stunden bezahlt, und wenn er jetzt abhaut, ist es auch okay. Soll er seine braunen Schuhe anziehen und abzischen.

Wir gehen runter. Evelyn und Tanja giggeln immer noch wie kleine Mädchen. »Wie der geschaut hat!« Denen ist es egal, wenn sie einen Freier verärgern. Vor allem, wenn er kein Stammgast ist. Irgendwie finde ich das gut. Die sind so unabhängig. Natürlich wollen die Freier Sex und bezahlen dafür, aber was sie machen und was nicht, das entscheiden die Mädels hier im Club selbst.

Fehlt nur noch der Zimmerschlüssel des Österreichers. Gerade als ich überlege, ob ich noch mal hochgehe und ihn mir hole, kommt er die Treppe runter. Aber er steuert nicht auf den Ausgang zu, sondern stellt sich wortlos neben den Tresen, als würde er auf jemanden warten.

Einen Moment später kommt Wolfi auf mich zu. »Du, da sind zwei Polizistinnen, die wollen dich sprechen.« Er deutet hinter sich. Stehen da doch tatsächlich zwei Bullenfrauen in Uniform.

»Da san's ja endlich!«, ruft der Österreicher und kommt dazu.

»Der Herr hat uns gerufen, weil er für eine Dienstleistung bezahlt hat, die er nicht erhalten hat«, erklärt mir die eine Polizistin. Die andere steht daneben und notiert schweigend irgendwas auf einem kleinen Block.

»Was denn für eine Dienstleistung?« Ich tue erst einmal ahnungslos. Außerdem, was *genau* meint die jetzt eigentlich?

»Ich habe die Blunzn für drei Stunden bezahlt und habe nicht mal abgespritzt!«

»Ist dem so?«, fragt mich die Polizistin. »Gab es eine entsprechende Dienstleistung oder sind sie bereit, die Rechnung des Herrn zu stornieren?«

Ich lächle sie freundlich an, während ich mich frage, wieso sich eine Frau hinstellt und einem Mann helfen will, der meint, es gäbe hier im Puff eine Abspritzgarantie. Das ist doch sein Problem, wenn er keinen Orgasmus bekommt.

»Natürlich hat der Herr seine Dienstleistung bekommen.« So gespreizt reden wie die kann ich schon lange.

»Einen Scheiß!«

»Nun? Was sagen Sie?« Die Polizistin guckt mich mit einem durchdringenden Ermittlerblick an. Was denkt diese Trulla eigentlich? Gibt die ihrem Stecher vielleicht eine Orgasmusgarantie?

»Ich sage, dass es hier kein Problem gibt. Ich hole jetzt ein Paar Handschuhe, dann gehe ich mit ihnen hoch, und wir holen das Kondom mit seinem Sperma aus dem Mülleimer.« Das ist eine dreiste Lüge, ich weiß genau, dass da kein Kondom ist, aber ich setze darauf, dass die Polizistin endlich auf den Trichter kommt, wie absurd die ganze Beschwerde ist.

»Die Scheißhuren lügen alle!«, schreit der Österreicher.

»Nun, wir können das ja überprüfen«, sage ich betont sachlich.

»Äh ... nein, nicht nötig, ich glaube Ihnen.« Die Polizistin guckt total angewidert. Die hat ganz sicher keine Lust, ein Kondom auf Sperma zu untersuchen.

Der Österreicher protestiert noch einmal. Die Polizistinnen

ignorieren ihn und verabschieden sich. Die Mädels grinsen mir begeistert zu.

Mein Handy klingelt. Torben. Ich drücke ihn weg. Der Österreicher steht immer noch vor mir und faselt was von Geld zurück. Wolfi ist zum Glück bei mir geblieben, und obwohl er sanft wie ein Lämmchen ist, ist er groß und wuchtig und auf jeden Fall stärker als der Gast.

»Beruhige dich, mein Lieber, wir machen es beim nächsten Mal wieder gut. Noch einen Champagner aufs Haus?«, frage ich den Österreicher. Mein Handy klingelt schon wieder. Stimmt, Torben wollte mich heute abholen, das habe ich in der ganzen Hektik total vergessen. Der steht bestimmt schon mit dem Auto vor der Tür und wartet auf mich.

»Ich muss da kurz ran, okay?«, sage ich in Richtung braune Schuhe.

Als ich mich melde, fragt Torben sofort vorwurfsvoll, wieso ich ihn weggedrückt hätte. »Du hast mir gestern versprochen, dass du pünktlich Schluss machst. Ich stehe seit einer Viertelstunde hier draußen und warte auf dich!«

»Ich muss hier noch was fertig machen«, sage ich und lege auf.

»Was ist jetzt mit dem Champagner?«

»Komm, setz dich doch.« Ich stelle eine Flasche Roederer auf den Tresen. Während ich sie öffne, klingelt mein Handy schon wieder.

»Willst du jetzt telefonieren, oder werde ich endlich bedient?« Das Handy klingelt weiter. Der Freier haut mit der Faust auf den Tresen. »Ich scheiß auf den Champagner, ich will mein Geld zurück!«

Ich wische mir die Hände ab und fische endlich das Handy aus der Tasche. »Hörst du mal bitte auf, mich dauernd anzurufen? Ich habe hier voll Stress mit einem Gast!«, zische ich Torben an. »Der flippt mir hier gleich aus!«

»Dann komme ich und hau dem eine aufs Maul, damit er dich in Ruhe lässt, Baby. Ich gehe jetzt rein!«

»Nein! Torben, wenn du einen Fuß in den Laden setzt, fliege ich hier raus. Bleib, wo du bist!«

Der Typ macht mich wahnsinnig mit seiner Eifersucht und diesem übertriebenen Beschützerding. Vor lauter Stress flutscht mir das Handy aus der Hand.

Der Österreicher hat inzwischen mit Wolfi die Diskussion weitergeführt, und Wolfi lenkt ihn gerade mit so einer Art Körper-Schiebe-Technik Richtung Ausgang, Gott sei Dank.

Ich muss raus hier, sonst dreht Torben auch noch durch. Es ist zwar erst viertel vor fünf, aber der Laden ist jetzt sowieso leer, der Österreicher war der letzte Gast. Ich schnappe mir Jacke und Handtasche, warte noch fünf Minuten, damit ich nicht dem Österreicher begegne, und gehe.

Vor dem Club rangiert gerade ein Taxifahrer, um an einem silbernen Golf vorbeizukommen, der total bescheuert geparkt hat. Ich fasse es nicht. Das ist Torben. Der hat seine Karre so nah vor der Tür abgestellt, dass er alle anderen blockiert.

»Bist du bescheuert? Wieso stehst du denn hier so quer?«

»Mach dir keine Sorgen, Baby. Ich fange den Freier ab, der dir Stress macht!«, ruft Torben mir durch das halb offene Autofenster zu.

Ich stöhne, aber nur innerlich. »Der ist doch schon längst weg!«

Ich will gerade einsteigen, da macht es Knack. Das Taxi vor Torbens Auto hat mit dem Heck dessen vorderen Stoßfänger eingedrückt.

»Hey, Mann! Bist du bescheuert?«

Oh nein, der Taxifahrer ist ausgerechnet einer von unseren Stammfahrern, die jeden Abend hier sind. Es dauert keine drei Sekunden, und die beiden sind in die schönste Schreierei verwickelt.

Der Taxifahrer schaut mich vorwurfsvoll an. »Ist das dein Freund? Wie kann man so dämlich parken?«

»Du bist mir doch reingefahren! Das zahlst du!« Torben schimpft, der Taxifahrer jammert, und mir ist das Ganze total peinlich. Vielleicht doch lieber die Bahn nehmen? Aber um diese Zeit sind da sicher nur Besoffene und Drogis unterwegs. Also setze ich mich in Torbens Auto, schließe die Augen und warte.

SCHWARZES LATEX

Als ich am nächsten Abend auf den Eingang des Clubs zusteuere, fängt mich der Taxifahrer ab. »Julia, wie soll ich die Reparatur zahlen? Du weißt, wie wenig ich verdiene!« Er hebt flehend beide Hände.

Ich nicke, murmle: »Ja, tut mir echt leid, der ganze Ärger.«

Geld werde ich dem bestimmt nicht geben. Der verdient genug an den Provisionen, wenn er Gäste herbringt. Glaubt der, ich wüsste das nicht?

Ich habe heute keinen Nerv für so was. Musste mir ja schon die halbe Nacht anhören, was ich für eine miese Freundin bin. Als Torben und ich im Auto saßen, hat der Ami angerufen. Der Wolf of Wall Street. Eigentlich wollte er nur sagen, dass er bald wieder kommt, aber wegen Torben habe ich ihn abwürgen müssen.

»War das dein Neuer? Der dir die ganze Kohle gibt?«

»Torben, das war bloß ein Gast.«

»Und der ist dir wichtiger als ich? Du interessierst dich überhaupt nicht mehr für mich, seit du in dem Scheißpuff arbeitest!«

Dann hat auch noch der Chef angerufen. Ich hätte mir in den Arsch beißen können, dass ich nicht schon auf Flugmodus gestellt hatte. Der Chef wollte wissen, warum ich so früh weg bin, obwohl ich alleine an der Bar war. Ich habe ihm bloß kurz erklärt, dass alle Gäste weg waren. Boah, wie pingelig, wegen einer Viertelstunde so ein Stress! Das Telefonat hat höchstens eine Minute gedauert. Aber für Torben war das schon wieder ein Grund, auszuflippen.

»Und dein verfluchtes Handy ist dir auch wichtiger als ich!« Torben hat es mir mit einem schnellen Griff weggeschnappt. Dabei hat er fast den BMW auf der Nachbarspur touchiert.

Ich habe dann lieber gar nichts mehr gesagt. Selbst schuld, irgendwie. Kein Mann hat es gern, wenn seine Freundin in einem Puff arbeitet. Schon gar nicht, wenn sie dafür so viel Kohle bekommt, dass er wie ein armer Schlucker da steht. Später, als wir bei mir waren, sind wir wortlos ins Bett gegangen und haben uns den Rücken zugedreht.

Als ich um zwölf aufgewacht bin und Torben gefragt habe, wo mein Handy ist, meinte er nur: »Weg.«

»Sag mir jetzt sofort, wo das Handy ist!«

Torben hat stur den Kopf geschüttelt. Ich bin an ihm vorbei in den Flur, hab mir seinen Autoschlüssel geschnappt und mich im Bad eingeschlossen. »Wenn du mir jetzt nicht sofort das Handy gibst, werfe ich den Schlüssel ins Klo!«, habe ich gebrüllt.

»Das Scheißding ist im Blumenkasten!«

Dieser Idiot hatte mein ziemlich neues Smartphone einfach in die Erde gestopft! Nicht mal eine Plastiktüte hatte er drumgemacht. Ich habe ihm seinen Autoschlüssel hingeworfen, und er ist stocksauer aus der Wohnung raus.

Jetzt bin ich wieder im Club. Maria steht am Tresen und bedient einen Gast. Ich bin plötzlich regelrecht froh, hier zu sein und mich nicht mit Torben und seinen Eifersuchtsanfällen beschäftigen zu müssen. Ich bringe meine Sachen in den Spind und gehe in die Küche, um mir einen Kaffee zu holen. Sabine schlüpft gerade in ihre schwarzen Lackpumps.

»Hab schon einen Freier. Ausgerechnet Detlev.«

»Ist das der Typ am Tresen?«, frage ich, als wir rausgehen.

»Ja.« Sie verzieht das Gesicht, aber so, dass Detlev es nicht mitbekommt.

Der Mann am Tresen trägt eine biedere Brille. Seine fusseligen Haare hat er mit Gel hochgestellt, was total bemüht und bescheuert aussieht. Er redet mit herablassendem Gesichtsausdruck auf Maria ein und zupft immer wieder mit zwei Fingern an seiner Nasenspitze. Typisch Kokser.

Ich bin kaum hinter dem Tresen angekommen, da streckt mir Detlev seine Hand entgegen. »Hallo, schöne Frau. Wir kennen uns noch nicht.«

»Hi, ich bin Julia.« Drücke kurz seine Hand und will meine wegziehen. Aber er hält mich fest. Mit dem Daumen reibt er auf meinem Handrücken herum. Dabei beugt er sich zentimeterweise weiter vor. Er hängt jetzt so weit über dem Tresen, dass ich glitzernde Schweißtröpfchen auf seiner weißen Oberlippe perlen sehen kann. »Zehntausend Euro, wenn du ohne Gummi mit mir fickst.«

»Ich glaube, du verwechselst da was. Gib eine Flasche aus und benimm dich anständig.« Ich entziehe ihm meine Hand mit einem entschlossenen Ruck. Bah. Das hätte ich vor ein paar Wochen noch nicht so gut hingekriegt. Gut, dass der Tresen Abstand zwischen uns schafft. Dadurch fühle ich mich irgendwie sicher, ich mache hier die Regeln, nicht Ekelpakete wie Detlev.

Aber irgendwie interessiert mich trotzdem, wie der drauf ist. Die Mädels haben schon so einiges von Detlev erzählt. Für den gibt es die Detlev-Tasche, die steht hinten im Büro. Darin sind Handschellen, eine Peitsche, Halsbänder, eine Hundeleine und vor allem schwarze Latexhandschuhe. Mindestens zehn Paar.

Detlev ist Stammgast. Macht irgendwas in Sachen An- und Verkauf von Firmen, Mergers & Acquisitions. Wenn eine Firma in die Pleite rutscht, dann kommt Detlev mit seinen Leuten, entlässt die Hälfte der Belegschaft, macht die Firma irgendwie wieder rentabel und verkauft sie dann für den vierfachen Preis.

Keines der Mädels kann den leiden. Natürlich gibt es viele Freier, die nervig sind. Aber Detlev finden die Girls richtig ätzend. Der kokst die ganze Zeit und wird total geil, aber er kriegt vor lauter Drogen keinen hoch und beschwert sich dann beim Chef. Oder er droht, eine schlechte Bewertung im Freier-Forum zu hinterlassen, das ist so eine Art Yelp für Bordelle. Die Manager hassen ihn auch, weil er seine Rechnungen nicht bezahlt, sondern immer wieder anschreiben lässt. Zwanzig-, dreißigtausend Euro. Dabei fällt manchmal eine Rechnung unter den Tisch. Die zahlt er dann gar nicht. Und niemand nagelt ihn darauf fest. Sogar der Chef lässt ihm das durchgehen, weil er darauf setzt, dass Detlev immer wiederkommt und diese Mörderumsätze macht. Der hat wohl immer gleich zwei, drei oder vier Frauen mit auf dem Zimmer.

Ich mustere Detlev. Er trägt Anzug, Hemd und Fliege. Sein Gesicht sieht aus wie das einer Wasserleiche. So aufgedunsen und fahl, mit roten, verquollenen Augen. Alle paar Sekunden zieht der den Rotz hoch, als hätte er einen fetten Schnupfen. Sein hagerer Körper passt irgendwie nicht zum Gesicht. Detlev kommt mir vor wie einer von diesen gruseligen Tiefseefischen, die als wissenschaftliche Entdeckung abgefeiert werden. Abstoßend und hässlich, aber man muss sie trotzdem anstarren. Während ich versuche, ihn unauffällig zu betrachten, mustert er mich ungeniert.

»Julia, Julia, auch du wirst einmal mir gehören. Ich bekomme jede. Und dann wirst du vor mir knien und dich in den Arsch ficken lassen. Magst du Schläge?« Detlev macht es offenbar großen Spaß, Frauen zu erniedrigen.

Er erinnert mich an meinen Onkel Zouhir. Der hat das gesamte Vermögen meiner Oma in Domina-Studios durchgebracht. Davon redet meine Mutter heute noch. Meine Großmutter war vor der Sache eine vermögende Frau. Richtig reich war die. Und dann hat mein Onkel innerhalb von fünf Jahren drei Häuser, mehrere Hunderttausend Euro Bargeld und wertvollen Schmuck für seine sexuellen Gelüste auf den Kopf gehauen.

Deshalb werde ich dem Detlev heute mit besonderer Freude das Geld aus der Tasche ziehen. Ich werde ihn nicht aus der Tür lassen, bevor er bezahlt hat. Und zwar alle Rechnungen, die offen sind.

An der Bar sitzt noch ein Freier, der sich verlegen umsieht. Ich gehe zu ihm rüber. Die Männer sind manchmal so schüchtern, dass sie warten, bis eine von uns sie anspricht. Die Schüchternen sind meist die Netten. Familienväter, die ein-, zweimal im Leben im Puff landen, weil irgendein Freund sie reingequatscht hat.

Ich plaudere mit dem neuen Freier, das fällt mir total leicht, mochte ich schon immer, mir Geschichten von Wildfremden anzuhören. Vielleicht hätte ich Psychologie studieren sollen. Mich interessiert einfach, was in der Seele der Menschen abgeht. Schon nach fünf Minuten weiß ich, was bei dem so los ist. Der ist total froh, dass ihm mal jemand zuhört. Hat zwei kleine Kinder, und im Bett läuft nichts mehr.

»Meine Frau ist immer müde. Dabei ist die doch den ganzen Tag mit den Kindern zu Hause.« Es klingt, als würde er den Alltag seiner Frau für das reinste Entspannungsprogramm halten. »Und wenn ich dann von der Arbeit komme, soll ich erst den Müll rausbringen, dann den Kindern vorlesen und muss mir danach lauter Geschichten aus dem Kindergarten anhören. Die interessiert sich überhaupt nicht mehr für mich als Mann. Und an Sex denkt die schon gar nicht.«

»Vielleicht massierst du sie einfach mal?«, schlage ich vor. Manche Männer haben keine Ahnung davon, was Frauen mögen. Die sind richtig dankbar, wenn man ihnen einen Tipp gibt.

Der Freier zuckt ratlos die Achseln. »Habe ich schon probiert, aber das bringt nichts. Ich massiere die eine halbe Stunde, aber dann ist die immer noch nicht geil. Die schläft mir unter den Händen ein.« Er guckt ganz bekümmert.

Ich nicke verständnisvoll, versorge ihn mit Evelyn und frage mich, was Detlev gerade macht. Sabine und Vera sind mit ihm oben. Was die wohl treiben? Mittlerweile habe ich überhaupt keine Sorge mehr, die Freier bei irgendwas zu stören, wenn ich reinkomme. Die betrachten mich sowieso als Inventar.

Detlev thront mitten auf dem riesigen Bett. Er sieht grotesk aus. Bis auf die schwarzen Socken ist er nackt, und an den Händen trägt er schwarze, dünne Latexhandschuhe. Sabine und Vera sitzen neben ihm. Sie halten mit spitzen Fingern Detlevs Brustwarzen fest und ziehen mechanisch daran. Es sieht aus, als würden sie ihn melken. Der weißhäutige Mann hat die längsten Nippel, die ich je gesehen habe. Ausgeleiert und schrumpelig.

Vera bewegt den Po hin und her, als würde sie einen Sitztanz aufführen. Detlevs schwarze Gummihand wandert im Rhythmus ihrer Bewegung hinterher. Er umfasst ihre Pobacke und reckt Arm und Finger, um in die Ritze zu fassen. Vera drückt mit dem Ellenbogen gegen seinen Arm und krümmt gleichzeitig den Rücken in die andere Richtung, um die krabbelnden Gummifinger daran zu hindern, ihr in den Hintern zu kriechen.

Es scheint Detlev nicht zu stören, dass ich da stehe und mir genau ansehe, was die drei tun.

»Komm, zieh dich aus und mach mit, du willst es doch«, stöhnt er.

Ich antworte nicht, sondern schaue mich um. Auf dem Tisch liegt noch ein Rest Koks. Am Ziehschein klebt ein bisschen Blut. Ich hoffe, dass es aus Detlevs Nase stammt und dass die Mädels nicht denselben Ziehschein benutzt haben. Das ist total gefährlich. Man kann sich alles Mögliche holen. Komische Warzen in der Nase oder Hepatitis. Sabine ist da supervorsichtig. Aber Vera kenne ich noch nicht so gut.

Vera steht auf und holt neue Latexhandschuhe aus der Tasche.

»Zeit für frisches Gummi!«, gurrt sie. Sie rollt Detlev das schwarze Ding von den Fingern und fummelt den neuen Handschuh dran. »Du weißt doch, wie geil wir das finden, dieses Gefühl von Latex auf unserer Haut.«

Detlev stöhnt und sieht aus, als würde er das glauben. Idiot. Der wahre Grund für die häufigen Handschuhwechsel ist ein anderer. Weil er permanent an den Mädels rumfummelt, am liebsten am Po.

»Wenn der mich am Arsch angrabscht, krieg ich die Krise«, hat Sabine mir mal erzählt. »Der macht sich ja auch selber dauernd am Hintern rum. Weil er meint, dann würde sein Schwanz schön hart. Deswegen wechseln wir ihm so oft die Handschuhe.«

»Mein Lieber, du bleibst ja noch ein Weilchen. Wollen wir noch drei Stunden buchen?« Ich warte gar nicht auf seine Antwort, sondern rede einfach weiter. »Drei Stunden, super. Plus die zwei. Und die Rechnung von neulich.«

»Willst du jetzt etwa kassieren?« Detlev hebt eine Augenbraue und zieht gleichzeitig beide Mundwinkel nach unten.

»Genau, und dann kann es weitergehen.«

»Och nö. Da bin ich jetzt nicht drauf vorbereitet.«

»Erklär mir doch mal eines.« Ich setze mein freundlichstes Lächeln auf und gehe einen Schritt auf ihn zu. »Wie kannst du denn da nicht drauf vorbereitet sein? Du bist doch nicht zum ersten Mal hier. Wie kann man zehntausend auf der Uhr haben und dann sagen, da bin ich nicht drauf vorbereitet? Und du willst doch bleiben, oder?« Ich schaue ihm ganz direkt in die Augen. Entweder der begleicht direkt die Rechnung, oder der Spaß ist vorbei. Wahnsinn, wo kommt das eigentlich alles her? Wenn ich in der Uni sitze und daran denke, dass ich vielleicht mal vor Gericht sprechen soll wird mir sofort heiß, und ich kriege kein Wort raus. Oder wenn mich ein Typ dumm anmacht und sogar antatscht, wie vor ein paar Monaten beim Shoppen, der trug auch noch Ehering. Und ich erst voll in Schockstarre und dann einfach bloß weg. Und hier im Club bin ich auf einmal total cool und schlagfertig.

»Och nee, das passt wirklich jetzt gar nicht.« Detlev dreht sich ein wenig zur Seite und betatscht Sabines Titten, führt ihre Hand zu seinem schlaffen Penis. Ich schüttele den Kopf. Sabine schiebt die Hand direkt wieder weg. Bevor nicht bezahlt ist, macht hier niemand was.

»Wo hast du denn deine Kreditkarten, Schatz?« Ich scanne das Zimmer, entdecke sein Sakko, taste nach der Brieftasche und reiche sie ihm aufgeklappt rüber. »Dann zeig mir mal, auf welche ich buchen soll.«

Detlev stöhnt, als hätte ich etwas ganz und gar Unzumutbares verlangt. Aber er scheint zu merken, dass er mit seiner Nummer bei mir nicht durchkommt, und zieht in Zeitlupe eine Karte aus dem Lederetui. Ich buche die offene Rechnung und drei weitere Stunden.

»Du, ich geh mal eben auf Toilette.«

Detlev hebt den Arm und hält Sabine fest. »Och nee, jetzt bleib mal hier!« Er zieht sie zurück aufs Bett und führt ihre Finger an seine langen Nippel. Sie zögert kurz, wirft mir einen Siehst-duwie-der-nervt-Blick zu und kneift Detlev in die Brustwarze. Ich frage mich, ob Detlev bei der ganzen Sache wohl am meisten genießt, dass er für ein paar Stunden wenigstens ein bisschen Macht über zwei Frauen hat.

Drei Stunden später verlängert Detlev noch einmal. Aber Sabine ist müde, weil sie nicht gekokst hat. Ich schicke eine Russin als Ersatz. Die hat auch frisches Kokain für Detlev dabei. Die Mädels bringen das für die Freier mit, sie haben ja selbst was davon, je länger der Typ wachbleibt, desto mehr Umsatz. Sabine und ich gehen ins Büro. Sabine plumpst erleichtert aufs Sofa. Außer Detlev ist kein Freier mehr da.

»Wie hält der das eigentlich so lange durch?«

»Der nimmt halt echt viel. Hast du gesehen, wie hektisch der mit seinen Händen ist? Und dann schreit der zwischendrin, weil er so Stiche auf der Haut spürt. Kommt alles vom Koksen. Wir fragen uns alle schon seit Monaten, wie sein Herz das eigentlich mitmacht.«

»Aber irgendwann muss der doch mal schlafen, oder? Geht der gleich nach Hause?«

»Nö. Der geht arbeiten und macht seine Leute fertig.« Sabine lacht. »Die Manager haben neulich Wetten darauf abgeschlossen, dass er dieses Jahr nicht überlebt.«

Als Sabine schon längst weg ist – immerhin dürfen die Mädels gehen, wenn nicht mehr viel los ist – kommt Detlev runter. Ich bin wahnsinnig müde und will nach Hause. Es ist gleich acht Uhr morgens. Detlev scheint das gar nicht zu realisieren. Also weder die Uhrzeit noch, dass andere Menschen schlafen wollen. Er setzt sich zu mir an die Bar und bestellt eine Flasche Champagner. Auf seiner Stirn stehen Schweißperlen, an den Nasenflügeln und auf der Oberlippe kleben weiße Kristalle. Er hat riesige Pupillen und labert in einer Tour. Erzählt mir von irgendeinem Einkaufszentrum im Osten, das er für gaaanz kleines Geld gekauft hat und jetzt mit einem Riesengewinn losgeworden ist. Der ist noch voll drauf. Fragt mich aus, woher ich komme. Und ob ich wirklich Julia heiße. Denkt der, ich würde ihm jetzt aus meinem wahren Leben erzählen? Na warte. Ich grinse in mich hinein, weil mir gerade eine richtig schöne Geschichte für ihn einfällt.

»Ne, Julia ist mein Pseudonym. Ich bin untergetaucht. Schwöre mir, dass du es für dich behältst!« Ich hebe die Schwurhand, und er macht's mir sogar nach. Ich schaue mich todernst im Raum um, als wollte ich überprüfen, ob uns jemand belauscht.

Den habe ich am Haken. Der würde mir jetzt alles glauben.

»Ich war in Hamburg mit jemandem zusammen. Den Namen darf ich nicht verraten, sonst bin ich tot. Waffen und Kokain.«

»Du meinst …« Er schaut mich noch interessierter an als vorher.

»Genau.« Ein Hauch von Unterwelt und Gefahr. Jetzt denkt er, ich wäre eine Gangsterbraut. Wer weiß, wofür das noch gut ist.

Als ich morgens um neun endlich aus dem Club komme, ist auf der Straße schon schönster Berufsverkehr. Ich ziehe die High Heels aus und laufe auf Strümpfen zum Taxi. Der Fahrer wundert sich überhaupt nicht.

Irgendwie verbringe ich Woche für Woche mehr Zeit im Club. Inzwischen bin ich an fünf, manchmal auch an sechs von sieben Tagen gebucht. Heute habe ich endlich mal frei. Ein freier Tag ohne Männerstress. Wenn das mit Torben wieder gut werden soll, muss er diesmal den ersten Schritt machen. Das habe ich mir fest vorgenommen, Butzi und Sabine finden das auch. Der raubt mir zu viel Kraft, und ich merke, wie mir die Arbeit im Club dabei hilft, etwas Abstand zu ihm zu bekommen. Obwohl ich ihn ja am

Mittag zuletzt gesehen habe, kommt es mir vor, als hätte diese Nacht ihn ganz weit von mir weggetragen. Noch weiter weg ist nur mein Studium, ich kann mir gerade überhaupt nicht vorstellen, noch mal in die Uni-Bibliothek zu gehen.

Übermorgen werde ich zum ersten Mal mit meinen Lieblingsmädels aus dem Club ins Spa gehen. Nur Sabine, Butzi und ich. Beim Gedanken an Massage, Sauna und Detox-Smoothies bin ich innerhalb von Sekunden eingepennt.

SEITENEINGANG

Wir treffen uns um vier vor dem Spa. In dem hypermodernen Gebäude aus Glas und Stahl gibt es vier Fitness-Etagen und ganz oben einen Wellnessbereich. Ich betrete diesen Tempel des Körperkults zum ersten Mal, weil das so ein Edelding ist, wo nur Leute mit richtig Asche hingehen. Fabienne hat mir mal davon erzählt, weil ihre Mutter Mitglied ist und sie manchmal mitnimmt.

»Drei Stunden, bitte«, sagt Sabine. Dazu buchen wir dreimal das Beauty-Paket-de-luxe und eine Ganzkörpermassage. Ich lege dreihundert Euro in bar auf den Tresen. Zu dritt zahlen wir fast tausend Euro für drei entspannte Stunden. Das ist dekadent, andererseits ein gerechter Ausgleich für die fiesen Sprüche, die ich mir von Detlev anhören musste.

»Wir müssen entgiften. Detox ist total wichtig, weißt du, Julia?«, sagt Butzi. »Nur so bekommen wir wieder eine reine Seele.«

»Hier gibt es die besten Gras-Smoothies der ganzen Stadt«, schwärmt Sabine. »Danach fühlst du dich wie neugeboren.«

Pürierte Wiese? Probieren kann man ja mal. Butzi und Sabine kennen sich total gut aus bei allen Beautytrends, da kann ich bestimmt noch was lernen.

Beim Bezahlen frage ich mich, ob sich die Gepflegte an der Kasse wohl wundert, wieso ich nicht mit Karte zahle. Wo der Fünfhunderter in meinem Louis-Vuitton-Portemonnaie herkommt. Ob die vielleicht ahnt, wie wir unser Geld verdienen? Warum sollten wir sonst so viel Bargeld haben? Gut, reicher Mann, reiche Eltern, das wäre eine Erklärung. In ihrem perfekt geschminkten Gesicht bewegt sich jedenfalls kein Muskel. Oder hat die gerade die Augenbrauen einen Millimeter nach oben gezogen? Für mich ist das hier einfach ungewohnt. Früher hatte ich nie mehr als hundert Euro bar in der Tasche, und jetzt gehe ich manchmal mit mehreren Tausend Euro heim. Die stopfe ich mir dann in den BH. An meinen Brüsten sind die Scheinchen sicher, falls mir jemand unterwegs die Handtasche klaut.

In der Sauna liege ich auf der Stufe über Sabine. Sie hat die Augen geschlossen. Ihr Körper hat die Form einer göttlichen Statue. Bis auf die Brüste, die sind überdimensioniert. Aber der Rest! Perfekte Proportionen, eins a in Schuss. Von der schmalen Taille aus wölbt sich ihre Hüfte. Unter der Haut, auf der sich schon winzige Schweißperlen bilden, zeichnen sich ihre Muskeln ab. Sogar im Liegen sieht man die Muckis. Bei mir ist das nicht so, selbst wenn man ganz genau hinschaut. Da ist alles weich und am Hintern auch ein bisschen wabbelig. Ich esse halt zu gern und bin Araberin. Da ist man eben rund und untenrum üppig gebaut.

Sabine erinnert mich an einen Panther, weil alles an ihr so geschmeidig wirkt. Sie geht dreimal in der Woche hier im Fitnessclub trainieren. Ich habe schon mitbekommen, dass alle Mädels im Club Nuit auf ihren Körper achten wie auf ein Heiligtum. Der Body muss immer in Shape sein, ist schließlich auch das Kapital. Sogar Butzi, die eigentlich eine faule Nuss ist, hat einen Personal Trainer, der sie regelmäßig triezt.

Butzi reckt sich, nimmt ihr Handtuch und steht auf. »Ich geh schon mal zum Pool, Mädels. Übrigens, echt schöne Muschi hast du, Julia!«

Ich bin total perplex. Eine schöne Muschi! Das hat definitiv noch niemand zu mir gesagt, aber Butzi lächelt mich so freundlich an, als wär's das normalste Kompliment der Welt. Crazy. Aber irgendwie finde ich es toll, unter Frauen so unbefangen zu reden.

Als ich mit Sabine aus der Sauna komme, treffen wir Butzi am Indoor-Infinity-Pool. Sie hat schon Smoothies für uns drei georDert. Mit Seetang, Chia-Samen und Weizenkeimen. Erinnert mich an Fischkotze, ist aber bestimmt richtig toll für die reine Seele. Beim letzten Schluck spüre ich regelrecht, wie die Ablagerungen des Nachtlebens aus mir rausgespült werden. Wir liegen entspannt in flauschigen Bademänteln im Liegestuhl, der Pool plätschert, ein herrlicher Tag.

Die Mädels habe ich inzwischen richtig gerne, das ist eine total entspannte Freundschaft geworden. Vielleicht auch, weil sie die einzigen Menschen sind, mit denen ich die neuen Erfahrungen im Club teilen kann. Das ist so, als hätte ich ein Parallelleben. Wobei es sich langsam realer anfühlt als das Leben, das ich vorher hatte.

Aus dem Spa gehen wir direkt zum Club. Der Chef hat mich vorgewarnt, dass ich vielleicht das Wochenende durchmachen muss. Wegen so einer Promi-Clique aus New York. Der Lover von einem ziemlich bekannten Model hat sich angekündigt. Von ihm und seiner Freundin sieht man dauernd ultraverliebte Fotos in der *Gala*. Knutschend und kuschelnd. Das ist dann ja wohl alles nur Show. Der ist also auch nicht treuer als all die anderen Freier. Dem reicht das Top-Model wohl nicht.

Aber solange er sein Model gut behandelt, ist es vielleicht besser, er kommt zu uns, als dass er eine Affäre mit einer anderen anfängt. Solange er sie glücklich macht! Einmal im Puff feiern ist dann vielleicht weniger krass, als wenn er mit einer Frau auch noch Abendessen gehen oder so andere Pärchensachen machen würde. So lange er halt emotional bei seiner Freundin bleibt. Wenigstens hat das Model Kohle, der wird ja wohl nichts fehlen, wenn der Typ ein paar Tausender im Club lässt. Und wahrscheinlich passiert es in jeder Beziehung irgendwann, dass einer mal fremdgeht. Vielleicht ist das ganze Treue-Ding einfach nur unrealistischer Quatsch.

Um acht stehen der Modelfreund und seine Jungs am Tresen. In echt sieht er viel netter aus als auf den *Gala*-Fotos, was an seinem charmanten Lächeln liegen könnte. Er sagt sogar Bitte und Danke, als er eine Magnum-Flasche Dom Pérignon ordert.

»Are *you* going to marry your girlfriend?«

Er lacht mich an. »No! She's been married two times. Sie hat gar keine Lust zu heiraten. Mein Freund heiratet!« Seine Freunde und er sind also hier, um Junggesellenabschied zu feiern, und das offenbar in der De-luxe-Version.

»Hi, I'm Georgios«, stellt sich sein dunkelhaariger Freund höflich vor. Den habe ich auch schon mal in einem Klatschblatt gesehen. Der Vater ist ein schwerreicher griechischer Reeder.

»Hör mal, wir wollen in diesen einen Club«, sagt der Modelfreund. »Und wir würden gern ein paar von den Mädels mitnehmen. So vier, fünf. Für die ganze Nacht.«

»Klar, kein Problem!« Kann mir schon denken, welchen Club die meinen. Alle Touristen unter vierzig kennen den, wir haben öfter Gäste, die da hinwollen. Ich schätze, die Jungs aus New York wollen da nicht bloß zum Tanzen hin. Dieser Club ist für jegliche Ausschweifung bekannt, dort kann man tun und lassen, was man möchte. Drogen nehmen die Party-People ja sowieso, auch in anderen Clubs. Aber Sex geht nicht überall. In dem Laden ist das aber kein Problem. Manche machen es mitten auf einer der Tanzflächen. Andere gehen dafür in dunkle Ecken, aufs Klo oder in die Darkrooms.

Ich schicke Butzi und Polen-Tanja zum Umziehen, und Vera und Evelyn sage ich auch Bescheid. Die vier sprechen vernünftig Englisch. Die werden aus der Nacht das Optimum rausholen.

Am Tresen sitzt ein weißhaariger Mann in einem etwas altmodischen, aber schicken dunklen Anzug. Sabine hat ihn auch gesichtet. »Der Dompi-Opa! Mein Abend ist gerettet!«

»Dompi-Opa? Was meinst du damit?«

»Wir nennen den so, weil er immer Dom Pérignon ausgibt. Wirst schon sehen.« Sabine steuert zielsicher auf den alten Herrn zu.

»Eine Flasche, mein Lieber?« Offenbar ist der Dompi-Opi schon etwas schwerhörig. Dann ruft Sabine mir zu: »Mach mal einen Walzer an!«

Der Opi führt Sabine wie bei einem Ball in die Mitte des Raumes auf die Tanzfläche. Dort schiebt er sie mit kleinen Tippel-Tanzschritten über den glatten Boden und lehnt dabei seinen Kopf an ihren Busen. Mit ihren hohen Hacken ist Sabine viel größer als er. Der ist bestimmt schon über achtzig und so alte-Leute-mäßig zusammengeschrumpft. Aber er sieht zufrieden aus. Die beiden wirken fast wie ein altes Ehepaar.

Ich finde das schön. Dass es noch Männer gibt, die man mit einem Tanz glücklich machen kann. Bei dem muss Sabine bestimmt nichts machen, wenn die gleich aufs Zimmer gehen. Der würde vermutlich auch keinen mehr hochkriegen. Obwohl – weiß man es? Sabine hat mir neulich von Viagra-Freiern erzählt. Immer mal wieder verlangen welche danach. Weil sie richtig ausgiebig ficken wollen. Darauf haben die Mädels natürlich überhaupt keine Lust. Also tricksen sie. Sie geben den Gästen zwar blaue Pillen, aber das sind so Baldriandinger aus der Drogerie. Die sind zwar oval statt rautenförmig, aber die Girls behaupten dann einfach, das hätten die Rumäninnen mitgebracht, und in Osteuropa würde Viagra halt anders aussehen.

»Aber spätestens an der Wirkung merken die Kerle doch, dass das kein Viagra ist!

»Na und?« Sabine hat listig gegrinst. »Dann sage ich: Sonst wirkt es immer, komisch, nur bei dir nicht.«

Ich schaue dem tanzenden Paar zu und sage mir: Jasmina, du neugieriges Stück, du musst Sabine nachher unbedingt fragen, ob Dompi-Opi auch Baldrian-Viagra bekommt.

Die beiden setzen sich ganz hinten auf das Sofa und halten Händchen. Mal nachfragen, ob sie was brauchen.

»Alles gut bei euch, ihr Turteltäubchen?« Der alte Herr hält sich die Hand hinter die Ohrmuschel, um mich besser verstehen zu können. »Möchten Sie etwas mehr Gesellschaft haben? Vielleicht von der jungen Dame dort?« Ich schreie fast und deute dennoch dezent in Richtung der anderen Mädels.

»Nein, danke, das ist ganz reizend, aber ich bin mit meiner Begleitung hier«, krächzt der Opi. »Begleitung«, wie niedlich! »Wenn es sich einrichten lässt, würden wir uns gern etwas zurückziehen.«

»Selbstverständlich, gern. Ich hole sofort den Schlüssel. Darf ich noch eine Flasche Champagner auf das Zimmer bringen lassen?« Ich mache absichtlich den Ton von den Luxushotelkellnern nach. Bisschen gestelzt, bisschen altmodisch. Bestimmt genau der Stil, der Dompi-Opi glücklich macht. Er nickt selig und reicht Sabine galant den Arm.

Als die beiden abgezogen sind, kommt Wolfi auf mich zugeeilt. »Julia, kannst du bitte einen Gast vom Seiteneingang abholen und direkt auf Zimmer bringen?«

Oha. Ein Seiteneingangs-Gast! Von denen habe ich bislang nur gehört. Unser Seiteneingang ist eigentlich ein alter Personaleingang, den keiner mehr benutzt. Man muss an den Müllcontainern vorbei und durch den hinteren hässlichen Hausflur. Deswegen gibt es nur ganz, ganz wenige Gäste, die durch den Seiteneingang reingelassen werden, und das auch nur, weil sie drauf bestehen. Ich bin total gespannt.

»Wolfi, welche Frau soll ich dem Gast bringen?«

»Der ist verabredet. Die ist schon oben. Kennst du die Shiva schon? Die dunkle Domina?«

Shiva habe ich schon mal gesehen. Ich wäre im Leben nicht draufgekommen, dass die als Domina arbeitet. Shiva ist nämlich eine etwas moppelige, total fröhliche Person mit niedlichen Grübchen und einem unglaublich ansteckenden Lachen. Ich wusste bisher nur, dass sie viele Stammkunden selbst mitbringt, weil sie die Einzige ist, die Kaviar kann. Aber zum Glück habe ich noch keinen Kaviar-Kunden bedienen müssen. Die Vorstellung, dass ein Mann Lust dabei empfindet, wenn ihm eine Frau auf den Bauch kackt, finde ich echt unappetitlich. Im Grunde denke ich mir: Es tut ja keinem weh. Aber als Shiva neulich mal mit einem Becher Kacke mitten durch die Bar gelaufen ist, da war's echt aus bei mir.

»Shiva, lass die Scheiße wenigstens im Zimmer und geh uns damit nicht auf die Nerven!«

Shiva hat gelacht und sich verzogen. Wobei ich eigentlich gern gewusst hätte, warum sie den Kackbecher bis in die Bar geschleppt hat.

Ich ziehe mir meinen Mantel über und gehe zum Seiteneingang. Wolfi sagte, der Gast würde gleich mit seinem Fahrer auf den Hinterhof fahren. Von da kommt man ohne Schlüssel nicht weiter, also gebe ich das Empfangskomitee.

Nach ein paar Fröstel-Minuten neben den Müllcontainern

rollt ein Audi auf den Hof. Natürlich ist es ein schwarzer Wagen mit abgedunkelten Scheiben. Der Fahrer steigt aus.

»Guten Abend, ich erwarte sie schon.«

Er nickt mir flüchtig zu, eilt zur hinteren Tür des Wagens und öffnet sie. Den Mann, der seine Pfunde mühsam von der Rückbank wuchtet, kenne ich. Politiker. Hat ein wichtiges Amt in der bayrischen Regierung bekleidet, obendrein hat er Frau und zwei Kinder. Ich weiß, dass der erst seit Kurzem in der Stadt ist. Und kennt schon die erste Adresse, wo man sich ein paar gepflegte Peitschenhiebe holen kann! Ob Shiva den schon mal in einer anderen Stadt bedient hat? Die werde ich heute Nacht mal richtig ausquetschen.

»Darf ich vorausgehen? Ihre Begleiterin erwartet sie bereits.« Ihre Begleiterin! Ich rede schon wie der Dompi-Opa.

Politik-Pummelchen brummt zustimmend und trottet mir hinterher. Der Audi gleitet fast lautlos vom Hof. Mir fällt jetzt erst auf, wie die Müllcontainer, die randvoll mit leeren Champagnerflaschen sind, stinken. Wir schleichen durch den Flur, und bevor wir das Treppenhaus betreten, bleibt Pummel-Politiker stehen.

»Alles in Ordnung?«, frage ich.

»Könnten Sie bitte nachsehen, ob wir alleine sind?«

»Alleine?« Hilfe.

»Ja, ich möchte im Treppenhaus wirklich niemandem begegnen.«

Ach so. Unglaublich. Dieser Typ, der im Fernsehen immer total selbstsicher rüberkommt, fleht mich beinahe an.

»Verstehe. Moment, ich sehe kurz nach.« So läuft das also, selbst das Treppenhaus muss vorher von Schaulustigen geräumt werden. Ich grinse in mich hinein. Na, der muss es ja nötig haben, wenn er so viel Schiss vor einer Entdeckung hat.

Als wir oben ankommen, öffnet uns Shiva in einer Verkleidung die Tür, in der ich sie ungelogen niemals erkannt hätte. Ihr ganzer Körper steckt in einer Art Lack-Latex-Panzer, der bei jeder Bewegung abartig quietscht. Ihr halbes Gesicht ist von einer Maske verdeckt, hinter der auch die Grübchen verschwinden, in der rechten Hand hält sie eine Art Peitsch-Werkzeug mit mehreren Riemen.

»Du bist zu spät!«, herrscht sie den Gast an, lässt ihre Stimme dabei extra tief klingen und knallt mit den Lederriemen. Er senkt demütig den Kopf und setzt zu einer Antwort an, von der ich leider nichts mehr mitkriege, weil Shiva die Tür zuknallt.

Erstaunlich. Gerade dachte ich noch: Jetzt weißt du Bescheid über die Männer. Die wollen alle mehr oder weniger dasselbe, nämlich eine Frau, die sie bewundert, die zuhört und macht, was sie sagen. Ob das nun Nippelziehen oder Walzertanzen ist. Und jetzt? Politik-Pummel ist eine ganz neue Spezies, der ich noch nie begegnet bin. Ich muss absurderweise an Torben denken. Der würde es nie verstehen, dass ich solche Menschen spannend finde. Der versteht ja sowieso überhaupt nicht mehr, was in meinem Leben abgeht. Natürlich würde ich den Politiker nicht als Freund wollen. Also auch nicht als Kumpel-Freund, nicht mal im Privatleben treffen möchte ich den. Aber ein bisschen mehr über ihn erfahren würde ich doch gern. Wieso wird man so? Und was machen die beiden jetzt da oben?

Sabine schickt mir eine Nachricht. »Verlängern?« Das Zimmer, in das sie sich mit Dompi-Opi zurückgezogen hat, liegt ein Stockwerk tiefer als das von Shiva und Politik-Pummel. Der Dompi-Opi ist nicht mehr so gut zu Fuß, deswegen nimmt Sabine mit ihm immer eins der unteren Zimmer.

Komischerweise habe ich diesmal vor der Zimmertür das Gefühl, nicht einfach hineinmarschieren zu können. Wie fände der alte Herr das denn, Jasmina. Es gehört sich, anzuklopfen! Erst als ich Sabines »Herein« höre, gehe ich ins Zimmer.

Der Opi sitzt im Bademantel im Sessel, Sabine ihm gegenüber. Die Laken auf dem Bett sehen allerdings aus, als hätten die beiden schon darauf gelegen. Ich bin mir total sicher, dass der alte Herr extra meinetwegen in den Sessel gewechselt ist.

»Nochmal eine Stunde?«

»Buchen sie gern zwei, Fräulein, wir unterhalten uns gerade so angeregt. Und lassen Sie uns doch noch eine Flasche Dom Pérignon bringen.«

Sabine reicht mir seine Kreditkarte, und als ich sie durchziehe, grinst sie mich so vergnügt an, als hätte sie gerade was umsonst bekommen.

Später, als der Opi längst gegangen ist, mache ich Sabine und mir in der Küche einen Granatapfel-Ingwer-Smoothie. Die New Yorker Jungs haben uns fast alle Mädels aus dem Laden wegbeordert, oben ist nur noch Shiva mit dem Politiker, und am Tresen ist gerade nichts los. Wer um sechs Uhr morgens noch nicht da ist, kommt auch nicht mehr. So viel habe ich in den letzten Wochen gelernt.

»Sag mal, ist der Opi auch so einer, der Viagra haben will?«

Sabine prustet vor Lachen einen feinen Smoothie-Nebel über den Tisch. »Ne, der hat's am Herzen. Der hat mir mal erzählt, dass er in der Zeitung gelesen hat, von Viagra würde die Pumpe stehen bleiben.«

»Und läuft dann gar nichts?«

»Genau. Heute hat er sich sogar entschuldigt, weil er ja so Angst vor den Nebenwirkungen von Viagra hat und deswegen gar nichts für mich tun konnte. Aber dafür gibt es ja die perfekte Entschädigung!« Sabine macht eine kunstvolle Pause. »Beim nächsten Mal hat er dann ein so schlechtes Gewissen, weil die Potenz nicht mehr reicht, dass er mir eine Flasche extra ausgibt.«

Mein Handy vibriert. Es ist der New Yorker. Die Junggesellen-Truppe ist immer noch unterwegs. Sie wollen die Mädels verlängern, und gleich kommen sie zum Frühstück zu uns.

»Wolfi! Du musst Frühstück für fünfzehn Leute holen!«

»Was, jetzt noch?« Frühstück holen mag Wolfi gar nicht gern. Wir schicken ihn immer drei Straßen weiter, weil es da das beste Frühstück gibt. Dahin muss er gerade mal fünf Minuten laufen, aber er findet das eine Zumutung.

»Muss ich wieder durch die halbe Stadt? Das ist jetzt echt nicht dein Ernst, Julia!«

Ich lächle ihn freundlich an und weise ihn darauf hin, dass ein bisschen Bewegung ganz guttut. Der große Mann zieht mürrisch los. Ich muss lachen. Manager ist wirklich eine ganz schön hochgestochene Job-Bezeichnung für Wolfi und die anderen armen Jungs, die bekloppte Gäste rausschmeißen müssen, Frühstück holen gehen und mir beim Schampusöffnen helfen, wenn mir in einer wilden Nacht die Hände wehtun.

Als Wolfi weg ist, haut mich die Müdigkeit fast um. Ich ziehe mir in der Küche einen doppelten Espresso. Ganz kurz frage ich mich, wie es wohl wäre, wenn ich nur ein bisschen Kokain nehmen würde. Ein ganz kleines Näschen nur. So wie die Rumäninnen, wenn sie einen guten Gast haben. Einfach eine Line ziehen und schwupps bist du wieder fit. Aber dann denke ich daran, wie all diese Typen drauf sind, wenn sie *drauf* sind. So will ich einfach nicht sein. Wenn der Chef nachher kommt, soll der jemanden an den Start bringen, der mich ablöst.

DUNKELKAMMER

Nachmittags bin ich immer noch im Club. Vermutlich scheint draußen die Sonne, ist ja schon April. Vielleicht sitzen sogar schon Leute in den Straßencafés. Ich liebe den Frühling. Eigentlich. Aber in meinem abgedunkelten Samtparadies bekomme ich davon gar nichts mit. Der Club Nuit ist wie so ein lichtloses Vakuum. Ohne Jahreszeiten. Fast wie auf einer Raumstation, wo immer Einheitsklima herrscht.

Ich hätte mir für die 24-Stunden-Schicht mal frische Klamotten mitbringen sollen, beim nächsten Mal bin ich schlauer. Ich habe es immerhin geschafft, mich für drei Stunden in einem leeren Zimmer hinzulegen und frisch zu schminken.

Morgens um zehn kam der Chef endlich in den Club, nachdem ich ihm dreimal auf die Mailbox gequatscht hatte.

»Was ist denn los, Julia, gibt's ein Problem?«

»Ich verhungere! Und ich muss echt jetzt heim und pennen, Andi.«

»Sorry, Schätzchen, aber ich erreiche Maria nicht. Und von den Managern kann auch keiner deine Schicht übernehmen, die kriegen das nicht richtig hin mit den Gästen. Da braucht es schon eine wie dich. Du bist echt talentiert, weißt du das? Und ich hab dich ja gewarnt, dass es lang werden kann mit den New Yorkern.«

Klar hatte er mich gewarnt, aber natürlich habe ich nicht im Traum daran gedacht, dass diese Freaks einfach durchfeiern. Und ich bin doch eigentlich noch ziemlich neu. Krass, so einen Marathon abliefern zu müssen. Aber auch geil, dass er mir das zutraut. Die Truppe war immer noch wach, während ich die Mädels schon zweimal getauscht hatte. Vom ganzen Kaffee hat meine Hand schon gezittert, als ich das Kartenlesegerät bedient habe. Wer hält das nur durch? Was muss man bitte nehmen, damit so was funktioniert?

»Aber ich kann echt nicht mehr!«

»Wir bestellen dir was zu essen, dann wird es schon wieder.« Er hat mir versprochen, dass Maria mich um sechs ablöst, und mich damit getröstet, dass ja nur noch die New Yorker im Haus wären. Den Politiker hatte ich schon morgens aus dem Seiteneingang rausgeschmuggelt.

Shiva hatte mich hochgerufen, um abzurechnen. Als ich reinkam, lag der Politiker auf dem Bett. Dass ich dem fünftausend Euro abgebucht habe, hat der wahrscheinlich gar nicht mitbekommen. Im Zimmer hing ein komischer Geruch. Kam mir vor wie eine Mischung aus Exkrementen und verschüttetem Champagner.

»Der ist stockbesoffen«, hat Shiva mir zugeraunt.

»Ich muss in die Sitzung, ich brauch 'n frisches Hemd«, hat der Politiker gestöhnt.

»Wann fängt denn die Sitzung an?«

»Um zehn.« Shiva hat nur mit den Schultern gezuckt. Ich habe mir die Hemdgröße vom Politik-Pummel geben lassen und Wolfi zu Peek & Cloppenburg geschickt.

»Schafft der das?«, habe ich Shiva dann flüsternd gefragt.

»Damit schon«, hat sie gegrinst und ein kleines Beutelchen mit Kokain geschwenkt. Eine halbe Stunde später stand der Typ geduscht und mit frischem Hemd und selbstsicherem Gesichtsausdruck am Tresen und hat mich gebeten, seinen Fahrer zu bestellen. Als ich später Shiva gefragt habe, was sie eigentlich die ganze Nacht mit ihm gemacht hat, hat sie nur geseufzt.

»Julia, du kannst echt gern mal zuschauen, aber ich muss jetzt schlafen!« Dann ist sie gegangen. Und ich habe bestimmt eine Stunde lang gegrübelt, ob das mit dem Zuschauen ein ernst gemeintes Angebot war.

Jetzt muss ich noch zwei Stunden durchhalten und bete, dass da oben bei den New Yorkern bald Ruhe ist. Aber schon kommt eine Nachricht von Evelyn. »Bring die Hundeleine mit hoch!«

Die Hundeleine hat irgendwann mal eine der Frauen für einen Freier gekauft, und seitdem liegt sie in der Detlev-Tasche. Offenbar haben sie es mal wieder geschafft, einen der Typen zu überreden, Hund zu spielen. Darin ist Evelyn besonders gut. Die schafft es echt, den Männern weiszumachen, dass die Hundenummer besser wäre als Sex.

Als ich mit der Leine oben ankomme, tanzt gerade die halb nackte Evelyn vor dem knienden, glückselig grinsenden Bräutigam.

»I need more of this in my life!«, bettelt er Evelyn an.

»Now try to be a dog«, sagt Evelyn, tätschelt ihm den Kopf, krault ihn wie einen Terrier hinter den Ohren und legt ihm das Halsband um.

Der Bräutigam krabbelt Richtung Bett. »So kann ich mich verwirklichen!«

Seine Freunde sehen aus, als würden sie genau jetzt gerne die Stop-Taste drücken. Ich glaube, so richtig verstehen sie nicht, was da gerade in dem Kerl vorgeht, der in Kürze heiraten wird.

»Come in, join us!« Der Modelfreund meint offenbar mich. »Magst du auch was?« War ja klar, dass die Kokain in rauen Mengen dabeihaben.

»Okay, ja, gerne.« Wenn die immer noch was übrig haben – wie viel hatten die wohl am Anfang dabei?

»Probier mal, ist ein Superstoff. Den hat sein Vater im Diplomatengepäck geschmuggelt.« Er zeigt auf einen der anderen Männer. Ich nehme mir einen Ziehschein, lasse meine Haare wie früher beim Spicken in der Schule vor mein Gesicht fallen, mache Schniefgeräusche, wische das teure Zeug unauffällig mit dem Unterarm vom Tisch und setze ein Strahlelächeln auf. »Ah, Wahnsinn!«

»Los, noch eine Runde!«, kreischt Evelyn und reicht den Ziehschein an den Modelfreund weiter. Ich sehe ihr an, dass sie gar nicht so zu ist, wie sie tut. Sie will nur, dass die Herren sich nochmal bedienen.

Die Mädels wissen ganz genau, wie nützlich das Kokain für ihr Geschäft ist. Butzi hat mal gesagt: »Wenn man einen Jackpot hat, dann muss man den doch wachhalten!«

Wenn die Mädels es schaffen, die New Yorker Jungs noch ein, zwei Stündchen hier zu halten, dann kommen die am Ende auf vierundzwanzig Stunden. Pro Stunde im Schnitt vier Frauen. Achtundvierzigtausend Euro Umsatz. Kein Wunder, dass der Chef mich nicht hat gehen lassen.

Mein Handy vibriert. Termineintrag. 17 Uhr: Fabienne treffen. Scheiße! Das ist in einer halben Stunde. Jetzt fällt es mir auch wieder ein. Sie ist gestern von ihrem Praktikum in L.A. zurückgekommen, und wir wollten einen Kaffee trinken gehen und über die Uni quatschen. Ich habe mich richtig darauf gefreut. Shit. Was schreibe ich jetzt bloß? »Bin noch bei der Arbeit, sorry, habe dich total vergessen«? Das geht gar nicht. In keiner normalen Bar würde man vierundzwanzig Stunden durcharbeiten. Außerdem weiß Fabienne, dass ich eigentlich ein durch und durch organisierter Mensch bin.

»Tut mir wahnsinnig leid, dass ich dich versetze, aber habe Riesenstress mit Torben. Erzähle ich dir ein andermal, tut mir voll leid, Süße, melde mich morgen!« Ich drücke auf »senden« und schalte dann sofort den Flugmodus an.

Sie wird mich fragen, wieso ich ihr von dem Torben-Stress nichts erzählt habe. Nur kann ich ihr blöderweise den Grund für den Streit nicht wirklich erklären. Auf keinen Fall kann ich ihr sagen, dass Torben dachte, ich gehe anschaffen. Dann müsste ich ihr ja beichten, dass ich im Puff arbeite. Mein Leben ist in den neun Wochen im Club Nuit irgendwie ganz schön kompliziert geworden.

DIE EIERWÄRMERIN

Nach der Doppelschicht mit den New Yorkern habe ich mich erst einmal furchtbar selbst bedauert. Weil das Arbeiten in der Nacht so anstrengend ist, und man überhaupt kein Privatleben mehr hat. Ich kam nach Hause, habe heiß geduscht und bin um sieben Uhr abends eingeschlafen. Wie ein Baby. Nach dreizehn Stunden bin ich aufgewacht. Ich war so ausgehungert, als hätte ich eine Woche Fasten hinter mir, und habe mich mit Fabienne zum Frühstück im Café verabredet, zum Glück war sie nicht sauer, dass ich sie versetzt habe. »Bin eh noch total im Jetlag«, hatte sie mir mit lauter Emojis geschrieben.

Das erste Highlight war schon mal, im Tageslicht zum Café zu laufen. Wir haben uns einen Tisch am Fenster ausgesucht. Dann hat mir Fabienne von ihrem Praktikum in Los Angeles erzählt. Ihr Vater hat da ein neues Office aufgemacht. Der macht weltweit so richtig fette Werbesachen, Kinospots und so weiter. Sie war da im Legal Department und hat wohl tolle Einblicke in superschwierige Vertragsverhandlungen bekommen. Klang jedenfalls glamourös, und sie sah mehr denn je aus wie ein Model. Die hat richtig geschimmert vor lauter Goldbraun und Goldblond. Ich habe sofort ganz krasse Lust auf Urlaub bekommen.

Aber Fabienne hat dann gleich von Torben angefangen. »Seit wann läuft das denn mit Torben und der anderen?«

»Was für eine andere?!« Mir ist ganz heiß geworden und ein bisschen schlecht.

»Ach krass, weißt du das gar nicht? Ach du Scheiße, Süße, tut mir voll leid. Ich dachte, darum ging es, als du gestern Abend abgesagt hast!«

»Ich habe keine Ahnung.« Mir wurde total übel. Mein Beziehungsstatus war zugegeben unklar, und Torbens letzter Abgang war, um ehrlich zu sein, vermutlich so was wie das Ende. Aber schließlich hatte keiner von uns *ausdrücklich* Schluss gemacht. Ich dachte jedenfalls, wenn sich alles ein bisschen beruhigt hat, könnten wir vielleicht nochmal reden. Und ich hatte gehofft, dass er mir irgendwie zeigt, was ich ihm bedeute. Ich bin doch kein altes Auto, das man einfach gegen ein neues Modell austauscht.

Fabienne hat erzählt, dass sie Torben und seine Neue gestern auf dem Heimweg vom Sport zufällig vor dem Kino gesehen hat. Und zwar kuschelnd und Händchen haltend. »Da dachte ich natürlich, du hast es grad erfahren und bist deswegen so down!«

Wie absurd das alles ist. Schließlich hat mich ausgerechnet Torben verhört hat wie ein FBI-Beamter. Ob ich einen anderen hätte und so weiter. Ich habe bestimmt drei Minuten nur den Kopf geschüttelt, bevor ich Fabienne antworten konnte.

»Ne, wir hatten Megastress, weil Torben dauernd total eifersüchtig war. Der hat sich eingeredet, ich würde in der Bar … also, dass mich da immer wieder Gäste angraben würden.« Fast hätte ich mich verplappert.

»Der war eifersüchtig? Ausgerechnet!« Fabienne hat verächtlich geschnauft. »Also weißte, Süße, dann darfst du dem echt keine Träne nachweinen. Das Mädel, mit dem er jetzt zusammen ist, hat er schon in Thailand getroffen. Hat sie mir selbst erzählt, als ich gefragt habe, woher sie sich kennen. Und jetzt kapiere ich auch, warum Torben gestern Abend so komisch war. Der hat ihr dauernd dazwischengequatscht, sie müssten jetzt dringend rein und Karten holen.«

Fabienne hat mir tröstend den Arm um die Schultern gelegt. Ich habe mich ganz elend gefühlt bei dem Gedanken, dass Torben mich schon seit Wochen betrogen hat, und musste an Butzi denken und ihr: Der lässt sich in Thailand bestimmt nicht *nur* von der Sonne die Eier wärmen. Butzi hatte genau den richtigen Instinkt. Ich wollte es nur nicht wahrhaben. Dabei hatte ich, wenn ich ehrlich bin, schon länger ein ganz komisches Gefühl. Dieses merkwürdige, tagelange Nicht-erreichbar-Sein. Wo er mir hinterher noch erklärt hat, er wäre an einem Strand ohne Empfang gewesen. Es gibt in ganz Thailand vermutlich keinen einzigen Strand ohne Internet. Mir wurde noch übler, weil die Freier im Club genau die gleichen Ausreden benutzen. Gerade neulich musste ich für einen Gast eine SMS an seine Gattin tippen, weil er selbst sich schon die Feinmotorik weggesoffen hatte: »Sorry Schatz, ganz schlechter Empfang hier im Hotel, und das WLAN-Passwort funktioniert auch nicht. Rufe dich morgen früh von unterwegs an.«

»Krass, Fabienne, ich bin so doof.« Erst habe ich mich furchtbar dämlich gefühlt. Dann bin ich sauer geworden. Dieser Vollidiot hat mir einen Riesenstress gemacht und ein megaschlechtes Gewissen, weil ich ja seine Gefühle verletzt habe mit dem Job im Puff, ich habe den noch vom Flughafen abgeholt und ihm ein Dinner gekocht. Und dann ist er mit mir ins Bett gegangen. Wo er schon längst die andere hatte! Natürlich hat der mit seiner Eierwärmerin schon in Thailand gevögelt. Und nach der Landung vergnügt er sich mit mir. Natürlich ohne Kondom. Sonst hätte ich ja direkt Verdacht geschöpft.

Früher hätte ich mir darüber vermutlich keine Sorgen gemacht, aber wegen der ganzen Geschichten, die ich im Club über

Krankheiten höre, war mein erster Gedanken: Du musst am Montag direkt zur Frauenärztin gehen. Die soll mal schauen, ob der Typ dir Trichomonaden, Chlamydien oder vielleicht sogar was Schlimmeres mitgebracht hat. Allein die Vorstellung, dass der mit seinem Schwanz in die Muschi von so einer Bitch eintaucht und deren Schleim sich mit seinem vermischt und die es so heftig treiben, dass es kleine, teuflische Minirisse in der Schleimhaut gibt, wo dann die ganzen Viren und Bakterien einfach durchströmen und sich unbemerkt ausbreiten! Zum Kotzen.

Die Mädels im Club machen nie was ohne Kondom, also jedenfalls die meisten nicht. Wenn eins von den Ostblock-Mädels darauf eingeht, dass ein Freier ohne Gummi vögeln will, und die anderen kriegen das mit, dann machen die einen Riesenstress.

»Vergiss den Arsch. Du bist eh zu gut für den!« Fabienne hat den Arm um mich gelegt.

Fast hätte ich geantwortet: »Das haben die Mädels im Club auch schon gesagt.«

Dann habe ich mich gleich noch mehr bedauert als vorher. Läuft ja ganz toll, Jasmina. Erst mutierst du zum Nachtgespenst. Dann lügst du deiner besten Freundin was vor. Bei Fabienne bist du Jasmina, heute Abend dann wieder Julia. Du führst ein richtiges Doppelleben. Und jetzt bist du auch noch Single. Aus, Ende, vorbei. Und vorher hat dich der Typ aber noch schön verarscht.

Ich habe bestimmt zehn Minuten nur auf den zerfallenden Milchschaum in meiner Tasse gestarrt. Fabienne wusste auch nicht so recht, was sie sagen soll, und hat dann von der Hausarbeit erzählt, bei der sie gerade das Layout überarbeitet. Das Layout!

Mir wird es richtig schwerfallen, wieder an die Uni zu gehen. Meine Hausarbeit ist nicht fertig. Ein Seminar muss ich vermutlich wiederholen. Nichts von dem ganzen Juristenkram macht mir auch nur ansatzweise Spaß. Und die ganzen Idioten, die sich mit ihrem Pseudowissen produzieren. Dem Chef habe ich trotzdem gesagt, dass ich ab nächster Woche wahrscheinlich höchstens vier Tage arbeiten kann. Andi hat aber sofort versucht, mir das auszureden. »Die Gäste fragen doch schon jetzt nach dir, wenn du mal einen Tag nicht da bist. Schau doch lieber, ob du nicht etwas mehr arbeiten kannst, Schätzchen«, hat er geantwortet. »Finanziell lohnt es sich doch auch!«

Da hat er allerdings recht. Finanziell hat sich in meinem ganzen Leben noch nie etwas so sehr gelohnt wie dieser Job.

Als ich von dem Treffen mit Fabienne nach Hause kam, habe ich mich hingesetzt und in Excel eine Aufstellung meiner Einnahmen gemacht. Das war die beste Idee des Tages. Als ich am Ende die Summe gezogen habe, standen da vierundzwanzigtausendachthundertfünfzig Euro. Das fand ich sehr tröstlich. Fast fünfundzwanzigtausend Euro! Geteilt durch die neun Wochen, die ich jetzt da bin, macht das pro Woche zweitausendsiebenhundertsechzig Euro. Das ist so ungefähr das, was mein Bruder im Monat verdient. Wenn ich das auf ein Jahr hochrechne, komme ich auf ungefähr hundertfünfundvierzigtausend Euro. Na gut, nicht ganz. Hin und wieder bräuchte ich ja mal frei. Aber bei sechs Wochen Urlaub und einem einigermaßen normalen Lifestyle könnte ich es schaffen, hunderttausend Euro übrig zu behalten. Vermutlich würde ich mir zwischendrin auch mal was gönnen – aber achtzigtausend könnte ich sicher sparen. Natürlich nur, falls ich ein ganzes Jahr im Club arbeiten würde. Ich könnte mir ja auch erst mal zwei Urlaubssemester nehmen. Dann aussteigen und was machen, was mir wirklich gefällt. Ach, das Leben meint es vielleicht doch nicht so schlecht mit mir.

VON SCHEICHS UND SCHWEIZERN

Butzi und Sabine sitzen in der Küche, als ich abends in den Club komme. »Hey, alles klar? Du siehst irgendwie fertig aus.« Sabine schaut mich aufmerksam an.

»Ich habe heute erfahren, dass Torben schon seit Thailand eine neue Freundin hat.« Jetzt schaut auch Butzi hoch. »Eine Thailänderin?« Sie verzieht ungläubig das Gesicht.

»Ne, irgendein deutsches Mädel, das er dort kennengelernt hat.«

»Na toll«, sagt Butzi.

»Und wie geht's dir jetzt?« Sabine schaut mich ganz mitleidig an. Weil sie so lieb ist, kommen mir die Tränen.

»Ich fühl mich halt total verarscht«, schluchze ich.

»Weißt du was? Du brauchst eine Aufmunterung.« Sabine gibt mir ein Taschentuch. »Lass uns doch nächste Woche für ein paar Tage nach Sylt fliegen. Wir buchen uns ein richtig schönes Hotel, nur wir drei. Paar Tage Wellness und Strandspaziergänge. Wirst sehen, danach bist du ein neuer Mensch!«

»Echt? Meinst du, wir können hier einfach weg?«

»Wieso denn nicht? Nächste Woche ist in der Stadt sowieso nicht viel los, weil das Festival vorbei ist.«

»Und meine Uni?«

»Sag halt einfach, dass du krank bist«, schlägt Butzi vor.

Ich finde das eine Superidee. »Okay. In der ersten Woche passiert eh noch nicht so viel.« Ich bin zwar nicht ganz sicher, ob ich mir da nicht was vormache, aber ich finde, ich habe es verdient, es mir mal richtig gut gehen zu lassen. Ich ziehe mir die Lippen nach, und wir gehen gemeinsam raus.

Detlev sitzt am Tresen. Na, der hat mir heute noch gefehlt.

»Julia! Da bist du ja. Weißt du eigentlich, dass du für mich der Inbegriff der perfekten Frau bist?« Ein lüsterner Blick. »Schau mal, mein Angebot steht.« Er greift sich an den Sack.

Ich rolle mit den Augen. Soll er ruhig sehen, wie bescheuert ich das finde.

Er tut so, als würde er nichts merken, und lehnt sich über den Tresen.

»Zehntausend Euro, wenn du ohne Gummi mit mir fickst.«

Der versucht es echt immer wieder. Alter. Das kriegst du zurück. Inzwischen bin ich so weit, dass ich nichts mehr einfach einstecke, erst recht nicht nach der Torben-Sache. Ich lasse mich von niemandem mehr erniedrigen. Schon gar nicht von Detlev. Ich lehne mich gerade so weit nach vorn, dass ich beinahe in seiner Reichweite bin. Aber eben nur beinahe.

»Ich verrate dir mal was«, raune ich ihm zu. »Manchmal arbeite ich bei einem Escort-Service. Ganz exklusiv. Der gehört einem arabischen Freund von mir. Der hat Wahnsinnskontakte zu den Ölscheichs und so.«

Detlev starrt mich mit riesigen Pupillen an. Der wartet jetzt nur noch darauf, dass ich ihm verrate, wie er an die Nummer des Escort-Services rankommt.

»Aber was die mir zahlen, das kannst du mir gar nicht bieten«, sage ich und lasse meine Stimme furchtbar hochmütig klingen.

Der Detlev schaut wie ein Kind, dem man das Lieblingsspielzeug weggenommen hat.

»Du brennst bestimmt irgendwann mit einem Scheich durch. Aber vorher musst du mir meinen Traum erfüllen.«

Ich drehe mich weg. Detlev blökt mir lautstark hinterher.

»Julia!«

Dem ist es echt egal, wenn die anderen alles mitkriegen.

»Weißt du eigentlich, wie gern ich dich schwängern würde? Ich würde dir dabei zusehen, wie dein Bauch runder wird und deine Brüste wachsen. Und dann ficke ich dich mit dem Baby im Bauch.«

Spinnt der jetzt? Oder ist der schon wieder total zu?

»Hör mal, Detlev, ich bin echt nicht zuständig für deine kranken Fantasien, das nervt einfach nur. Bestell lieber endlich was.« Ich hole vor lauter Ärger direkt den Dom Pérignon raus. Detlev sagt nicht nein. Ich winke Butzi und Sabine zu mir als moralische Unterstützung.

»Hallo, Ladys«, grinst Detlev. »Julia und ich sind gerade bei der Familienplanung. Ich gebe ihr zehn Mille, wenn sie ohne Gummi mit mir fickt. Das ist doch ein faires Angebot, findet ihr nicht?«

»Oh man.« Sabine stöhnt genervt.

Butzi rollt mit den Augen. Detlev legt den Arm um sie.

»Wenn das Kind auf der Welt ist, kannst du darauf aufpassen. Wenn es ein Mädchen wird, lassen wir sie studieren. Und nebenher kann sie anschaffen gehen.«

»Alter«, stöhnen Sabine und Butzi im Chor. Ich stelle mir vor, wie schön es wäre, den Detlev für ein paar Tage im Keller einzusperren. Dem würde ich weder Wasser noch Essen hinstellen.

»Jetzt kommst du mal mit uns hoch.« Butzi blinzelt mir zu. »Wird Zeit, dass du dich ein bisschen entspannst.« Sie packt Detlev einfach am Arm und schleppt ihn ab. Ich bin ihr in diesem Moment sehr dankbar für ihre resolute Art.

»Ich komme gleich nach«, ruft Sabine.

Die beiden Mädels haben irgendwas vor, ich spüre das.

»Was macht ihr mit ihm?«

»Wart mal ab. Du wirst ihn gleich nicht wiedererkennen.« Sabine verschwindet in unserem Umkleideraum, kommt mit ihrer Handtasche wieder und folgt Butzi und Detlev nach oben. Wolfi und die anderen Mädels schauen grinsend hinterher. Keiner von denen mag Detlev, weil der alle und jeden beim Chef anschwärzt, wann immer er kann.

»Ich gebe ihm noch drei Monate«, unkt Wolfi.

»Ne, weniger. Höchstens acht Wochen. Da wette ich hundert Euro drauf«, meint die Evelyn, die alles genau mitgekriegt hat.

»Sechs Wochen wären auch genug. So ein ekliger Arsch.« Ich schüttle mich.

Heute ist auch Shiva wieder da. Mir wäre es ja sehr lieb, wenn sie Detlev mal auspeitschen könnte. Nur steht der halt mehr drauf, andere zu erniedrigen. Shiva erzählt mir, dass sie heute mit einem Kunden aus der Schweiz verabredet ist. Einem Stammkunden, den sie schon jahrelang kennt. »Der hat mir damals die Ausbildung in Zürich bezahlt.«

»Du hast in der Schweiz eine Ausbildung zur Domina gemacht? Wieso denn in der Schweiz?«

»Da gibt es viele Domina-Studios, die richtig gut sind. Und der Urs wollte unbedingt, dass ich eine Superausbildung bekomme.«

»Aber kostet das nicht eine Wahnsinnskohle? Hat der dir auch die Wohnung bezahlt?« Zürich ist ja nicht gerade eine günstige Stadt.

»Der ist im Vorstand einer Bank. Guck mal, das ist er.«

Ein schlanker Mann im gut sitzenden dunkelgrauen Anzug kommt langsam auf die Bar zu. Er schaut sich beinahe schüchtern um und lächelt erleichtert, als er Shiva entdeckt. Ich schätze den auf Mitte fünfzig. Könnte in einem Werbespot für Versicherungen mitspielen.

»Guten Abend«, begrüßt er Shiva. »Wie schön, dass du es einrichten konntest.« Als würde sie ihm einen Riesengefallen tun! Dabei bezahlt der für die Nacht vermutlich mindestens fünf Mille.

Nach ein paar Minuten stehen drei Gläser Champagner auf dem Tresen, wir haben uns höflich vorgestellt, und ich merke mal wieder, dass mein Job im Nachtclub voller Überraschungen ist. Er ist nämlich überhaupt nicht so, wie ich mir einen Mann vorgestellt habe, der seine eigene Domina ausbilden lässt. Ich hätte gedacht, der wäre schmieriger, und irgendwie devoter. Winseln, Leiden und Peitschenhiebe passen gar nicht zu dem. Der sitzt hier mit seinem smarten Gentleman-Gesicht in seinem feinen Zwirn und erzählt, wie er mit seiner Frau und den beiden Töchtern gerade ein paar Tage in Marbella war. Schönes Haus, beheizter Pool, das fand seine Frau super, nur schade, dass die Große sich direkt einen schlimmen Sonnenbrand geholt hat, und dann die Katzenallergie von seiner Frau, hat ja niemand geahnt, dass so viele von den Viechern auf dem Grundstück herumstreunen.

Mr. Schweiz wirkt definitiv weder schmierig noch pervers, sondern hat Manieren und ist richtig zuvorkommend. Wie der gleich das Feuerzeug rausholt, als Shiva ihr Zigarettenetui aus der Tasche kramt. Dann bestellt er auch noch eine zweite Flasche, damit Shiva und ich nicht zu kurz kommen.

»Prost, auf einen schönen Abend«, sagt Shiva.

»Prost, auf die nette Gesellschaft. Julia, wenn du möchtest, bist du herzlich eingeladen, mit uns hochzukommen«, sagt der Schweizer.

Ui. Schon wieder so ein Angebot, ob das wohl ernst gemeint ist?

»Möchtest *du* das gern?« Er weicht meinem Blick ein kleines bisschen aus. Dann nickt er.

Jetzt realisiere ich auch, was die Gemeinsamkeit zwischen ihm und dem Politiker von neulich ist. Es ist dieser Gesichtsausdruck, genau jetzt schaut er so. Als würde er sehnsüchtig darauf warten, dass jemand ihm mal sagt, wo es langgeht.

»Du, Julia muss gleich zu einem anderen Gast zum Verlängern. Vielleicht klappt es ja später.« Shiva lächelt mich verschwörerisch an.

»Würde mich freuen.« Jetzt klingt der Schweizer wieder, als würde er sich einfach auf einen Drink verabreden.

»Ja, mich auch.« Ich bin von mir selbst überrascht. Will ich wirklich *sehen*, was da abläuft? Ich weiß von den Mädels, dass es bei den Dominas nicht wirklich um Sex geht. Werde ich Teil von einem Spiel sein, das Shiva und der Schweizer spielen?

Ich gehe hoch, um nach Detlev, Sabine und Butzi zu schauen. Als ich ins Zimmer komme, sind die Mädels ganz entspannt. Butzi liegt auf dem Bett. Sabine hat es sich im Sessel gemütlich gemacht. Detlev liegt halb nackt eine Armlänge von Butzi entfernt. Er hat einen roten Kopf, schwitzt vor sich hin und lächelt mit halb geschlossenen Augen die Decke an. »Ihr müsst mir helfen, wenn ich Julia einen Heiratsantrag mache!«

»Das machen wir!«, säuselt Butzi.

Ich versuche, ihr mit einer Mischung aus Telepathie und Grimassenschneiden klarzumachen, dass sie spinnt. Butzi wackelt mit der Hand wie Queen Elizabeth. Alles gut, chill mal, heißt das. Ich schaue Sabine fragend an. Die grinst nur.

»Wir fliegen dann alle auf die Malediven. Ich liebe euch so sehr.« Detlev ist auf einmal ganz flauschig. Überhaupt nicht mehr so aggressiv und eklig wie vorher. Wie haben die das jetzt wieder hingekriegt?

Butzi reicht Detlev ein kleines, silbernes Tablett mit einer Line und einen sorgfältig vorbereiteten Ziehschein. Schniefend und seufzend saugt Detlev sich das Pulver rein. »Mit euch kann ich alles teilen, wisst ihr das? Ich hab mich noch nie im Leben so gut gefühlt wie hier mit euch.«

Ich setze mich neben Sabine.

»Was habt ihr denn mit dem gemacht?«, flüstere ich.

»Ecstasy. Weiß er aber nicht. Der denkt, das ist Kokain.« Grinsend deutet sie mit dem Kinn auf die feinen weißen Kristalle.

Das also ist die Rache für die Nummer vorhin unten an der Bar. Kein Wunder, dass der so anders drauf ist. Die Leute, die Ecstasy nehmen, sind meistens in rosaroter Laune. Da ist immer alles easy und Liebe und Party. Bis mal einer zusammenklappt, weil er dehydriert ist und der Kreislauf zusammenbricht. Der Chef hat gerade neulich erst erzählt, dass in Düsseldorf ein Gast im Bett mit zwei Nutten gestorben ist. Der Typ war bis obenhin voll mit MDMA, und nachdem das passiert ist, haben die Bullen in dem Laden einen Riesenaufriss gemacht. Ich wünsche dem Detlev zwar eigentlich nichts Gutes, aber sterben soll er nicht. Zumindest nicht hier im Club. Wie eine Krankenschwester halte ich ihm ein Glas Wasser an die Lippen und gehe erst, als er es ausgetrunken hat.

Shiva schreibt. »Du kannst für 15 min zuschauen. Zeit? Und bring den Napf mit.«

Sie will vermutlich mit ihm Hündchen spielen, gut, das kenne ich ja. Eine Viertelstunde wird wohl gehen. Wolfi ist schließlich unten. »Okay, komme.«

Ausnahmsweise klopfe ich an. Shiva öffnet und nimmt mir den Hundenapf ab. »Runter mit dir!«, befiehlt sie, gießt ihn randvoll und stellt ihn ihrem Gast hin. Der Schweizer, der obenrum nackt ist und ein Halsband trägt, sinkt prompt auf alle viere und schlabbert mit der Zunge den Champagner aus dem braunen Plastiknapf. Er checkt mit einem kurzen Blick, ob ich ihm auch wirklich dabei zusehe. Dann schaut er wieder zu Shiva auf. Er scheint nur darauf zu warten, dass seine Herrin ihm das nächste Kommando gibt. Würde mich nicht wundern, wenn er jetzt anfängt, zu hecheln und Männchen zu machen.

Ich setze mich in einen der Sessel und warte ab. Diese Szene ist schon pervers. Aber auch spannend. So wie in einem Horrorfilm. Oder einem Psychothriller. Ich bin die Psychiaterin, die in die seelischen Untiefen ihrer Patienten eintaucht. Ich will wissen, was diesen Mann dazu treibt, sich einer Domina auszuliefern. Wenn es zu viel wird, kann ich ja gehen.

»Jetzt zeig mir, dass du ein guter Sklave bist. Putz mir die Schuhe.« Shiva wirft ihm sein Hemd zu. Der Schweizer wienert dreimal über ihren rechten Lackpumps und streift ihr dann sanft den Schuh ab.

»Du ungezogener Diener. Habe ich dir das erlaubt?« Shiva stellt ihren nackten Fuß mit den dunkelrot lackierten Nägeln auf seine Schulter und drückt ihn zu Boden, bis er mit der Nase im flauschigen Teppich hängt. Der Schweizer fleht um Verzeihung. Shiva befiehlt ihm in herrischem Ton, ihr nun die Füße zu massieren. Der Mann kniet sich vor sie und knetet an ihren Zehen herum.

»Genug! Nun werde ich dich bestrafen für deine Unverschämtheit!« Shiva wirft ihm etwas zu. Das Ding, was vor dem Schweizer auf dem Teppich landet, muss ich erst genau anschauen, bevor ich kapiere, dass es eine Gasmaske ist. Was kommt jetzt?

»Bestrafe mich, Herrin.«

Shiva zieht dem jaulenden Schweizer unsanft den Gummiriemen über den Kopf. Der Mann wimmert wieder, diesmal allerdings, weil sie ihm mit dem klebrigen Riemen fast die Haare ausreißt. Ich fühle mit, das geht mir mit meiner Tauchermaske auch immer so. Shiva zerrt an einer seitlichen Schnalle, um die Maske festzuzurren, und knickt dem armen Mann dabei brutal das Ohr um. Jetzt tut er mir noch mehr leid. Shiva kommt mir vor wie ihre bösartige Zwillingsschwester.

Sie holt ein kleines, bunt bedrucktes Fläschchen aus der Tasche neben dem Bett, öffnet es und gießt dem Schweizer irgendwas in die Gasmaske hinein. Es stinkt ekelhaft süßlich, gleich muss ich kotzen. Der Mann röchelt unter seiner Maske, seine Stirn und der Hals verfärben sich krebsrot. Er kippt nach vorne. Ich springe auf, knie mich neben ihn und taste an seinem Handgelenk nach dem Puls. Scheiße, hat der einen Kreislaufkollaps?

»Setz dich wieder hin. Der hat nichts«, zischt Shiva. Da reißt der Mann die Augen auf und packt sie an den Knöcheln. Ich erschrecke mich tierisch, aber sie grinst nur, hebt ihre Peitsche und zieht ihm den schwarzen Lederriemen knallend über den Rücken.

Mir reicht's. Außerdem sind meine fünfzehn Minuten um. Vielleicht hat Shiva gewusst, dass ich es gar nicht länger aushalte. Diesen netten Mann dabei zu beobachten, wie er sich körperliche Qualen zufügen lässt, finde ich viel schlimmer, als ich gedacht hätte. Obwohl es hier im Treppenhaus ganz still ist, habe ich noch sein Wimmern im Ohr. Dem hat Shiva wirklich wehgetan. Wie der unter seiner Maske geröchelt hat. Dann dieses stinkende Zeug. Widerlich.

Ob seine Frau wohl irgendwas von seiner dunklen Seite ahnt? Hier im Club sehen wir viel mehr als die nächsten Angehörigen.

Hier zeigen alle Gäste ihre düstersten Seiten. Und dann gehen sie wieder in ihr normales Leben zurück und sind tüchtige Geschäftsmänner, erfolgreiche Politiker und liebevolle Familienväter.

Was wohl in diesem Urs vorgeht? Vielleicht braucht der das, weil er in seinem Alltag immer der Obermacker sein muss. Sozusagen als Ausgleich. So ungefähr wie jemand, der viel sitzt und dann halt in der Freizeit joggen geht.

RUSSISCHE NACHT

Butzi, Sabine und ich sitzen im Taxi auf dem Weg zum Club Nuit. Wir haben es echt durchgezogen und sind für vier Tage nach Sylt geflogen. Dort haben wir es uns so richtig gut gehen lassen, waren jeden Tag im Meerwasser-Pool und haben aus der Panorama-Sauna auf den Strand geschaut. Butzi, die manchmal einen Hang zu kitschigen Formulierungen hat, meinte beim Check-out im Hotel: »Jetzt ist meine Seele wieder rein wie frischgefallener Schnee.« Es war einfach schön mit den Mädels, richtig entspannt. Wir verstehen uns auch ohne viele Worte richtig gut. Und die ganzen irren Männer waren einfach superweit weg.

Nun fühlt es sich umso merkwürdiger an, nach diesen Tagen am Meer wieder in die Stadt und in den Club zurückzukehren.

Fabienne hat mir geschrieben. Sie hat sich Sorgen gemacht, weil ich nicht bei dem Seminar aufgetaucht bin, das wir zusammen belegt haben. »Hab ganz schlimm Halsschmerzen, kann nicht telefonieren«, habe ich geantwortet. Da wollte sie mich direkt mit Hühnersuppe besuchen kommen. Supersweet von ihr eigentlich. Ich habe mich wieder rausgeredet: »Komm lieber nicht, will dich nicht anstecken.«

Auf Sylt habe ich beschlossen, für dieses Jahr mit der Uni auszusetzen. Das ganze Hin und Her und die Lügerei sind mir zu kompliziert. Ich werde es meinen Eltern einfach sagen. Dass ich das Jahr nutzen möchte, um ein paar Berufserfahrungen zu machen. Mache ich ja auch, vor allem übers Verhandeln habe ich in den letzten Wochen richtig viel gelernt. Natürlich werden sie besorgt sein und mir einen Vortrag halten, wie wichtig es ist, einen Abschluss zu haben. Aber in einem Jahr kann ich ja immer noch sehen, ob ich wieder hingehe.

»Wenn dir das keinen Spaß macht, bringt es sowieso nichts«, hat Sabine gesagt. »Mach doch lieber, was du wirklich willst.«

»Aber keine Ahnung, was ich sonst machen könnte.«

»Dann spar dir ein schönes Startkapital zusammen, und überleg dir was. Ist doch um Längen besser, als wenn du dich an der Uni rumquälst.«

Ich habe mich natürlich sehr gern überzeugen lassen. Vor allem, weil sie mir lauter Geschichten von glücklichen Aussteigern erzählt haben. Die eine hat in Düsseldorf einen eigenen Club. Jetzt nicht unbedingt mein Ziel. Die andere macht Kosmetik, die nächste hat sogar eine eigene PR-Agentur aufgemacht. Vielleicht könnte ich was mit Mode machen. Ein eigenes Label oder so.

Das Taxi hält vor dem Club. Wir rollen unsere Rimowas durch die Bar. Wolfi wartet schon. Puh, der hat miese Laune.

»Wird aber auch Zeit, dass ihr auftaucht. Die anderen Weiber hocken in der Küche am Handy, und der Russe da macht Stress, der will Service.«

Russen sind berüchtigt, so viel habe ich inzwischen mitbekommen. Kein Wunder, dass die Mädels sich nicht auf den stürzen. Wenn Russen feiern, gibt es Randale. Die trinken richtig viel, werfen leere Flaschen durch die Bar, aber weil sie unglaublich viel Geld ausgeben, schmeißt der Chef sie nicht raus.

Ich bringe dem Russen eine Flasche Champagner. Mal schauen, wer von den Mädels da ist. Sabine und Butzi sind noch dabei, sich umzuziehen. Aber in der Küche sitzen Polen-Tanja und eine neue, die alle »Storch« nennen, weil sie so unfassbar lange, fast schon zu magere Beine hat.

»Och nee, jetzt schon?«, mault Storch. »Wir haben uns doch gerade erst die Shisha angemacht.« Die Shisha ist der neueste hot shit. Irgendwer hat das Ding angeschleppt, und jetzt sitzen dauernd Mädels in der Küche und saugen andächtig an der Shisha.

Tanja verschränkt die Arme und schaut mich bockig an. »Hast du wenigstens seine Uhr gecheckt, macht die was her?«

»Noch nicht, schau halt selbst. Aber der ist ein guter Gast, das rieche ich. Wenn ihr nicht wollt, frage ich Sabine und Butzi.«

Das wirkt. Inzwischen haben alle gemerkt, dass ich ein Gespür fürs Geschäft habe. Polen-Tanja und Storch stehen endlich auf und gehen raus. Manchmal frage ich mich, was die machen würden, wenn ich denen nicht in den Hintern treten würde. Vermutlich den ganzen Abend in der Küche rumlungern, aber sich hinterher beschweren, dass die anderen fette Umsätze gemacht haben.

Als im Laden schon richtig viel los ist, vibriert mein Handy. Polen-Tanja ist dran. »Komm mal ganz schnell hoch«, flüstert sie. »Der Typ hier dreht total am Rad!«

Polen-Tanja ist eine sehr erfahrene Althure. Also eine, die schon echt viel im Gewerbe erlebt hat. Nicht etwa eine runzlige Prostituierte, die keinen Freier mehr abkriegt. Alt sieht hier im Laden eh niemand aus, die Mädels kennen alles, was Beauty-Docs anbieten, Botox und Filler und diese Fäden, die einem die Haut von innen nachspannen.

Normalerweise bringt Tanja so leicht nichts aus der Fassung. Aber jetzt klingt sie gar nicht gut. Richtig panisch ist die. So habe ich sie noch nie erlebt. Ich stelle die Champagnerflasche, die ich gerade öffnen will, auf die Theke, sage kurz Wolfi Bescheid, dass ich auf Zimmer gehe, und sprinte nach oben.

Eigentlich sah der Typ nach einem Bock-Freier aus. Bock-Freier nennen die Mädels die Männer, die richtig Geld mitbringen. Man erkennt die schon am Look. Maßgeschneiderter Anzug und teure italienische Lederschuhe. Als die Storch den Russen erst einmal angeschaut hatte, meinte sie auch, dass der Typ Kohle ohne Ende hat. Sie kennt den aus der Rethelstraße, wo sie früher angeschafft hat. Im koksverseuchtesten Laden von ganz Düsseldorf, da hat der Zoll neulich bei einer Razzia kiloweise Kokain rausgeschleppt. Sogar hier hört man immer wieder davon, dass denen die Gäste reihenweise wegsterben, weil sie es mit den Drogen übertreiben. Und die Frauen auch.

Als ich oben an die Zimmertür klopfe, macht Polen-Tanja sofort auf. »Guck dir das an, der Typ ist total irre!«

Der breitschultrige Russe hockt auf dem Bett und stiert ausdruckslos auf die goldberankte Tapete an der Wand gegenüber. Ein Sabberfaden hängt ihm am Mundwinkel. Sein flauschiger Gästebademantel klafft weit offen, sodass ich seine weiße Brust und den halb erigierten Penis sehen kann. Hängt wie eine lila Banane. Am Kragen ist sein Bademantel mit Blut verschmiert. Storch sitzt in Unterwäsche und sicherem Abstand zu dem Russen am Kopfende des französischen Bettes. Auch das Laken ist rot verschmiert.

»Wo kommt denn das verdammte Blut her?«, wispere ich, Tanja deutet mit dem Kinn zum Couchtisch, wo der Ziehschein liegt. Ein Fünfhundert-Euro-Schein, natürlich.

»Der hat sich eine Line nach der anderen reingezogen.«

Dachte ich mir schon. Nasenbluten kriegen immer die, die zu viel und zu oft koksen.

»In Düsseldorf hat der immer Crack geraucht, aber so krass drauf war der noch nie. Eben hat er rumgeschrien, dann ist er auf das Bett gefallen und hat sich nicht mehr gerührt. Und jetzt sitzt er einfach so da.« Storch spricht in normaler Lautstärke.

Auf einmal grunzt der Russe ganz laut. Als hätte ihre Stimme ihn aus einer Art Trance geweckt.

Storch kreischt, Tanja kreischt auch, und ich erschrecke mich fast mehr wegen der hysterischen Tanten als wegen des Russen, der aufspringt und mit beiden Armen um sich schlägt. Er trifft eine massive meterhohe Vase, die ziemlich stark wackelt, aber zum Glück nicht umfällt. Er brüllt vor Schmerz. Dann ruft er ganz laut etwas in einer fremden Sprache. Ich verstehe ein bisschen davon, es ist Arabisch, was er da von sich gibt. Ich glaube, er betet.

Ich schaue auf die Uhr. Der Mann ist seit zwei Stunden hier, und egal, wie verrückt er sich aufführt – wenn er bleiben will, muss ich für die nächste Runde kassieren. Mal ganz abgesehen davon, dass er nicht so aussieht, als würde er freiwillig abhauen.

Ich nähere mich ihm vorsichtig, bis ich genau in seinem Blickfeld stehe. Jetzt hätte ich sehr gerne so ein Betäubungsgewehr wie die Tierärzte im Zoo. Dann würde ich eine klitzekleine Injektion abfeuern, ihn erst mal ruhigstellen und mit den Mädels beratschlagen, was zu tun ist. Aber leider habe ich rein gar nichts dabei, um einen wildgewordenen Russen außer Gefecht zu setzen.

Der Mann starrt mich mit blutunterlaufenen Augen an. Aha, immerhin hat er gerafft, dass ein lebendiges Wesen vor ihm steht.

»Du bleibst noch eine Weile, mein Lieber, oder? Wo ist denn deine Kreditkarte?«, flöte ich. Neulich habe ich gelesen, dass SEK-Beamte in Krisensituationen ganz sanft sprechen. Deeskalation. Darauf setze ich jetzt auch. Der Russe fasst in die Taschen seines Bademantels, aber da findet er natürlich nichts. »Wo ist verdammte Chartä«, brüllt er auf Deutsch mit schwerem Akzent, »ihr wollt abzocken mich!«

Himmel, jetzt denkt der, wir haben ihm seine Karte geklaut. Manchmal, wenn Gäste voll auf Droge sind, bekommen sie Paranoia. Vielleicht hilft die Ablenkungstaktik. Aber worüber soll ich jetzt mit diesem Tier reden? Ah, vorhin habe ich doch noch mit den Mädels über die Uhr gesprochen. Was hat er denn nun für eine Armbanduhr? Falls es eine teure ist, wird er furchtbar gern drüber reden. Wie alle Männer.

Oha. Der Russe trägt ein Prachtexemplar. Eine wirklich wertvolle, eine ganz seltene Patek Philippe. Das Modell hat mit Sicherheit mehr als dreihunderttausend Euro gekostet. Ein Gast hat neulich erzählt, dass man die nur mit persönlicher Empfehlung der Geschäftsführung bekommt. Ich frage mich, wie das Russentier an dieses edle Teil gekommen ist.

»Das ist aber eine außergewöhnliche Uhr, die du hast. Sehr seltenes Exemplar, was ganz Besonderes.« Ich lege so viel Schmeichelfaktor in meine Stimme, wie ich kann.

»Musst du auf Warteliste, wenn du chaben willst«, grunzt der Russe. »Aber chabe ich nicht gewartet!« Seine Lache klingt richtig fies. »Chabe ich Schweizer Geschäftsmann Chand abgehackt, so!« Er macht eine schnelle Bewegung mit einem imaginären Beil.

Will der mich verarschen? Aber wer weiß, vielleicht ist der zu so was imstande? Ich komme nicht dazu, weiter darüber nachzudenken, denn er brüllt schon wieder.

»Ich bin letzte Gäääängster von Juropa!« Er trommelt sich mit den Fäusten auf die Brust wie ein Gorilla.

Mir kriecht ein feiner, stechender Schmerz den Nacken hinauf. Das passiert mir manchmal in heiklen Situationen, aber hier im Club ist es das erste Mal. Mir zerspringt fast der Schädel, weil ich mich derart angestrengt darauf konzentriere, den durchgedrehten

Typ zu beruhigen. Meine schöne Sylter Erholung, meine innere Reinigung! Alles dahin – an nur einem Abend.

Ich schicke Wolfi eine SMS. Ich brauche Verstärkung.

Polen-Tanja hat inzwischen die Kreditkarte des Russen aus seinem Sakko geangelt. Eine Platinkarte. »Schau, mein Schatz, ich habe deine Karte gefunden, sie war in deiner Jackentasche.« Sie spricht wie eine Pflegerin in der Psychiatrie, ganz langsam, als wäre der Typ vollkommen doof im Kopf.

»Na, dann wollen wir mal.« Mit zittrigen Fingern ziehe ich die Karte durch.

Endlich kommt Wolfi zur Tür rein. »Wie kann ich helfen?« Der drückt sich manchmal so formvollendet aus. Man könnte denken, wir wären im feinsten Hotel der Stadt.

»Kannst du mir küssen Füße!«, schreit der Russe dem verdatterten Wolfi entgegen, steht auf, reißt den Bademantel auseinander, sein Penis hüpft auf und ab, und streckt Wolfi sein nacktes haariges Bein entgegen. Wolfi starrt dem Russen pikiert auf den Unterleib, sieht das Blut und die ängstlichen Blicke der halb nackten Frauen und räuspert sich. »Darf es vielleicht noch etwas Champagner sein?«

»Nix Champagner. Du jetzt küsst Fuß. Weiß' du, wer ich bin?« Wolfi schüttelt den Kopf.

»Ich bin lätzte Gängster von Jurooopa!« Wieder diese Verbrechermasche und dazu diese abartige Lache. Wolfi geht vorsichtshalber auf die Knie. Der hat voll Schiss. Was für ein Feigling.

Der Verrückte lässt sich auf das Bett fallen und dreht sich zu Storch um. »Wie ist Adrässe?« Er packt Storch am Arm. Sie öffnet ihren Mund, schaut mich fragend an, aber ich schüttele den Kopf und versuche sie mit hypnotischem Blick zum Schweigen zu bringen. Weiß der Henker, was der Typ mit der Adresse will, aber bestimmt keine Rosen schicken lassen.

Jetzt quiekt Storch ganz laut. Der Russe biegt ihren Arm auf den Rücken, und die blöde Kuh sagt ihm doch tatsächlich die Adresse.

Der Russe grinst, lässt sie los, greift sich sein Handy und fängt an zu tippen. »Rufe ich meinen Freund an, guter Mann aus Albanien.«

Diesen Albaner will ich auf keinen Fall hier haben. Mein Kopf tut höllisch weh, aber ich kann jetzt nicht einfach gehen, sondern muss mir irgendwas einfallen lassen, um den Russen abzulenken, damit er das Handy weglegt. Aber das Pochen in den Schläfen ist so stark, dass mein Hirn leer bleibt. Also stehe ich einfach nur da, starre auf den Irren auf dem Bett, die Mädels glotzen mich Hilfe suchend an, Wolfi wartet regungslos neben der Tür und hat die Hosen voll. Natürlich ist der Chef mal wieder nicht da, der würde den Russen vermutlich einfach rauswerfen.

In dieser Russen-Nacht habe ich zum ersten Mal wirklich Angst. Ich verdonnere Wolfi, am Eingang Wache zu halten und auf keinen Fall den Albaner reinzulassen. Der soll einfach gar keinen Mann reinlassen, der ansatzweise albanisch oder arabisch aussieht.

Wolfi fällt diesmal sogar wirklich was Nützliches ein: Er warnt drei Kumpels vor, dass sie sofort kommen sollen, wenn er anruft. Die Türsteher kennen sich alle untereinander, wenn in einem Laden Randale ist, dann holen die ihre Buddys zur Hilfe.

Ich schicke Butzi und Sabine auch noch hoch, damit die anderen Mädels sich etwas entspannen können. Sieben Stunden lang passiert zum Glück nichts. Bis morgens um acht. Sabine schreibt.

»Kommst du mal? Der will Frühstück.«

Als ich oben ankomme, sitzt der Russe wie ein dickes Baby mitten auf dem Bett und wirft mir einen Fünfhunderter hin. Dabei habe ich dem schon fünfzehn Mille auf seine Karte gebucht. Ich würde auch Frühstück aufs Haus holen, aber wenn er bezahlen will, bitte. Ich schnappe mir den Schein. Das Frühstück wird maximal sechzig Euro kosten, aber der Rest steht uns echt als Schmerzensgeld zu. Hoffentlich kommt nicht ausgerechnet jetzt noch der Albaner-Freund. Am besten bestelle ich das Frühstück telefonisch, damit Wolfi schnell wieder da ist.

Als Wolfi mit dem Riesenfrühstück ankommt, will er direkt hoch und servieren. Ich halte ihn auf.

»Wir dürfen dem kein Besteck geben, am Ende geht der noch mit Gabel und Messer auf die Mädels los.« Ist mir egal, ob Wolfi das jetzt paranoid findet, das Besteck kommt weg. »So, jetzt bringen wir das zusammen hoch.«

Oben im Zimmer schauen Wolfi, die Mädels und ich dem Russen aus sicherem Abstand zu, wie er sich das Rührei mit den Fingern reinschaufelt. Mir kommt das vor wie die Löwenfütterung im Zoo. Interessant und gefährlich. Bloß, dass uns hier kein Gitter schützt.

Um neun schreibt mir Sabine endlich, dass der Russe gehen will. Ich kassiere ein letztes Mal und bin einfach nur saufroh, dass meine Schicht zu Ende ist.

BULLEN-ACHT

Ich laufe den Bürgersteig entlang zum Club. Irgendwie habe ich das merkwürdige Gefühl, dass mich jemand verfolgt. Seit der Russen-Nacht habe ich ein bisschen Sorge, dass der noch mal auftauchen könnte, dieser Wahnsinnige. Ich bleibe vor der Clubtür stehen und drehe mich ganz plötzlich um, wie so ein FBI-Typ im Krimi. Die Person hinter mir duckt sich in den Hauseingang, aber ich habe sie erkannt. Das ist nicht der Russe. Sondern Fabienne.

»Was machst du denn hier? Verfolgst du mich?«

Fabienne schaut mich fragend an. »Das ist die Bar, in der du arbeitest, stimmt's?«

Die Bar – wie sie das sagt! So ganz langgezogen und skeptisch. Sie hört sich an wie Torben.

Ich atme tief durch. »Na gut. Jetzt weißt du es ja sowieso. Ich mache hier den Service an der Bar.«

»Aha.« Fabienne guckt skeptisch.

»Aber ich arbeite nicht als Prostituierte.«

»Hab ich doch gar nicht behauptet.« Wobei sie so *klingt*, als hätte sie es zumindest für einen Moment geglaubt. »Aber warum hast du es mir nicht erzählt?«

»Ich dachte, du verstehst das eh nicht. Dass ich in so einem Rotlicht-Laden arbeite.«

Fabienne schüttelt energisch den Kopf. »So ein Quatsch. Ist das nicht der Laden, wo immer die ganzen Promis reingehen? Du musst mir das alles haarklein erzählen!«

»Echt? Das interessiert dich?« Was für eine Erleichterung, sich nicht mehr dauernd komplizierte Lügen ausdenken zu müssen. Und so ein Geständnis ist ja bestimmt unheimlich gut für die reine Seele.

Meinen Eltern habe ich inzwischen auch gebeichtet, dass ich mit der Uni aussetze und einen guten Job in einer exklusiven Bar angefangen habe. Erst war Zirkus. Die haben mir Löcher in den Bauch gefragt. Ob ich da nackt tanzen muss? Und ob mich da Männer belästigen?

»Ne, Papa, das ist besser als in einem normalen Büro. Weißt du, in der Bar gibt's ganz klare Grenzen. Im Büro könnte mich der Chef oder ein Kollege anmachen. Das wäre viel schwieriger!« Genauso ist es ja schließlich. Mein Vater hat ziemlich schnell gecheckt, dass er sowieso nichts dagegen machen kann, und vermutlich hat er gespürt, dass ich irgendwie selbstsicherer bin. Vielleicht hat er auch gemerkt, dass ich mich endlich mal für etwas interessiere. Jetzt bin ich froh, dass meine Eltern zumindest ungefähr Bescheid wissen. Aber Fabienne muss auf Details aus dem Rotlichtalltag noch warten.

»Meine Schicht fängt gleich an.« Ich verspreche, dass wir uns bald treffen und husche in den Club.

Wolfi steht an der Bar und öffnet eine Flasche Champagner. »Julia, kommst du?« Er ist immer ganz gestresst, wenn er alleine die Bar machen muss. Dabei plaudert der einzige Gast ganz entspannt mit Sabine. Es ist einer von ihren Stammgästen, ein lustiger, netter Typ aus Köln, der immer kommt, wenn er auf Dienstreise in der Stadt ist.

»Bin gleich da.« Ich habe mir Farfalle mit Trüffeln vom Italiener mitgebracht und will unbedingt noch was essen, bevor ich an die Bar gehe.

Als ich in die Küche komme, legt Butzi ihren Finger an die Lippen. »Pssst!«

Polen-Tanja spricht mit ganz tiefer, heiserer Stimme in ihr Handy. »Challo! Diiich kenne iiich. Und du kennst miiich. Ich biiin Sergej, letzter Gängster von Juropa. Schickst du mir die Nutten rüber, sonst mache ich Laden kaputt!«

»Ja, schön, ich freue mich auf Ihren Besuch!«, kommt eine zittrige Stimme aus dem Lautsprecher. Das ist Wolfi. Die Mädels verarschen die arme Wurst.

»Kommen sie gern vorbei, wir freuen uns auf Ihren Besuch!« Der denkt echt, das wäre der Russe von neulich.

»Nicht auflägen, du bleiben am Täläfoon! Und dann du mir schicken Video, wie du machst Pfurzi, Pfurzi!« Polen-Tanja macht perfekt die Russenlache nach, dann drückt sie schnell auf den roten Hörer. Die Mädels kreischen vor Vergnügen.

»Komm, jetzt schauen wir, was er macht.« Butzi zieht mich aufgeregt mit nach vorne.

Wolfi kommt auf uns zu. Er hat hektische rote Flecken auf den Wangen. »Da hat gerade einer angerufen. Der Russe. Der hat gesagt, er heißt Sergej.«

»Der Sergej! Zu dem musst du ganz nett sein, das ist doch der von neulich«, kreischt Polen-Tanja. »Der kommt bestimmt gleich vorbei.« Wolfi schaut sie verzweifelt an.

»Machst du mir noch eine Flasche?«, ruft der Gast am Tresen. Wolfi nimmt einen Moët aus der Kühlung und will einschenken, aber es kommt kein Tropfen, weil er die Flasche noch nicht geöffnet hat.

Der Gast lacht. »Aufmachen musst du sie schon!«

»Verzeihung«, murmelt Wolfi. Er fummelt am Stanniol, aber seine Finger zittern so sehr, dass er die Flasche kaum aufbekommt.

Endlich hat er den Champagner offen, gießt drauflos und schüttet die Hälfte daneben. »Verzeihung«, murmelt er wieder.

»Na ja, besser, die Julia übernimmt, was?« Der Gast grinst.

Ich nehme Wolfi, der wie ein tapsiger Bär dasteht, den Champagner aus der Hand und lasse ihn das Verschüttete aufwischen.

Butzi hat sich inzwischen auch eingekriegt und setzt sich zu Sabine und dem Gast. Die kennen sich gut, das merkt man direkt, weil sie so vertraut miteinander sind.

Das läuft ja heute, denke ich. Wobei das ein schlechtes Omen ist. Wenn man denkt, dass was richtig super läuft, kommt meist der Hammer direkt hinterher. Vor allem in Vollmondnächten wie heute.

Es ist so gegen zehn Uhr, und Sabine und Butzi sind mit dem Gast schon länger oben, als sie mich anrufen. Wolfi soll mal schnell die Handschellen bringen. Ich schicke ihn hoch. Wir haben sogar echte Bullen-Handschellen, die hat ein Polizisten-Freier mal Polen-Tanja geschenkt. Hat sie jedenfalls erzählt.

Anderthalb Stunden später schreibt Sabine: »Komm hoch. Notfall.«

»Was ist jetzt schon wieder?«, schreibe ich, aber ich geh mal lieber direkt hoch. Es ist ziemlich dunkel im Zimmer. Nur auf dem Nachttisch brennen drei Kerzen. Die Mädels hocken neben dem Gast auf dem Bett, fummeln an ihm rum und kichern albern.

»Was ist denn los?« Nach einem schweren Notfall sieht das eigentlich nicht aus.

Ich steuere im Halbdunkel das Bett an. Rums. Autsch. Klirr. Ich bin mit dem Schienbein an den Couchtisch gestoßen. Mist, jetzt sind die Champagnergläser hin. Was stellen die verrückten Elsen den Tisch auch direkt vor das Bett?

»Jetzt bist du für immer unser Gefangener.« Butzi ist besoffen, das höre ich sofort an ihrer Stimme.

»Mach die Dinger nicht noch enger.« Wenigstens Sabine scheint noch einigermaßen nüchtern zu sein.

»Jetzt schließ sie halt auf!«, schlägt der Gast mit freundlicher Stimme vor.

»Aber der Schlüssel ist weg!« Sabine kriecht auf dem Bett herum. »Wir müssen die irgendwie anders aufbekommen.«

»Macht erst mal das Licht an!«, sage ich und schalte einen Deckenfluter ein. Wie doof stellen die sich eigentlich gerade an?

Der Gast streckt mir Hilfe suchend seine Hände hin. Die schlanken Metallreifen der Handschellen sind so eng eingerastet, dass kein Finger mehr dazwischen passt, das sehe ich auf den ersten Blick. Butzi drückt daran rum, aber sie lockern sich kein Stück, sondern rasten noch zwei Zähne enger ein.

»Lass mich mal schauen.« Sabine schiebt Butzi beiseite.

»Au! Nicht noch enger!«

»Wo hattet ihr den Schlüssel denn zuletzt?«, frage ich.

»Öh. Weiß nicht. Hatten wir den?« Die Mädels schauen sich an wie zwei Kälbchen.

Sabine bricht plötzlich in hysterisches Lachen aus. »Den hat doch Detlev geklaut. Der war doch neulich schon weg!«

Butzi schlägt die Hände vors Gesicht. »Scheiße, du hast recht. Habe ich total vergessen.«

»Und jetzt?«

»Kannst du mal probieren?« Der Gast streckt mir seine Hände hin. »Die haben doch immer einen Notknopf, und wenn man nüchtern ist, findet man den vielleicht auch.«

»Bestimmt, ich schau mir das mal an.« Ich knie mich aufs Bett und untersuche die Mechanik der Handschellen.

»Du, da ist kein Notknopf.« Das sind massive Dinger. Nicht so wie der Kram aus dem Sexshop. »Das ist echte Polizei-Ware. Die sind megastabil.«

»Dein Ernst? Die haben mich mit einer Bullen-Acht gefesselt? Leute, ihr seid echt eine Truppe.« Er lacht schallend. Der hat Humor. Wahnsinn. Viele andere wären schon ausgerastet. Wenn so was beim Russen passiert wäre, hätte der bestimmt schon eins der Mädels mit der Kette der Handschellen erdrosselt.

»Tja ... tut mir leid, ist nicht ganz so einfach. Mal sehen, ob wir eine Zange haben.« Ich rufe Wolfi an. Der soll sich gefälligst was einfallen lassen. Wenn ich die besoffene Truppe hier allein lasse, drücken die am Ende die Dinger noch enger zu.

»Das ist mir auch noch nicht passiert. Gefesselt von zwei besoffenen Mädsche«, frotzelt der Gast und schüttelt den Kopf. »Ich muss jetzt aber nicht die Feuerwehr anrufen, damit die mich hier rausholen, oder?«

Zum Glück taucht jetzt endlich Wolfi im Zimmer auf und beäugt mit bedröppeltem Gesicht das Fessel-Problem. Dem steckt immer noch der Russen-Anruf in den Knochen, das sehe ich ihm an, wie er da steht mit seinem ängstlichen Baby-Face.

»Der Hausmeister hat mir diese Zange hier gegeben.« Er hält einen riesigen Bolzenschneider hoch. Der ist fast einen halben Meter lang und sieht aus, als könnte man damit easy einen Laternenmast durchkneifen. Die Mädels und ich stöhnen im Chor. Der Gast drückt seine gefesselten Hände an die Brust und guckt Wolfi nun doch etwas erschrocken an.

»Oh je! Lasst ihr jetzt echt den Zittrigen mit dem Bolzenschneider auf mich los?«

Butzi prustet sofort vor Lachen los. »Ich helfe!« Sie nimmt die Handgelenke des Gastes.

»Ne, du, lass mal. Das macht besser Julia.«

Ich setze mich neben ihn und stütze seine Arme, während er sie ergeben dem Wolfi hinstreckt. Der kniet mit dem riesigen Bolzenschneider vor dem Bett und setzt an der Kette an. Der Gast kneift die Augen zu, ein lauter Knack, Sabine schreit erschrocken auf. Die Kette ist durch.

»Reicht das so?« Wolfi wischt sich den Schweiß von der Stirn. Der sieht echt fertig aus.

»Ne, die Dinger müssen doch von den Handgelenken ab!«

Ich hole ein Handtuch, wickele es dem Gast um die Finger und schiebe ganz vorsichtig die Schneide der Riesenzange an die dünnste Stelle des Metallrings. Wolfi legt sich den Griff des Bolzenschneiders auf den Oberschenkel, holt tief Luft und drückt mit voller Kraft zu. Die scharfen Schneiden rutschen vom Metall ab, der Ring bleibt zu, aber der arme Gast quiekt wie ein Ferkelchen.

»Ihr habt mir ein Stück Haut abgezwickt!« Ein kleiner Tropfen Blut rinnt zwischen den Haaren an seinem Arm hinunter.

»Mann, Wolfi, jetzt pass mal besser auf!«

»Tut mir leid.«

»Wir brauchen was Spitzes. Hat mal jemand was Spitzes?« Butzi springt torkelnd auf.

»Ja, wir müssen das Schloss knacken.« Sabine durchsucht mit Butzi das Zimmer.

So wird das nichts. Das hektische Gewusel macht mich ganz wahnsinnig, und ich befehle den Mädels, unten in der Küche weiterzusuchen. Wolfi tapert nochmal zum Hausmeister und kommt nach ein paar Minuten gemeinsam mit ihm zurück. Jetzt knien beide vor dem Gast, Wolfi im schicken Anzug und der Hausmeister in seiner grauen Latzhose.

Der Hausmeister holt einen dicken Draht aus seiner Werkzeugkiste und biegt fachmännisch daran herum. Er schiebt ihn ins Schloss der Handschellen und bewegt ihn konzentriert wie ein Chirurg bei einer schwierigen OP, während Wolfi sich immer wieder den Schweiß von der Stirn wischt. Wieso weiß unser Hausmeister eigentlich, wie man Schlösser knackt? Der Gast betrachtet stumm die Köpfe der beiden Männer, die da vor ihm hocken. Sein Wunsch war sicher eigentlich, dass die Mädels vor ihm knien und viel angenehmere Dinge mit ihm treiben.

Endlich gibt es ein erlösendes Knacken, der Hausmeister lächelt zufrieden und nimmt dem Gast den ersten Metallring ab.

Zwei Minuten später ist der Gast vollständig befreit, reibt sich die Handgelenke und grinst mich erleichtert an.

»Na, Julia, der Champagner geht heute aufs Haus, was?«

DIE STINKENDE SEELE

Fabienne hat sich totgelacht, als ich ihr die Story von dem verlorenen Handschellenschlüssel erzählt habe. Zwei Wochen, nachdem sie mich vor dem Club erwischt hatte, hatte ich endlich mal einen Tag frei und Zeit für ein Treffen.

Ich habe fast zwei Stunden erzählt. Fabienne wäre am liebsten gleich für eine Nachtschicht mitgekommen, um sich alles in echt anzuschauen. Ich habe ihr auch von Butzi und Sabine erzählt. Dass die beiden inzwischen Freundinnen für mich sind.

Aber Fabienne fand die Promi-Geschichten viel aufregender. »Echt? Der? Krass! Und der auch? Das ist ja besser als alle Klatschzeitungen zusammen!«

Ich habe ihr von diesem jungen farblosen Schauspieler erzählt, dessen Namen ich immer vergesse. Der ist ein extrem hellhäutiger Typ mit aschblonden Haaren. Wie bei einem ausgeblichenen Foto mit zu wenig Kontrast.

Der Blonde war schon zweimal da, seit ich im Club Nuit arbeite. Beide Male kam der mit einer ganzen Truppe von lärmenden Filmleuten und saß dann bloß still in der Ecke, während die anderen mit den Mädels gefeiert haben. Bei manchen ist das so, wenn die koksen und trinken. Die werden dann irgendwie psycho und reden gar nicht mehr.

Ich glaube, dieser Blondie kommt nur mit in den Club, weil das dazugehört. Erst gehen diese Typen vergoldete Steaks essen. Danach kommen sie auf einen prickelnden Absacker zu uns. Sabine und Butzi haben erzählt, dass er nicht gerade spendabel ist. Deswegen haben sie schon mal überhaupt keine Lust auf den. Für uns alle bedeuten Promis eher schlechte als gute Geschäfte. Denn je berühmter die Leute sind, umso eher meinen sie, sie müssten was umsonst kriegen – bloß, weil die auf jeder Party dutzendweise Mädels zur Auswahl haben, die sich für ein bisschen Fame flachlegen lassen.

Neulich war mal so ein Techno-Barde hier, für den haben die Mädels extra seine Songs angemacht. Dann haben sie auf dem Tresen für ihn getanzt, weil der Chef meinte, das würde bestimmt super ankommen. Ein guter Gast würde wenigstens ein paar Flaschen Champagner ausgeben. Aber Mr. Techno wollte sofort aufs Zimmer gehen. Die Mädels haben mit Anfassen und Charme versucht, ihn davon zu überzeugen, dass er doch lieber mit ihnen singen und klatschen und am Pool in der großen Suite sitzen solle. Aber der hat nur gefragt, wer es anal macht. Da hatten die Mädels schon keinen Bock mehr auf ihn, und außer einer Rumänin, die noch ganz neu war, wollte keine mit. Die Rumänin war leider eine talentlose Anfängerin, die null Ahnung hatte, wie man Umsatz macht.

»Was soll ich sprechen?«, hat sie gefragt, als Sabine ihr am ersten Tag erklären wollte, wie man mit den Gästen umgeht.

»Frag halt, was sie machen, wohin sie gern in den Urlaub fahren, sag was Nettes!«

»Ist anstrengend, sprechen, werde ich nicht bezahlt für«, hat die Rumänin geantwortet und einen Flunsch gezogen. Die hat sich dann lieber hingelegt, die Beine breit gemacht, und fertig. Auch bei dem Techno-Typen. Wobei ich fürchte, der wäre sowieso ein hoffnungsloser Fall gewesen. Als der nach einer halben Stunde runterkam, haben die Mädels ihn regelrecht ausgebuht: »Hau ab und komm nie wieder!«

Die Mädels sagen manchen Freiern ganz krass ihre Meinung, weil die Männer das umgekehrt genauso machen. Wenn einer nett und spendabel ist, kriegt er Komplimente ohne Ende, und wenn ein knickeriger Arsch kommt, dann machen die Stress.

Der Chef hat auch mitbekommen, wie die Zicken rumgeschrien haben. Ich dachte zuerst: Oh weia, jetzt gibt's Ärger. Aber Andi meinte bloß ganz trocken: »Wenn der hier zehn Mille lassen würde, dann müsstet ihr nett zu dem sein. Aber so eine Pissmark ist das doch gar nicht wert.« Das fand ich großartig. Wie der Chef hinter uns steht, wenn einer kommt, der nur schnell ficken will.

Knauserige Laberer sind allerdings genauso schlimm. Wie der Waldemar mit seinen Elvis-Geschichten. Der raubt einem den letzten Nerv und stiehlt einem obendrein die Zeit. Dem hat Evelyn neulich tatsächlich gesagt, dass er sie nervt und dass sie keine einzige von seinen Geschichten auch nur ansatzweise interessant findet.

»Vielleicht bist du zu ungebildet, um zu verstehen, worüber ich rede.«

Ich finde das eine Unverschämtheit. Wieso denkt Waldemar, er wäre klüger als die Frauen hier im Club? Bloß, weil jemand im Nachtleben arbeitet, heißt das noch lange nicht, dass er oder sie dumm ist.

Evelyn hat ihm einfach den nächsten Spruch reingedrückt. »Immer wenn du kommst, machen wir kein Geschäft. Du bist echt ein Unglücksbringer.«

»Die sind wirklich unmöglich, diese Weiber. Ich komme nie wieder!«, hat Waldemar ganz empört zu mir gesagt.

Was für ein Idiot. Wie kommt der nur auf die Idee, dass wir Zeit mit ihm verbringen, weil er so ein toller Hecht ist? Das hier ist schließlich unser Job, kein Privatvergnügen. Wenn einer nur labert und obendrein geizig ist, ist er kein guter Kunde.

Waldemar hat wohl angenommen, dass ich eine Riesenwelle mache und mit den Frauen schimpfe. Dabei habe ich mich total gefreut, dass wir den los waren, und ich hoffe echt, der bleibt für immer weg.

Heute ist mal wieder der Rocker da. Der, der den Hollywood-Star mitgebracht hatte. Lenny heißt er. Der mag es bei uns. Er versucht auch nicht, sich zu tarnen. Dem ist es scheißegal, ob ihn jemand erkennt.

Diesmal hat er seine ganze Band mitgebracht. Die sind erst vor einer halben Stunde gekommen und lümmeln jetzt mit ein paar Mädels auf den dunkelroten Samtsofas rum. Es sieht aus wie ein Mode-Shooting für ein Gothic-Label. Halb nackte, verführerische Frauenkörper rekeln sich in sanftem Licht. Die breitschultrigen Männer sehen mit ihren kahlrasierten Schläfen, den schwarzen Klamotten und eingefallenen Wangen alle ähnlich aus. Die machen kollektiv auf Bad Boy. Dabei erkenne ich mit einem Blick, wie sehr sie nach Zuwendung und Aufmerksamkeit lechzen.

Lenny sitzt neben Butzi. Aber bei den beiden stimmt was nicht. Butzi rückt mit jedem Zentimeter, den Lenny sich an sie ranrobbt, weiter von ihm ab. Als er den Arm um sie legen will, schiebt sie ihn weg, schüttelt sich wie ein nasser Terrier, steht abrupt auf und kommt an die Bar.

»Der ist so eklig.«

»Wieso bist du denn so doof? Der zahlt doch gut.«

»Boah, Julia, riech halt mal an dem. Der stinkt aus jeder Pore. Und der strahlt total die Hitze aus. Wie der Teufel.«

Ich muss lachen. Butzi ist knallhart mit den Kerlen, und das ist auch kein Wunder, weil sie eben auf Frauen steht. Aber sie hat leider recht. Als ich den Jungs eben den Champagner rübergebracht habe, ist es mir auch aufgefallen. Der Lenny stinkt übel. Nicht einfach nur nach Schweiß. Sondern ganz scharf. Wie ein vollgepisster Aufzug im Parkhaus an einem heißen Sommertag. Wie kann dem das egal sein? Oder er merkt es nicht. Vielleicht kann er gar nichts mehr riechen. Der Geruchssinn wird ja im Alter schlechter, und Lenny ist bestimmt schon über fünfzig, und er raucht und kokst und trinkt, und wer weiß, was der sonst noch alles treibt.

Wenn die Mädels mit ihren Gästen aufs Zimmer gehen, dann sagen sie ihnen normalerweise, dass sie erst mal duschen sollen. Die meisten tun das, manche haben aber keinen Bock drauf. Wer sich weigert, hat allerdings Pech. Nur, weil die Frauen hier Prostituierte sind, machen die nicht alles mit. Reinlichkeit ist ihnen extrem wichtig. Ist ja auch das Mindeste, wenn man sich schon nackt mit einem Fremden ins Bett legt.

»Wenn der nicht will, dann will ich halt auch nicht«, sagt Butzi immer. Ich mag es, dass sie so einen eigenen Willen hat. Wobei ich jetzt mal schauen muss, wer von den Frauen geruchstechnisch nicht so empfindlich ist. Lenny schaut schon ganz hungrig zu Butzi und mir rüber.

Ach! Nein. Nicht zu uns. Der hat jetzt Tatjana im Visier. Das passt sehr gut. Tatjana ist relativ schmerzfrei, weil sie zuletzt in Frankfurt gearbeitet hat. Da erwarten die Gäste einen ganz anderen Service als hier, da sind so viele arme Ostbräute, die sich ohne Gummi vögeln lassen. Außerdem war es kein Edelbordell, in dem Tatjana angeschafft hat. Die Mädels mussten ihr erstmal klarmachen, dass sie dem Freier nicht sofort einen blasen soll, weil das schlecht fürs Geschäft ist, und sich ein bisschen stilvoller anziehen soll. Je stilvoller und edler der Gesamtlook, desto weniger trauen sich die Freier, herumzufeilschen.

Heute sieht Tatjana richtig super aus. Sie hat ein langes, elegantes, rückenfreies Kleid an. Wenn sie nicht dieses riesige Schlangen-Tattoo auf ihrem alabasterweißen Rücken hätte, würde sie aussehen wie eine Lady, aber so hat sie was Verruchtes an sich, was Lenny offenbar richtig anmacht.

Tatjana rafft allerdings gar nicht, dass Lenny sich nach ihr den Hals verdreht. Sie braucht eine Extraeinladung.

»Hör mal, kannst du dich bitte um Lenny kümmern? Butzi ist raus für heute«, sage ich.

»Echt? Wieso?«

»Ist jetzt egal, willst du? Die machen bestimmt lang.«

Tatjana zuckt die Schultern, überlegt kurz, dann nickt sie und geht zu Lenny rüber.

Eine halbe Stunde später kommt Lenny an den Tresen. Er will mit seiner Truppe hochgehen. Ich gebe ihnen die große Suite. Die hat einen schönen Pool, eine riesige Sitzlandschaft und zwei Zimmer, bei denen man die Tür zumachen kann – wenn man möchte. Vielleicht schaffen die Mädels es ja, die Rocker in den Pool zu locken. Davon hätten dann alle was.

Unten ist jetzt nichts mehr los. Butzi hängt an der Bar und daddelt irgendwas am Handy. Der Chef ist nicht da. Das nutzt sie natürlich sofort aus. Aber bitte, was soll die Handy-Regel, wenn kein Gast an der Bar sitzt? Deswegen hole ich ganz ohne schlechtes Gewissen ebenfalls mein Handy raus und checke, ob ich eine Nachricht habe.

Es ist totaler Schwachsinn, aber ich hoffe irgendwie immer noch, dass Torben sich meldet. Nur einmal! Ich könnte ihn auch mal fragen, wann er seine drei T-Shirts abholen will, die er noch bei mir in der Wohnung hat. Ich schaue mir das letzte Foto an, das ich von uns beiden gemacht habe. Das war an dem Abend, als er aus Thailand zurückgekommen ist. Eigentlich sehe ich da ganz happy aus.

Ich fange an zu tippen.

Butzi legt ihr Handy weg.

»Was machst du da?«, fragt sie neugierig und schaut auf mein Display. »Wieso schreibst du an Torben?!?«

»Na ja, der hat noch Klamotten bei mir …« Selbst für mich klingt das wie eine idiotische Ausrede.

»Ja und? Scheiß auf die Klamotten. Soll er sich halt neue kaufen. Du willst den doch gar nicht wiedersehen.« Butzi rüttelt mich an den Schultern, als müsste sie mich aus einem Albtraum wecken.

»Hm.« Ich starre auf die angefangene Nachricht.

»Dir geht's doch viel besser, seit der Arsch sich verpisst hat!« Butzi schaut mich sehr eindringlich an.

Sie hat recht. Da ist niemand mehr, der mir ein schlechtes Gewissen macht. Keiner, der von mir erwartet, dass sich alles nur um ihn dreht. Andererseits …

»Schluss damit, Handy weg, sonst musst du Strafgeld zahlen.« Butzi stupst mir mit dem Ellenbogen in die Rippen und nimmt mir das Handy aus der Hand.

»Na gut.« Gerade bin ich ziemlich dankbar, dass sie wie ein freundlicher blonder Wachhund auf mich achtet.

Butzi hält mir ihr Handy unter die Nase und zeigt mir ein Bild von einem roten Mercedes-Coupé.

»Kostet nur zehn Mille. Den kaufe ich mir.« Sie tippt eine Nachricht an den Anbieter.

»Was willst du denn mit der Karre? Du hast doch keine Ahnung, ob der Wagen in Ordnung ist. Kauf dir für das gleiche Geld lieber beim Händler einen gebrauchten Golf. Oder fahr Roller.

Schluss, sonst musst du Strafgeld zahlen.« Jetzt schnappe ich mir ihr Handy.

Butzi ist geldtechnisch ein ziemlich hoffnungsloser Fall. Die könnte schon richtig viel gespart haben, wenn sie ihre Kohle ein bisschen zusammenhalten würde. Aber sie shoppt zu gerne. Das ist eine richtige Sucht bei ihr. Es ist immerhin besser als alles, was sie früher gemacht hat. Neulich hat sie mir erzählt, dass sie mit sechzehn angefangen habe, Heroin zu spritzen. Ein Typ hat es ihr auf einer Party angeboten, und sie hatte keine Ahnung, dass der ein Dealer ist. Um das Heroin zu finanzieren, brauchte sie Geld, und der Dealer hat ihr die ersten Kunden vermittelt. So ist sie ins Nachtleben hineingeraten, weil sie damals schon aus dem Kinderheim ausgezogen war. Wo sie aufgewachsen ist, war einfach niemand da, der sich um sie gekümmert hat.

Ich finde es Wahnsinn, mir das vorzustellen. Mit sechzehn war ich im Internat. Da war sogar Rauchen verboten, und mein Vater hat an den Wochenenden auf mich aufgepasst wie ein Schießhund. Vor allem, was Jungs anging.

Mein erstes Mal hatte ich erst mit achtzehn mit einem Freund meines Bruders, und wenn Papa das mitbekommen hätte, wäre die Hölle los gewesen.

Mit achtzehn war Butzi schon eine professionelle Hure. Die Prostituierten nennen sich sogar selbst Huren, das ist für sie eine Berufsbezeichnung, kein Schimpfwort. Irgendwann ist Butzi aus Hamburg abgehauen und vom Heroin losgekommen, was an sich schon ein kleines Wunder ist. Aber jetzt hat sie dieses Shopping-Problem.

Sie hat bestimmt zehn Burberry-Mäntel und dreimal so viele Taschen, aber keine finanziellen Reserven. Neulich hat sie sich in einer Woche zwei neue Louis-Vuitton-Taschen gekauft.

»Warum hast du schon wieder so viel Geld ausgegeben?«, habe ich sie gefragt.

»Die waren im Sale.«

Dabei weiß sie genau, dass sie mit solchen Ausreden bei mir nicht durchkommt. Dafür kenne ich sie zu gut.

»Willst du mich verarschen? Ganz ehrlich, bei Louis Vuitton gibt es keinen Sale, das weiß ich genau!« Manchmal habe ich das Gefühl, ich muss auf sie aufpassen wie auf eine kleine Schwester.

In diesem Job muss man unbedingt sparen, weil ja keiner weiß, ob das morgen noch genauso gut läuft. Außerdem ist irgendwann Schluss, das Aussehen, der Körper, da gibt's einfach eine Grenze, also mit Mitte Vierzig ist man schon echt ein Fall fürs Atersheim. Und was macht man, wenn man mal ernsthaft krank wird? Ich habe mir jedenfalls ein Schließfach bei einer Bank gemietet und trage da jetzt mein Geld hin.

Ich mache mich auf den Weg nach oben, weil die Rocker inzwischen fünf Stunden mit acht Frauen auf der Uhr haben. Da ist vermutlich sogar noch mehr drin. Eigentlich hätte ich gleich Feierabend, aber es ist halt keine normale Nacht. Die sind gute Gäste, und ich habe mittlerweile kapiert, wie bescheuert es ist, wenn ich den Umsatz nicht mitnehme. Wenn ich mich nachher ein bisschen hinlege, halte ich es bestimmt durch.

Oben in der Suite hat sich der Raubtiergeruch gleichmäßig ausgebreitet. Die Meute lungert auf den Sofas herum. Zwei von den Mädels sitzen im Pool und singen Schlager, zwei Typen von der Band singen mit. Ich finde das total schräg, weil die bei ihren Auftritten noch nicht mal lächeln. Das passt nämlich nicht zu ihrem knallharten Rocker-Image. Aber hier sieht sie ja keiner außer den Frauen und mir.

Lenny ist mit Tatjana im Nebenzimmer. Die Tür haben sie aufgelassen. Ich schätze mal, er mag es, wenn andere ihm beim Sex zusehen. Vielleicht sind unter seinen Kumpels ein paar Voyeure. Ich schaue allerdings nur rein, weil ich abchecken will, ob ich kassieren kann. Bisher hat Lenny ja diese Nacht geschmissen. Eine zuverlässig sprudelnde Kartenquelle für meine Abbuchungen. Aber ich sehe schon, der ist gerade zu sehr damit beschäftigt, mit Tatjana rumzumachen.

Er ist nackt. Sein Hintern ist ganz weiß, als hätte der noch nie die Sonne gesehen. Am Rücken hat er drei ganz lange Narben, die sich quer über die helle Haut ziehen. Ich muss sofort an den Schweizer denken und daran, was die Peitsche auf dessen Haut für Striemen hinterlassen hat.

Tatjana hat nur noch ihre schwarzen Spitzenstrapse und einen ultraknappen String an. Ihre rechte Hand steckt unter Lennys Hüfte. Ich hoffe, die holt dem jetzt keinen runter. Am Ende will er dann sofort gehen.

Lenny robbt sich an ihr hoch und leckt ihr mit seiner nassen Zunge durch die Ohrmuschel. Tatjana schiebt sich ihrerseits nach oben und drückt ihm ihre Brüste ins Gesicht. Er schnappt nach ihrem Nippel und fängt an zu saugen wie ein Baby. Tatjana tut so, als fände sie das geil, stöhnt pornomäßig rum und reibt sich das Ohr mit dem Kissen trocken.

Ich kenne wirklich keine Frau, die es mag, wenn der Typ ihr seine Zunge ins Ohr schiebt. Doch es gibt immer wieder diese Kerle, die glauben, dass die Zunge im Ohr der ultimative Lustspender sei.

Mal schauen, ob eins der anderen Bandmitglieder zahlen kann. Ich drehe mich um und lasse mich neben einem der Männer auf den weichen Samtpolstern der Couch nieder.

»Na, ihr bleibt noch, gell, mein Lieber!«

Der Rocker lehnt sich mit geschlossenen Augen zurück.

»Aber nur eine Stunde«, brummt er.

»Mach zwei, und ich schenk euch die dritte.« Der hat in zwei Stunden sowieso vergessen, dass ich das versprochen habe. Wenn er dann überhaupt noch weiß, um wie viel Uhr ich hier war.

»Nimm dir meine Karte aus der Jacke«, murmelt er. Der ist ganz schön abgefüllt. Aber macht nichts. Wenn er einpennt, haben die Mädels weniger Arbeit.

Als ich runterkomme, ist zum Glück Wolfi da. Der muss jetzt für ein paar Stündchen die Stellung halten. Ich nehme mir den Schlüssel von einem Zimmer im dritten Stock, schnappe mir die Tasche mit meinen Schminksachen und stelle mir den Timer auf drei Stunden. Als er piept, fühle ich mich zwar noch total gerädert, aber ich dusche, schminke mich und ziehe mir frische Klamotten an. Mittlerweile habe ich immer eine Garnitur Wechselsachen im Spind.

Als ich runterkomme, will Wolfi nach Hause. Er muss abends wieder arbeiten, und es ist schon fast ein Uhr mittags.

Nur noch drei Rocker sind oben. Mit fünf Frauen. Das ist optimal, dann konnten die zwischendrin bestimmt auch ein Nickerchen halten.

Tatjana ist vor einer Stunde gegangen, und Lenny sitzt am Tresen.

»Komm, wir trinken zusammen einen Champagner.« Ich hole die Flasche.

Wer weiß, wie viele Stunden der schon auf Koks ist. Er sieht im Gesicht ganz grau aus, nur die Augen sind rot. Er trägt ein Tanktop; seine Lederjacke liegt neben ihm auf einem Barhocker. Ich schaue mir seine nackten Arme genauer an. Die sind überzogen mit einem Geflecht aus Tätowierungen. Und dann sind da noch feine, helle Linien. Narben, aber viel feinere als die auf seinem Rücken. Man muss schon genau hinschauen, um die zwischen den schwarzblauen Adlern, Frauenkörpern und Totenköpfen zu entdecken.

Der Rocker schüttet sich den Champagner in den Hals und schüttelt sich. »Hast du nicht was Stärkeres?«

Ich schenke ihm einen Jägermeister ein. Mir selbst tue ich Cola ins Glas. Der Rocker kippt seinen Kräuterschnaps in einem Zug runter. Ich schenke nach, er trinkt wieder aus, ich trinke meine Cola im selben Tempo mit. So geht das dreimal.

»Du verträgst was«, sagt er anerkennend und rülpst. Ich proste ihm zu und lächle.

Außer uns ist niemand mehr an der Bar, und Lenny fängt auf einmal an, mir von seinen Sex-Touren durch die Nacht zu erzählen.

»Neulich war ich in diesem Techno-Club, du weißt schon. Da hab ich im Darkroom meinen Pimmel durch ein Loch gesteckt und entladen lassen. Weiß der Henker, von wem.«

Der ist wirklich total betrunken. Alles quillt ungefiltert aus ihm raus. Mir wird ein bisschen übel bei der Vorstellung. Ich bin bestimmt nicht prüde, aber mit irgendjemandem anonymen Sex zu haben – egal ob Mann oder Frau –, das finde ich einfach seelenlos.

Lenny erzählt von seiner letzten Tournee. Wie lange sie wieder unterwegs waren und wie sehr er es hasst, alleine durch die Welt zu ziehen und immer diese Musik zu machen. Während er redet, sieht er immer unglücklicher aus.

»Aber du bist doch total erfolgreich.«

»Das ist es ja. Ich *verkaufe* meine Musikerseele. Ich *verkaufe* mich, kapierst du das? Diese ganze Hardrock-Scheiße ist nur Geschäft. Weißt du, was ich eigentlich machen möchte?«

Ich schüttele den Kopf. »Erzähl's mir.«

»Gothic. Ein ganzes Album habe ich aufgenommen. Aber die Plattenfirma will das nicht. Weißt du, was die gesagt haben? Lass den Scheiß, das will keiner hören.«

Er ballt die Faust und haut sich gegen die Brust.

»Das macht meine Seele ganz krank.«

Der Rocker starrt auf seine Hände. Die aufputschende Wirkung des Kokains lässt langsam nach, er schaut furchtbar traurig drein.

»Woher hast du eigentlich die ganzen Narben?« Ich bin mir schon jetzt sicher, dass er sich ritzt. Aber ich spüre, dass er darüber sprechen möchte. Da will ganz viel Seelenmüll raus.

»Rasierklingen.« Sein Blick wandert über die Spuren der Selbstverletzung. Der braucht dringend jemanden, dem er sich anvertrauen kann. Mit wem soll der auch reden! In der Öffentlichkeit ist er ja der harte Typ, dem nichts und niemand was anhaben kann.

Vielleicht bin ich so was wie eine Therapeutin für ihn. Zuhören kann ich. Denn erstens interessiert mich, was für ein Mensch sich hinter der Rockerfassade verbirgt. Und außerdem tut er mir leid. Der ist so gefangen in seinem Dasein. Eine verlorene Seele.

Er erzählt mir noch eine Stunde von seinem Elend, bis ich irgendwann das Gefühl habe, in mein Hirn passt kein einziger Satz mehr rein. Ich schicke ihn heim. Die nächste Nacht im Club fängt viel zu bald an, und ich darf nicht an ihn all meine Energie verlieren.

PERUANISCHE ENERGIE

Nach der Beichte von Lenny hatte ich zwei Bedürfnisse. Das erste und allerdringendste war, meine Wohnung zu putzen. Und zwar gründlich. Ich habe keine Putzfrau – als Studentin hätte ich die nicht bezahlen können. Und jetzt komme ich gar nicht dazu, mich darum zu kümmern, eine zu engagieren.

Eigentlich putze ich sowieso lieber selbst. Ich finde nämlich die Vorstellung, dass jemand in meinen Sachen wühlt und sich vielleicht sogar Slip für Slip meine Unterwäsche anschaut, ganz und gar gruselig. Neugierig sind schließlich die meisten Menschen, so wie ich ja auch. Also habe ich einen ganzen Nachmittag lang gewienert und gewischt, bis ich nirgendwo mehr ein Staubkorn gefunden habe.

Dann kam das zweite Bedürfnis dran. Ich musste mir was gönnen.

»Lass uns doch nächste Woche zusammen wegfahren«, habe ich Sabine und Butzi angebettelt. »So was wie Sylt fände ich super. Danach habe ich mich gefühlt wie ein neuer Mensch.«

»Ich weiß was Besseres. Wenn du deine Seele und deinen Körper wirklich reinigen willst, geht nichts über Ayahuasca.« Sabine hat ein geheimnisvolles Gesicht gemacht und grinsend darauf gewartet, dass ich sie ausquetsche.

»Was ist Aja-Dingsda?« Ich kannte bisher nur Cleansing und Lomi-Lomi.

Sabine und Butzi haben im Chor geseufzt und die Augen gerollt.

»Weißt du das nicht? Das machen doch momentan alle!« Butzi kennt einfach alle Arten von Detox. Neuerdings macht sie mit ihrem Personal Trainer ein Reinigungs-Yoga, das angeblich alle Ablagerungen aus dem Körper schwemmt.

»Ayahuasca ist so ein Wahnsinnszeug aus Kaffeesträuchern, Ganz alte Schamanen-Heilkunst. Das reinigt den Körper und die Seele und hilft auch, wenn jemand ein echt krasses Trauma hat!« Dieses Ayahuasca sei so genial, dass es angeblich auch gegen Depressionen helfen würde. »Das nimmt alles Schlechte aus deinem Körper, und du machst unglaubliche spirituelle Erfahrungen!«

Spirituelle Erfahrungen? Bloß nicht! »Ich saufe doch kein Schamanen-Gebräu, weiß der Henker, was die da reintun!« Ich habe sie krass ausgelacht.

Aber Sabine hatte schon einen peruanischen Ayahuasca-Schamanen ausfindig gemacht, und Butzi kannte eine, die eine kannte, die das bereits mehrmals gemacht hatte und seitdem nie wieder krank geworden ist.

Also habe ich gegoogelt und tatsächlich total abgefahrene Berichte von Leuten gefunden, die auf Ayahuasca schwören. Da stand sogar was über einen Pharma-Konzern, der seit Jahren daran forscht, weil die Wirkung so überwältigend sein soll.

Wir sind dann wirklich da hingefahren. Erst waren wir zusammen schick essen, dann sind wir mit dem Taxi zum Schamanen, Butzi natürlich mit ihrer neuesten Louis-Vuitton-Tasche. Der Schamane hat uns im sechsten Stock im Hinterhof empfangen. Er sah aus wie ein Indio-Hippie mit langen schwarz-grau gesträhnten Haaren und so einer Alpaka-Tunika. In seiner Dachwohnung hatte er alles mit bunt gewebten Tüchern vollgehängt, auf dem Boden lagen diese Wollflokatis, die irgendwann in den Siebzigern modern waren.

Als wir durch seinen Flur gestöckelt sind, hat er uns angeschaut wie Wesen vom anderen Stern. Wir kamen dem wahrscheinlich vor wie die Obertussen, mit unseren teuren Taschen und Kleidchen und Mänteln.

Dann hat er uns erklärt, dass Ayahuasca wirklich eine ernste Sache sei. Ob wir Drogen genommen hätten oder manisch-depressiv wären? Dann würde er uns eher abraten. Sehr beruhigend …

Er hat uns vorgewarnt, dass wir uns schlimm übergeben müssten. Ob wir das wirklich voreinander machen wollten? Der hatte wahrscheinlich noch nie drei aufgetaktelte Mädels zum Kotzen da, und mit Sicherheit hatte der keine Vorstellung, was wir im Club alles miteinander erleben.

»Weißt du, früher haben wir zusammen flaschenweise Jägermeister gesoffen, bis wir alle kotzen mussten. Schlimmer kann das ja auch nicht werden, oder?« Butzi und Sabine haben gelacht, und der Schamane hat ganz überrascht geschaut. Er hatte vermutlich angenommen, wir seien furchtbar verwöhnte, reiche Mädels, die das Wort »kotzen« noch nicht mal *denken* würden.

»Finde ich ja toll, dass ihr diese spirituelle Erfahrung gemeinsam machen möchtet. Ich werde zu Beginn mit euch meditieren.« Der Schamanenhippie hat uns zu den Flokatis geführt.

Wir mussten unsere Schuhe ausziehen und uns im Schneidersitz niederlassen. Da war ich noch obenauf, da dachte ich wirklich, so schlimm kann das ja nicht werden.

Der Schamane hat Panflöte gespielt. Dann ist er raus und kam ein paar Sekunden später mit drei Eimern, einem Teelicht und mehreren Tonkrügen zurück. Jede von uns hat ihren eigenen Eimer bekommen. Dann hat er das Teelicht angezündet, die Tonkrüge verteilt und irgendwas Peruanisches gesungen, um unsere Seelen einzustimmen.

Verdammt, in was hatte ich mich da eigentlich reinquatschen lassen? Dann habe ich an dem Trank gerochen, und ganz ehrlich, allein davon ist mir richtig schummerig geworden.

»Los, auf drei!«, hat Butzi gesagt, und wir haben das Gebräu in uns reingeschüttet.

Mir ist augenblicklich wahnsinnig schwindelig geworden. Es hat sich angefühlt, als würde mir mein Gehirn mit Strohhalmen aus dem Kopf gesaugt. Ich konnte meine Arme und Beine null bewegen, aber mein Herz hat gehämmert wie wahnsinnig.

Bevor mir kotzübel wurde, dachte ich noch: Jasmina, du nimmst keine Drogen, aber lässt dir von einem Hinterhof-Schamanen irgendeinen Dreckstrank verabreichen – geht's eigentlich noch?

Dann hing ich über dem Eimer. Rechts und links neben mir haben Sabine und Butzi ganz elend rumgewürgt. Das schöne Dinner. Der Schamane hat das Ganze abwechselnd mit seiner Panflöte und stoischem Gesang begleitet.

Die Kotzkrämpfe waren so übel, dass ich echt für einen Moment dachte, ich muss sterben.

Aber ich bin nicht gestorben und die Mädels auch nicht. Im Gegenteil. Seit dem Ayahuasca fühle ich mich super. Innendrin und überhaupt. Die Haut strahlt so richtig. Mein Kopf fühlt sich ganz leicht und erfrischt an, da ist keine Spur mehr von Spannungsschmerz. Die Schamanen-Nummer ist zwei Wochen her, aber ich spüre immer noch die spezielle Peru-Energie in mir.

Heute ist außerdem eine geniale Nacht. Wir haben einen Frankfurter Banker oben in Nummer neun, der schon seit zwei Tagen da ist. Der kommt wohl einmal im Jahr und haut hier seine Prämie auf den Kopf. Evelyn und Sabine haben den mit einem Wahnsinnsjubel begrüßt.

»Patrick! Wie schön, dass du wieder da bist! Du siehst ja unglaublich gut aus, hast du trainiert?« So ging das in einer Tour.

Die haben den so mit Komplimenten überschüttet, dass er lachend meinte: »Jetzt reicht's aber, sonst kann ich euch kein Wort mehr glauben!«

Evelyn und Sabine sind dann mit ein paar anderen Mädels und Patrick auf Zimmer gegangen. Heute wird der die dritte Nacht vollmachen. Als er vor zwei Tagen hier ankam, hat er mir seinen Aktenkoffer in die Hand gedrückt und gesagt, ich solle den im Safe einschließen. Jedes Mal, wenn ich zum Verlängern hoch bin, musste ich den Koffer ins Zimmer mitnehmen. Patrick hat das Zahlenschloss geöffnet und mir lila Fünfhunderter in die Hand gezählt. Der hat jetzt schon dreiundsechzigtausend Euro bezahlt, und es ist immer noch Kohle im Koffer. Aber wenn er abreist, wird der Koffer leer sein, dafür werden die Mädels und ich schon sorgen.

Detlev, der alte Kokser, lungert an der Bar rum. Der glaubt, dass er mich irgendwann rumkriegt, indem er mich abwechselnd erniedrigt und mir dann wieder erzählt, wie sehr er mich liebt.

»Julia, du wirst langsam fett«, hat er neulich zu mir gesagt. »Du wirst eine arabische Dickmadam, wenn du nicht aufpasst.«

»Du hässlicher Vogel, du sagst das doch nur, weil dich keine will.«

Da war er ganz kurz still.

Detlev verfällt. Mir fällt das heute besonders auf, weil ich eine neue Methode habe, wie ich sein fieses Gelaber ausblenden kann. Ich tue so, als würde ich zuhören, dabei konzentriere ich mich nur darauf, ihn anzuschauen wie ein Insekt unter dem Mikroskop. Ich studiere jede Pore in seinem Gesicht. Am rechten Schneidezahn hat er einen braunen Riss, der sich über den gesamten sichtbaren

Zahn zieht. Das kommt hundertpro vom Koksen. Der zieht das Zeug durch die Nase hoch. Da fängt es an, seine Scheidewand zu durchlöchern, dann läuft es ihm die Schleimhäute runter, in den Mund, und er reibt sich mit seinen dreckigen Fingern die letzten Kristalle ins Zahnfleisch, wo sie alles betäuben, bis sogar die Zähne verfaulen.

Bah, anschauen ist auch nicht weniger eklig als zuhören.

»Julia, wenn du mich so ansiehst, wäre ich gern allein mit dir.«

»Vergiss es.« Mittlerweile bin ich Detlev gegenüber noch erbarmungsloser. Er macht sich ja auch keine Gedanken über meine Gefühle. Für den bin ich ein Ding, eine Sache, die er besitzen will. Der kokst sich voll und säuft und meint dann, er kann sich alles erlauben. Manchmal glaube ich sogar, der tut besoffener, als er ist, um ungestraft diese ganzen widerlichen Sachen rauszuhauen.

»Julia, eines Tages werde ich mit dir in den Wald fahren. Dann hört niemand deine Schreie. Dann kann ich endlich alles mit dir anstellen, was ich will.«

Ich verschränke die Arme, mustere ihn stumm. Oh, Detlev. Du glaubst, du hättest Macht über mich. Du meinst, du könntest mir Angst machen mit deinen Fantasien. Doch du täuschst dich, Detlev. Du bist uns ausgeliefert. Meine Mädels und ich machen mit dir, was wir wollen, und am Ende der Nacht werde ich es sein, die dein Geld einsteckt. Die Huren werden dich verarscht haben, und du wirst gehen und da draußen niemals, niemals, nicht mal im Traum eine Frau finden, die sich dir aus freien Stücken zuwendet, weil du ein süchtiger, hässlicher Mann ohne Charme und ohne Herz bist. Armer Detlev, du wirst dir jede Frau kaufen müssen, dein Leben lang, und wenn du mal kein Geld mehr hast, weil dein Brain durch das Kokain verwest ist, dann bist du ein Nichts.

Die Lippen von Detlev bewegen sich, aber ich bin so in Gedanken, dass seine Worte einfach an meinen Ohren vorbeirauschen. Ich kann ihn ansehen und sogar dabei lächeln, und er kann mir nichts tun, denn hier im Club schützen mich der Tresen, die anderen Frauen und die Türsteher, und außerhalb des Clubs gibt es gar keine Julia. Da bin ich Jasmina, und von Jasmina hat Detlev keine Ahnung.

Ich gehe in die Küche und ziehe Tatjana von der Shisha weg. Sie soll sich um Detlev kümmern. Ich muss hoch, um bei Patrick zu verlängern, und schnappe mir den Geldkoffer und ein Tablett mit Schnapsgläsern.

Als ich die Tür von Nummer neun öffne, springt Sabine auf und hält den Finger an die Lippen. »Pssst, Patrick und Butzi schlafen«, flüstert sie.

Im Sessel sitzt Evelyn und spielt am Handy. Auf dem Bett liegt Butzi im Arm von Patrick. Der Banker schnarcht leise mit halb offenem Mund. Butzi fallen die blonden Haare über das Gesicht.

»Gib mal her!« Sabine nimmt mir den Koffer aus der Hand. »Ich krieg den bestimmt auf!«

Sie fängt an, das erste Rad des Zahlenschlosses zu drehen, und lauscht mit angehaltenem Atem, ob sie ein Knacken hört.

»Lass mich, du hast doch keine Ahnung. Ich kann das wirklich!« Evelyn drängelt Sabine zur Seite.

Wir knien alle drei um den Koffer herum, und Evelyn legt ihr Ohr auf das schwarze Leder, aber natürlich kriegt sie den auch nicht auf. Ich schaue rüber zum Bett. Patrick schnarcht, alles gut.

»Wieviel ist da eigentlich noch drin? Ich wette, das sind noch mehr als zwanzig Mille.« Evelyn streichelt andächtig über den Koffer.

»Dreißig! Ich sage dreißig! Um was wetten wir?«, fragt Sabine.

»Um ein Ü-Ei.« Evelyn grinst.

Dauernd wird hier gewettet: Wie lange Detlev noch lebt, wie viele Gäste in einer Nacht kommen, ob einer auf SM steht oder eben, wie viel Geld noch im Koffer von Patrick ist. Die Mädels lieben es, zu wetten. Sie wetten um einen Euro oder um Überraschungseier, weil sie meinen, die Figuren aus den Eiern bringen Glück.

»Ich wecke den jetzt.« Zuerst ziehe ich Butzi am Zeh, bis sie sich regt, und dann stupse ich Patrick sanft an der Schulter an.

»Na, mein Lieber, ist gerade gemütlich, gell! Wir verlängern noch drei Stündchen.«

Er reckt sich, ich stelle den Koffer neben ihn. Butzi fängt sofort an, ihm die Brust zu streicheln. Sabine setzt sich dazu und massiert ihm die Füße.

»Wie viel Uhr ist es?«, fragt Patrick schlaftrunken.

»Ist noch voll früh.« Butzi hat nicht mal eine Uhr an.

»Halb vier«, sage ich, und das stimmt sogar.

»Bring uns noch ein paar Flaschen und mach noch mal drei Stunden.« Patrick öffnet den Koffer, aber leider dreht er ihn so, dass keine von uns sehen kann, wie viel noch drin ist. Er zählt mir fünf Mille in die Hand und räkelt sich wohlig unter Butzis Gekraule.

»Es ist sooo toll mit dir«, schwärmt Sabine, »du bist echt der charmanteste Gast des Jahres!«

»Darauf trinken wir!« Ich reiche eine Runde Jägermeister rum. Patrick kriegt sein Glas persönlich in die Hand gedrückt, damit er nicht aus Versehen die Cola bekommt.

»Man lebt nur einmal, und man weiß nie, wie lange!«, sagt Evelyn und prostet ihm zu. Sabine lässt ihren Morgenmantel von der Schulter gleiten und gewährt ihm einen Blick auf ihre schönen Brüste.

Patrick schaut begeistert von einer zur anderen und lacht.

»Ihr seid so krass, ihr seid wie Maschinen! Julia weckt mich und gibt mir einen Kurzen, Evelyn bringt mich zum Lachen, und Sabine verführt mich. Ihr seid echt Profis, Leute! Euch könnte ich allesamt im Sales Management einsetzen!«

Sabine, Butzi, Evelyn und ich heben unsere Gläser. Patrick hat recht. Wir sind ein wirklich gutes Team.

SCHWANZWEDELN

Ich säbele gerade ein Scheibchen von meinem köstlichen argentinischen Filetsteak ab, als die Kellnerin einen Champagnerkühler mitsamt Flasche neben unserem Tisch platziert. Butzi, Sabine und ich schauen sie fragend an.

»Den haben wir aber nicht bestellt«, sagt Sabine.

»Der ist von den Herren am Tresen.« Die Kellnerin deutet mit dem Kinn dezent zur gegenüberliegenden Seite des Raumes. Da sitzen drei nicht mehr so ganz junge Männer in Destroyed-Jeans, Sneakers und Lederjacken und schauen gespannt zu uns rüber. Wirkt ziemlich bemüht, der Youngster-Look. Wahrscheinlich Touristen.

Diese Blicke! Wie junge Hunde, die schwanzwedelnd darauf warten, dass man endlich das Bällchen wirft. Fehlt nur noch, dass sie hechelnd die Zunge raushängen lassen.

Entweder wollen die gar nicht verbergen, worum es ihnen bei der Champagner-Offensive wirklich geht, oder die halten uns für zu hohl, das zu raffen. Oder ist es für die total normal, dass junge, hübsche Frauen, die ohne männliche Begleitung in Restaurants sitzen, nur darauf warten, sich erst einladen und dann ins Bett ziehen zu lassen?

Ich tausche einen kurzen Blick mit Butzi und Sabine: Augenrollen bei beiden. Keine von uns möchte in der Freizeit angelabert werden.

Im Club fühle ich mich bei den Gesprächen mit den Freiern

sicher, weil die Grenze ganz klar ist: da Gast – hier ich – dazwischen Tresen. Aber draußen? Da fühle ich mich von dem Verlangen der Männer bedroht. Die meisten wollen doch nur Sex, Bewunderung und Aufmerksamkeit. Dabei interessieren sie sich genauso wenig für uns als Menschen wie die Freier im Club. Und wir verdienen nicht mal was daran, uns irgendwelches Ego-Gelaber anzuhören.

»Kannste gleich wieder mitnehmen, ich bezahle meinen Champagner immer noch selbst«, sagt Butzi. Sabine nickt. Ich wende mich mit einem höflichen Lächeln an die verdatterte Kellnerin.

»Danke, aber wir bevorzugen Rosé. Nehmen Sie bitte die Flasche wieder mit. Der Rosé geht dann bitte auf unsere Rechnung.«

Die Kellnerin bemüht sich um ein neutrales Gesicht, nimmt den Champagner und zieht ab. Die sexhungrigen Hündchen an der Theke hören sofort auf, mit ihren Schwänzchen zu wedeln. Jetzt sind sie beleidigt und lästern darüber, was wir für frigide Zicken sind. Idioten. Wie gut, dass ich nicht mehr achtzehn bin und nicht mehr so leichtgläubig wie damals.

Bei meinem ersten Freund war ich furchtbar naiv. Wobei ich heute sagen würde: Jasmina, der war nie dein Freund – das hast du dir gewünscht, aber du warst für den nur eine Bett-Affäre.

Er war ein Kumpel meines Bruders. Zehn Jahre älter als ich, hatte schon einen guten Job, ein Auto und vor allem ein Wahnsinnsego. Damals hat mich das beeindruckt, ich habe den richtig angehimmelt. Mann, fand ich den toll! Ein solcher Supertyp interessiert sich für Jasmina, die kleine Abiturientin! Die pickligen Oberstufenschüler, die mir vorher hinterhergelaufen sind, waren echt Kinder gegen ihn. Die haben mich null interessiert.

Beim ersten Date hat er mich in ein richtig teures Restaurant ausgeführt. Auf dem Heimweg ist er vor einem Juwelier stehen geblieben, hat auf die Eheringe gezeigt und scheinheilig gefragt, ob ich die schön fände. Beim zweiten Date hat er mir erzählt, er wäre noch nie in seinem ganzen Leben wirklich verliebt gewesen.

»Aber bei dir spüre ich, dass uns etwas ganz Besonderes verbindet, Jasmina.«

Ich bin voll auf seine Masche reingefallen. Ich habe echt gedacht, für den bin ich die Frau des Lebens, dabei wollte er mich einfach nur ins Bett kriegen.

Mit der Sanftheit und der Romantik war auch direkt Schluss, als wir das erste Mal miteinander geschlafen hatten. Ich bin immer noch traurig, dass ich mein erstes Mal mit so einem Arsch hatte. Für mich war das ein Riesending, weil meine Mutter mir immer eingeschärft hat: Eine Muslima geht als Jungfrau in die Ehe. Aber ich dachte wirklich, dass dieser Mann meine Zukunft ist. Er hat mir versprochen, er würde mir nach dem Studium mein eigenes Business finanzieren, weil ich so begabt wäre. Total bescheuert, dass ich ihm das abgenommen habe. Der wusste ja überhaupt nichts darüber, worin ich gut bin, oder wie ich im Studium performen würde. Heute frage ich mich, was ich mir damals eingeredet habe. Vielleicht, dass er von meinem Bruder irgendwas über mich erfahren hat.

Nach ein paar Wochen fing es dann an. Wir waren in seiner Wohnung. Erst hatte er auf mir rumgerammelt, abgespritzt und sich mit einem zufriedenen Seufzer zur Seite gewälzt. Als er nach zehn Minuten von seinem eigenen Schnarchen wach geworden ist, hat er seine Hand auf meinen Bauch gelegt, mich gezwickt und gesagt, ich wäre ein bisschen fett.

»Du musst echt abnehmen, ich mag es ja lieber, wenn der Bauch schön flach ist. Dein Arsch ist auch zu fett. Zehn Kilo müssen da runter.«

Ich war total sprachlos. Er hat einfach weitergeredet und mich nochmal gekniffen.

»Deine Titten werden dann natürlich noch kleiner, dann lässt du dir welche aus Silikon machen. Richtig geile Möpse. Ich bezahl's dir.« Dabei hat er meine Hand zu seinem Schwanz gezogen, der offensichtlich allein von der Vorstellung des Operationsergebnisses ganz hart geworden war. Dieser Mann wollte mich zu seinem Geschöpf machen, wie ein Dr. Frankenstein für menschliche Barbiepuppen.

Er fing dann immer wieder davon an. Als ich ihm schließlich gesagt habe, dass ich mich wirklich nicht operieren lassen will, hat er mich fallen lassen. Das kam damals so unterwartet, dass der Aufprall echt hart war. Ich habe ja glauben wollen, dass er mich wirklich liebt. Und jetzt war ich ja nicht mal mehr Jungfrau.

Mir ist erst Jahre später klar geworden, dass er mir niemals auch nur eine einzige persönliche Frage gestellt hat – was ich gern esse, was mich glücklich macht, welche Musik ich höre. Nichts! Der war hauptsächlich in sich selbst verliebt.

Inzwischen glaube ich kein Wort, wenn mir einer nach zwei Begegnungen erzählt, ich wäre die Frau seines Lebens. Das ist so eine Verliebtheit über Nacht, die kenne ich auch von den Freiern im Club – da darf man gar nichts drauf geben. Aber das wusste ich halt damals nicht.

Einmal habe ich mit Sabine darüber gesprochen, wie dämlich ich mir nach dieser Sache vorkam.

»Irgendwie war ich doch selbst schuld, dass das passiert ist.«

»Das verstehe ich, aber du bist nicht schuld.«

Sabine ist unglaublich lieb, wenn eine ihrer Freundinnen Kummer hat.

Dann hat sie mir von ihrem Ex-Freund erzählt, so einem Zuhälter aus einer Rockergang.

»Der hat es auch geschafft, dass ich mich jahrelang wie ein dummes Dreckstück gefühlt habe, das nichts kann und keine Ansprüche haben darf. Am Anfang genau dasselbe wie bei dir: Liebesschwüre, Blumen und Geschenke. Ich war so verknallt in den! Dann kam die Story mit den Schulden. Und dass ihn jemand umbringen würde, wenn er nicht zahlt. So hat er mich dazu gebracht, für ihn anschaffen zu gehen. Stell dir das mal vor, ich hab dem mein ganzes Geld gegeben.«

Sabine ist die Einzige unter den Mädels im Club, deren Mutter schon als Hure gearbeitet hat. Deswegen war ich der Meinung, sie müsste sich doch im Gewerbe auskennen. Ich hätte nie gedacht, dass sie auf einen Luden reinfallen würde.

»Hast du nicht gemerkt, dass der einfach nur ein Zuhälter ist?«

»Ne, das erzählt einem ja keiner.«

»Und dann?«

»Manchmal reichte dem das Geld nicht, das ich heimgebracht habe, und dann hat er mich halt verprügelt. Sogar dafür habe ich immer noch eine Entschuldigung gefunden. Dass er besoffen war, zum Beispiel. Ich wollte einfach nur, dass es wieder so wird, wie es ganz am Anfang war.«

Sabine hat es erst geschafft, von dem Typ loszukommen, als der sie einmal halb totgeschlagen hat. Sie ist dann heimlich verschwunden, in eine andere Stadt, unter anderem Namen, ohne irgendjemandem Adieu zu sagen. Nicht einmal von ihrer Mutter hat sie sich verabschiedet, was ich mir gar nicht vorstellen kann, weil meine Mama einer der wichtigsten Menschen in meinem Leben ist. Auch wenn ich ihr nicht immer die volle Wahrheit erzähle.

»Fünf Jahre hat es gedauert, bis ich wieder einem Mann vertraut habe, Julia. Vom Michi brauche ich zwar echt keine Romantik erwarten, und viel Geld hat er auch nicht, aber er ist für mich da. So einfache Dinge halt. Der wechselt mal eine Glühbirne und kauft ein. Du musst auf das schauen, was die Typen tun, nicht auf das, was sie dir erzählen!«

Ihr Michi, der in einem Gartenbau-Betrieb arbeitet, weiß sogar vom Bordell. »Aber er denkt, ich mache nur Domina. Weißt du, das hält auf Dauer kein normaler Mann aus, wenn die Frau anschaffen geht. Glaub mir, sogar wenn der dich richtig liebt. Sobald du nur einmal keinen Bock auf Sex hast, geht es los mit der Eifersucht: Du findest das mit den Freiern wohl geiler als mit mir und so. Damit kommen die einfach nicht klar.«

Sabine nimmt Michi nie mit, wenn wir zusammen ausgehen. Das ist bei den meisten Mädels im Club so. Es gibt zwar echte Freundschaften untereinander. Aber ein Teil bleibt außen vor.

Wir zahlen und brechen auf. Es ist Freitag, heute wird es hoffentlich mal wieder voll im Club. In der Stadt findet irgendein internationaler Kongress statt, und wir hoffen alle, dass ein paar Kerle dabei sind, die sich nichts sehnlicher wünschen, als das Nachtleben in vollen Zügen zu genießen. Wir schwingen uns ins Taxi, fahren zum Club und rauschen mit wehenden Haaren herein. Ich muss kurz daran denken, wie mich anfangs die Mädels beeindruckt haben, wenn sie so schön und zurechtgemacht in den Club kamen, und wie ausgeschlossen ich mich fühlte, als ich noch neu war.

Das ist erst ein paar Monate her, was mir verrückt wenig vorkommt, weil sich seitdem so viel in meinem Leben verändert hat. Ich kann mir einen Mantel für zweitausend Euro kaufen, wenn ich Bock drauf habe. Oder diese Stiefel neulich für achthundert. Die Tage im Spa, oder dieser In-Friseur, wo ich zehnmal so viel zahle wie als Studentin, aber danach fühle ich mich jedes Mal mega. Einfach nicht überlegen zu müssen, ob ich mir was leisten kann oder nicht –, das ist wie eine Befreiung. Alles, was ich haben möchte, kann ich mir von MEINEM Geld kaufen, und einen Typen, der mich einlädt, habe ich schon längst nicht mehr nötig. Und vor allem ist da kein Torben mehr, der mich kleinmacht.

»Da kommt ein Bock-Freier!«, freut sich Butzi. Ein Mann mit superteurem Anzug und einem anderen Typen im Schlepptau kommt in den Club. Der andere trägt kein teures Stöffchen, das sehe ich auf den ersten Blick, und die Schuhe von Nr. 2 sind auch maximal von Görtz, während Nr. 1 feinstes Mailänder Leder trägt. Die beiden Männer setzen sich an die Bar, und die Mädels, die seit Tagen auf lukraktive Beute lauern, kommen in Bewegung. In Sekundenschnelle sind die beiden Männer von sechs Frauen umringt.

»Champagne!«, ruft Nr. 1.

»Are you from London?«, frage ich.

»No, we're from Geneva, but I was born in Ireland«, sagt Nr. 1. »I'm William, but call me Bill. This ist Wuuulfgang.«

Er deutet auf Nr. 2, der ein sehr deutsches »Hallo« hervorbringt. Ich serviere einen Moët, es kommt kein Widerspruch, ein sehr gutes Zeichen. Nach einer Viertelstunde serviere ich eine neue Flasche. Wieder kein Nein. Hervorragend!

Nach einer Stunde haben die sechs Frauen mit den beiden Männern für dreitausend Euro Champagner getrunken, und der Ire sagt, er würde jetzt gern aufs Zimmer gehen.

»Four girls, three hours?«

Billywilly nickt begeistert. Er fragt nicht einmal nach dem Preis. Ich sage auch nichts und nehme seine Kreditkarte. Stornieren kann man ja immer noch. Ich tippe siebentausendachthundert

Euro ein und ziehe durch. Das Gerät meldet ein technisches Problem. Ich versuche es noch dreimal, aber die Karte funktioniert einfach nicht.

»Manchmal geht die Karte im Ausland nicht«, sagt der Ire und zeigt auf Nr. 2. »Er kann das erledigen.«

Wuulfgang wirft einen Blick auf den angezeigten Betrag, läuft rot an. Glitzernde Schweißperlen stehen auf seiner Oberlippe.

»Ähhh … warte mal. Also erst mal möchte ich eine andere Frau. Die da«, er zeigt auf Sabine, »ist mir echt zu dick.«

»Zu dick?« Der spinnt.

»Na ja, wie wär's denn dann mit der Tatjana?«

Tatjana ist nicht ganz so vollbusig wie Sabine, die nun wirklich kein Übergewicht hat.

»Ne, die hat rote Haare. Ich will am liebsten eine Blonde, die schlank ist, aber sie darf nicht größer sein als ich.«

Aha. Dem Fuchs sind die Trauben zu sauer. Auf einmal! Eben, als er noch dachte, dass sein Chef zahlt, war doch alles gut. So kommt der mir nicht davon.

»I'll try your card, Wulfgang.« Absichtlich auf Englisch, damit Nr. 1 das mitkriegt. Und Wolfgang, der zwar nicht zahlen will, aber andererseits wohl ein Problem damit hat, seinem Boss das offen zu sagen, gibt mir schwitzend die weiße Plastikkarte, der ich schon ansehe, dass wir mit der nicht weit kommen.

»Sorry, die geht auch nicht. Was machen wir jetzt?«, frage ich. Wahrscheinlich hat Wolfgang gerade mal ein Limit von fünftausend Euro.

»Ich kann das per Online-Banking machen.« Der Ire holt sein Smartphone raus, lässt sich von mir die Kontodaten des Clubs eintippen und überweist neuntausend Euro.

»Tip included«, grinst er und prostet uns zu. »Und du übernimmst noch eine Flasche Champagner, Wuulfgang.«

Wir versuchen es nochmal mit dem weißen Plastik, was für eine Flasche Moët tatsächlich klappt, und Wolfgang achtet peinlich genau darauf, dass ich keinen Cent mehr als den Flaschenpreis eingebe.

»Im Restaurant würdest du doch auch Trinkgeld geben.«

»Ähhh, warte.« Nr. 2 sucht nervös in seinen Anzugtaschen. »Ich habe jetzt aber kein Bargeld. Nur Schweizer Franken.«

»Das passt schon. Oder Dollar, die nehmen wir auch.« Ich lächle freundlich.

»Äh, ähhh, ach so …« Schwitzend sucht er weiter. »Nein, ich hab doch nichts.«

Die Mädels, die das knickerige Getue genau verfolgen, rücken ein Stück näher zum Iren. Wolfgang sitzt plötzlich alleine da, als hätten alle genau in diesem Augenblick gemerkt, dass er hochansteckenden Keuchhusten hat.

»Sie soll für mich mitkommen.« Wolfgang zeigt auf Butzi, dann ziehen er, der Ire und die vier Frauen ab.

Ich kann mir schon denken, wie das oben auf dem Zimmer laufen wird, und schaue der Truppe amüsiert hinterher. Ich kenne meine Mädels. Sobald die merken, dass jemand so geizig ist wie der Wolfgang, schauen die den mit dem Arsch nicht mehr an.

Als ich genau drei Stunden später ins Zimmer komme, liegt der Ire mit den Mädels im Pool, befummelt glückselig die nackten Leiber und sieht ganz schön zufrieden aus. Tatjana ist ihm sehr nah und, soweit ich das durch das Gesprudel des Wassers erkennen kann, vollständig nackt. Ihre roten Haare sind klatschnass und schlängeln sich in dekorativen Strähnen um ihre runden Brüste. Tatjana hat ganz hellrosa Nippel und richtig helle Haut. Sie sieht aus wie die Venus auf diesem Renaissance-Gemälde von Botticelli, das wir mal in Kunst nachmalen mussten. Eine zarte, aber sehr sinnliche Frau. Fehlt nur noch die Muschel, der sie entsteigt.

Wolfgang steht in seinen Boxershorts am Rand, kratzt sich am Sack und schaut etwas unglücklich drein. Als er mich sieht, kommt er zu mir getapst.

»Ich will auch eine Frau!«

»Na ja, schau, das musst du den Mädels schon selbst sagen. Ich bin ja nicht deren Zuhälter.«

Er schaut mich ganz überrascht an. Das hat der sich anders vorgestellt. Eher wie eine Pizza-Bestellung: Ich hätte gern einmal blond, groß, schlank, zwei Brüste, danke, ah, lecker!

»Aber wie kriege ich denn bloß eine Frau?«

»Du musst halt ein bisschen nett sein, dann kommt auch eine zu dir. Bestimmt! So, und jetzt verlängern wir erstmal.«

Dem knickerigen Wolfgang treten sofort wieder die Schweißperlen auf die Stirn, weil er fürchtet, dass seine Kreditkarte erneut dran glauben muss. Aber Nr. 1, der an der Dienstleistung nichts auszusetzen hat, lässt mich auf seinem Smartphone die Überweisung für drei weitere Stunden eingeben und packt auch diesmal ein nettes Trinkgeld obendrauf.

Der macht das hier nicht zum ersten Mal. Ich erkenne, wenn die Gäste aus großen Städten kommen. Die kennen die Regeln.

Nr. 1 weiß genau Bescheid. Nr. 2 ist ganz offensichtlich noch neu im Nachtleben. Vielleicht ist der gerade erst von der Schwäbischen Alp nach Genf gezogen, macht jetzt hier zum ersten Mal einen drauf und hat gedacht, da reichen ein Zwanni und zwei Bier. Er betrachtet neidvoll seinen Chef, der die nackten Körper und das sprudelnde warme Wasser genießt und gerade ausgerechnet Butzi die Hand vom Schlüsselbein zwischen ihre nassen Brüste gleiten lässt, während Tatjana, die dem Wolfgang zu rothaarig war, beim Iren auf dem Schoß sitzt und rhythmisch auf und ab schaukelt. Der Ire stöhnt genüsslich.

»Best party I ever had«, seufzt er und schließt die Augen. Wolfgang läuft wie ein hungriger Tiger am Rand des Pools auf und ab.

»Hey, komm doch mal rüber zu mir«, ruft er Sabine zu.

»Meinst du mich?«, fragt sie.

»Ja! Was muss man hier eigentlich machen, damit sich eine von euch blöden Kühen auch mal um mich kümmert? Was ist das für ein mieser Service hier?«

»Lade du uns erst mal zu einer Flasche Champagner ein.« Sabine dreht ihm den nackten Rücken zu.

Wolfgang stampft wie ein trotziger Vierjähriger mit dem Fuß auf. »Was für eine Scheiße!«

Ich zucke die Schultern. »Tja, kannst ja mal überlegen, ob du jetzt besonders nett warst.«

Wolfgang glotzt mich verständnislos an, schüttelt den Kopf, zupft am Bund seiner Boxershorts, tänzelt von einem Bein auf das andere, zieht dann mit einer schnellen Bewegung die Unterhose aus und klettert ungelenk in den Whirlpool. Keine der Frauen schenkt ihm auch nur einen Seitenblick. Selbst die zwei Mädels, die nicht direkt am Iren dran sind, unterhalten sich lieber miteinander.

Wolfgang watet entschlossen zu ihnen. Als er seine Hand ausstreckt, um Sabine an die Titten zu fassen, schnappt sie seinen Unterarm und schiebt ihn entschlossen weg.

»Was willst du denn? Du bist doch der, der kein Trinkgeld gibt.« Sie lacht. Die anderen Mädels stimmen in das Gelächter ein. Und als sogar sein Chef amüsiert grinst, steigt Wolfgang bedröppelt aus dem Whirlpool. Er versucht vergebens, mit der Hand seinen halbsteifen Pimmel zu verstecken.

Drei Stunden später, als sich der Ire auf den Weg zu seinem Hotel macht, verabschieden ihn die Mädels mit Wangenküsschen und Komplimenten. Derweil sitzt Nr. 2 alleine am Tresen, hält sich an einem halb vollen Bierglas fest und hofft vermutlich immer noch, dass vielleicht am Ende ein klitzekleines bisschen Sex für ihn abfällt. Aber wer ficken will, muss freundlich sein. Auch hier im Club.

SOMMERLOCH

Sabine hat mich schon vor Wochen gewarnt: »Julia, pass auf, wenn das Sommerloch kommt, drehen alle Huren durch!« Seit zwei Wochen komme ich mir wirklich vor wie die Leiterin einer Psycho-Gruppe. Aber nur nachts, im Club. Tagsüber genieße ich den Sommer. Heute sind wir an den See gefahren. Sabine liegt neben mir im Liegestuhl und cremt sich die Beine mit Kokosöl ein. Ich war gestern beim Sport und chille einfach. Im Ufersand spielen ein paar Studenten Beachvolleyball. Während andere Menschen in ihren Büros hocken, können wir uns an einem ganz normalen Wochentag in der Sonne aalen. So gesehen, hat das Nachtleben einen Riesenvorteil.

Butzi ist heute nicht dabei. Sie hat einen Termin, was bei anderen Menschen nichts Ungewöhnliches ist, aber bei Butzi eine kleine Sensation. Sie lebt sonst total in den Tag hinein. Sie war schon seit Ewigkeiten nicht beim Zahnarzt, weil sie immer die Termine verschlampt. Aber heute schafft sie es hoffentlich. Es geht nämlich um einen Job, einen seriösen Job. Einer von unseren Gästen, der eine Agentur hat, hat sie neulich mal angesprochen. Ob sie Fotoshootings machen würde? Sie solle doch mal eine Sedcard shooten lassen. Sie hätte so einen speziellen Look.

»Ich weiß nicht«, hat Butzi geantwortet. »Das kann ich doch gar nicht.«

»Versuch es doch mal!«, habe ich sie ermuntert. Mit den blonden Haaren und diesen hohen Wangenknochen ist sie ja wirklich eine ganz spezielle Schönheit. Ich finde außerdem, dass sie Charakter hat. Und begabt ist sie auch. Die stellt sich einmal auf ein Skateboard und kann das, einfach so. Aber sie traut sich außerhalb vom Club überhaupt nichts zu. Vielleicht liegt es daran, dass sie nie Eltern hatte, die sich was aus ihr gemacht haben. Sie ist immer nur rumgeschoben worden, von Pflegeeltern ins Heim und wieder woandershin. Sabine und ich haben sie schließlich gemeinsam überredet, zu dem Termin in der Agentur zu gehen, aber hinterher hat mir Sabine prophezeit: »Wenn wir Butzi nicht morgens aus dem Bett schmeißen, verpennt die den Termin garantiert wieder.«

Also haben wir Butzi vor unserem Ausflug zum See geweckt, ihr noch mal gut zugeredet und sie sogar bis zur Bahn-Haltestelle gebracht. Ich würde es ihr wirklich gönnen, wenn sie wenigstens einmal in ihrem Leben die Erfahrung macht, dass sie mit was anderem als Prostitution Kohle verdienen kann. Und Zeit hätte sie momentan auch.

Seit zwei Wochen ist tote Hose im Club. Die Freier mit Geld sind auf irgendeiner Yacht in Südfrankreich oder auf ihrem Anwesen auf Mallorca. Es gibt keine Messe, keinen Kongress, nix. Im Hotel nebenan ist auch Flaute. Die paar Gäste, die wir in den letzten Tagen hatten, sind nur zwei, drei Stunden geblieben. Ich bin froh, dass ich in den letzten Monaten so viel gespart habe, sonst würde ich echt Panik kriegen.

Anca, eine der Rumäninnen, war so verzweifelt über die geringen Umsätze, dass sie einem Freier die Rolex geklaut hat. Diese Idiotin! Der Typ hat natürlich beim Anziehen gemerkt, dass seine Uhr weg ist, und mich ins Zimmer gerufen. Ich habe den ganzen Raum durchkämmt, als wäre ich ein Bulle bei der Spurensicherung.

Natürlich habe ich die Rolex nicht gefunden. Mir war schon

klar, dass die Uhr irgendwo bei der Rumänin sein musste, vermutlich schon im Spind, bereit zum Abtransport.

»Kann es sein, dass du die Uhr genommen hast, Anca?«

Da hat sie ganz entrüstet getan und behauptet, ich würde sie mobben.

»Hör mal, wenn der jetzt geht und das im Freier-Forum postet, kommt gar keiner mehr. Also überleg mal, ob die Uhr nicht doch irgendwo sein könnte.«

Mit einem »Ich klaue nicht!« ist Anca in der Umkleide verschwunden.

Ich dachte mir: Mal abwarten. Nach zehn Minuten kam sie hoheitsvoll hereinstolziert, hat mich keines Blickes gewürdigt, ist ins Zimmer rauf und kam dann mit der Uhr, die sie angeblich unter dem Bett gefunden hatte, wieder. Zum Glück hat der Freier, den ich in der Zwischenzeit mit einer Flasche Rosé abgelenkt hatte, das Spielchen mitgemacht. Der war einfach nur froh, dass seine Uhr wieder da war. Kein Gast geht gern zur Polizei und erzählt, dass er im Bordell beklaut worden ist.

Mit Butzi hatte ich neulich auch Stress. Sie hat es mir übel genommen, dass ich einen Gast weggeschickt habe. Normalerweise mache ich das nicht, aber bei dem konnte ich einfach nicht anders. Der Junge kam um vier Uhr nachts rein. Der war vorher in einem Techno-Club gewesen, hatte sich mit Sicherheit ein, zwei Pillen reingeworfen und war entsprechend wach – und horny. Erst hat er Butzi eine Flasche Champagner an der Bar spendiert und erzählt, dass er mit seiner Mutter in der Stadt sei. Die habe ihm die Reise zum Abi geschenkt. Dann hat er Butzi für zwei Stunden bar bezahlt. Hatte keine Kreditkarte, logisch, als Schüler. Dafür hatte der zweitausendfünfhundert Euro in der Tasche. Wer bitte lässt seinen Sohn nachts mit so viel Kohle losziehen?

»Hast du eine Bank überfallen?«

»Ne, das ist Sponsoring von meinem Vater. Meine Eltern sind getrennt. Meine Mutter weiß nichts davon, die dreht immer direkt durch, wenn es um meinen Dad geht.«

»Und, hast du auch eine Freundin?«, hat Butzi gefragt. Die wollte natürlich wissen, ob der Junge seine eigene Entjungferung geplant hatte.

»Klar, was denkst du denn. Aber die muss ja nicht alles wissen.«

Der Junge war irgendwie niedlich. So ein schlaksiger Typ mit blonder Wuschelfrisur, der aussah, als würde er nachts mit einer ganzen Armee Kuscheltiere im Bett schlafen. Andererseits hat er sich riesig angestrengt, den coolen Macker raushängen zu lassen.

Er ist dann mit Butzi auf Zimmer, und nach zwei Stunden bin ich hoch. Da lagen die zusammen im Pool. Er hat eine Stunde verlängert. »Mehr geht nicht, ich bin mit meiner Mutter zum Frühstücken verabredet.«

Nach der Stunde wollte er dann plötzlich doch wieder verlängern.

»Aber deine Mutter wartet doch auf dich.«

»Ist mir doch egal.« Dabei hat der Junge weiter an der Butzi rumgefummelt.

»Sorry, aber ich glaube, jetzt musst du echt los. Das ist doch Scheisse, wenn du deine Mutter sitzen lässt.«

»Ist mir doch egal.« Wie ein trotziger Teenie!

»Schau mal, die hat dir die Reise geschenkt, findest du das in Ordnung, wenn du jetzt hierbleibst? Sie macht sich doch bestimmt Sorgen.«

Ich habe so lange auf den eingeredet, bis er sich angezogen hat und davongetrabt ist. Die Vorstellung, dass so ein halbes Kind seine Mutter versetzt, um sich im Whirlpool einen runterholen zu lassen, ging mir irgendwie gegen den Strich. Und ob der jetzt tausendachthundert oder zweitausendfünfhundert bei uns gelassen hätte, fand ich nicht so einen Riesenunterschied. Ich war richtig erleichtert, dass ich den weggeschickt hatte.

Aber Butzi war stinksauer.

»Jetzt geht der mit seiner Mutter frühstücken, aber ich kann meine Miete nicht bezahlen. Du bist ja eine tolle Freundin.«

»Ach komm, die eine Stunde mehr oder weniger macht's doch wirklich nicht aus.«

Butzi war trotzdem ein paar Tage sauer auf mich. Wegen ein paar Hundert Euro! Dieses Sommerloch macht echt alle verrückt.

Letzte Nacht war ein einziger Freier da, und auf den haben sich gleich fünf Mädels gestürzt. Auch Sabine und Polen-Tanja. Als der Gast auf Zimmer gehen wollte, habe ich die beiden mit hochgeschickt. Weil die eigentlich wissen, wie man was aus einem Gast macht. Aber nach einer Stunde wollte der Typ, dass eine dritte Frau dazukommt. Butzi war leider nicht da, weil sie vor dem Casting-Termin lieber ein ausführliches Beauty-Programm abhalten wollte; die beiden anderen hatten sich vor Langeweile schon total besoffen. Also habe ich Tatjana hochgeschickt. Obwohl das immer riskant ist. Sie macht einfach zu schnell Service.

Als ich nach einer Stunde zum Verlängern hochgegangen bin, hat sich der Gast gerade die Hose angezogen, während Polen-Tanja und Sabine mit verschränkten Armen auf den Sesseln hockten und Tatjana bitterböse angestarrt haben.

»Du hast mal wieder alles verdorben!« Sabine hatte einen schneidenden Ton in der Stimme.

»Du spinnst doch, ich habe bloß meine Arbeit gemacht, du faule Kuh!«

»Stopp, Leute. Was ist denn los?«, habe ich gefragt.

»Die«, Polen-Tanja hat vorwurfsvoll auf Tatjana gezeigt, »hat dem einen geblasen!«

»Aber der wollte das unbedingt!«

»Ist doch egal, was der will!« Polen-Tanja hatte sich vor Tatjana aufgebaut wie ein Kampfhahn, puterrot, aufgeplustert und bereit, auf die Gegnerin loszugehen.

»Weiber!« Der Gast hat den Kopf geschüttelt, während er sein Hemd zugeknöpft hat. »Wenn ich Zickentheater will, kann ich ja gleich zu Hause bleiben!« Dann ist er raus und hat die Tür hinter sich zugeknallt.

Ich bin natürlich hinterher. Das ging ja gar nicht.

»Tut mir leid, die Mädels sind heute irgendwie nicht so gut drauf. Magst du noch einen Champagner aufs Haus?«

»Na gut, aber versprich mir, dass du mir die Wahnsinnigen vom Leib hältst.«

Da kamen die Mädels schon runter, Polen-Tanja mit beleidigtem Gesicht vorneweg.

»Mit der arbeite ich nie wieder! So eine Anfängerin!«

»Das nimmst du zurück!« Tatjana hat sich mein halb volles Glas vom Tresen geschnappt und Polen-Tanja den Champagner ins Gesicht geschüttet.

»Na warte!« Polen-Tanja hat ihren Schuh ausgezogen, um damit nach Tatjana zu werfen. Der arme Freier, der direkt in der Wurfbahn saß, hat sich schnell unter den Tresen geduckt.

»Sofort aufhören!«, habe ich gerufen und mir den Schuh geschnappt.

In dem Moment kam der Chef aus seinem Büro. Kein Wunder, die Schreierei war ja laut genug.

»Auseinander! Ihr könnt euch in der Umkleide prügeln, aber

vor den Gästen seid ihr bitte schön die besten Freundinnen!« Er hat sich zwischen die Mädels gestellt und jede auf Armlänge von sich weggehalten.

Der Gast hat vorsichtig den Kopf aus der Deckung gestreckt und dann fluchtartig die Bar verlassen.

Ich seufze tief bei dem Gedanken an das Theater.

»Was ist denn los?«, fragt Sabine vom Liegestuhl nebenan. »Denkst du wieder an deinen Ex?«

Ich muss lachen. »Ne, an den denke ich kaum noch. Es ist wegen gestern. Tatjana und die Polen-Tanja.«

»Ach so.« Sabine seufzt auch. »Mal sehen, was heute wieder los ist. Die Polen-Tanja ist eine Bitch.«

»Hmhm.« Wie Tanja am Anfang versucht hat, mir die Kokserei anzuhängen. Zum Glück weiß der Chef mittlerweile, dass ich meinen Job richtig gut mache, da kann Tanja behaupten, was sie will.

Als wir um acht im Club ankommen, gehe ich erst mal mit Sabine in die Umkleide. Sabine holt ihr schwarzes, rückenfreies Kleid aus dem Spind. Sie zieht es jetzt schon seit Tagen immer wieder an.

»Pass mal auf, bald müffelst du wie eine Ziege«, necke ich sie.

»Quatsch. Ich lasse das jeden zweiten Tag drüben im Hotel reinigen, weil das mein Bock-Kleid ist.«

Sabine ist total abergläubisch. Sie meint, das Kleid würde ihr Bock, also guten Umsatz, bringen. Sie hatte es einmal an, als ein Supergast da war, der ihr ein Riesentrinkgeld gegeben hat.

Tatjana kommt rein.

»Hallo«, sage ich.

Tatjana antwortet nicht, Sabine sagt auch kein Wort. Dann halt nicht. So läuft das, wenn zwei sich nicht leiden können. Höflichkeit geht denen am Arsch vorbei.

Tatjana dieselt sich großzügig mit Parfüm ein, als Polen-Tanja reinkommt. Sabine geht sofort raus. Ich muss mir nur noch die Schuhe anziehen, dann verschwinde ich auch. Die Luft hier riecht nicht nur bestialisch nach Tatjanas Nuttenparfüm, sondern auch nach Stress.

»Was stinkt hier denn so?« Kaum ist sie da, schon meckert Polen-Tanja. Sie schaut sich mit gerümpfter Nase um. Tatjana steht mit ihrer Parfümflasche in der Hand vor ihrem Spind und schaut demonstrativ in eine andere Richtung.

»Aha!« Tanja macht zwei Schritte, reißt Tatjana den Flakon aus der Hand und pfeffert ihn in hohem Bogen in den Mülleimer.

Es klirrt, der Parfümgestank wird betäubend intensiv, und Tatjana kreischt. »Mein Parfüm! Die hat mein Parfüm weggeworfen!«

»Ganz ehrlich, du verdienst hier so viel Geld und kaufst dir nur Billo-Scheiß aus der Drogerie. Wenn du schon keinen Geschmack hast, dann bringe ich dir morgen was Vernünftiges mit. Das hier ist ja nicht zum Aushalten!«

»Du bist so eingebildet!«

Polen-Tanja ignoriert Tatjana und tippt irgendwas auf ihrem Handy. Da schießt Tatjana auf sie zu wie eine Furie, reißt Tanja das Handy aus der Hand, schleudert es mit voller Wucht auf den Boden und tritt mit ihrem Pfennigabsatz auf das kaputte, knirschende Display. Polen-Tanja heult auf wie eine Sirene und kniet sich vor die Trümmer ihres Handys. Ich glaube, es war ein ganz neues iPhone.

»Das wirst du mir bezahlen.« Aber bevor Polen-Tanja auf sie losgehen kann, zerre ich Tatjana am Arm zur Tür raus und direkt ins Büro vom Chef. Ich erzähle ganz kurz, was los war. Soll er entscheiden, ob er Tatjana oder Polen-Tanja rausschmeißt oder ob ihm was anderes einfällt. Der kann erstaunlich gut mit den Launen der Mädels umgehen – und wenn er das mit Strafgeld regelt. So einen Zickenkampf kann ich hier in der Bar jedenfalls überhaupt nicht gebrauchen, dann kommt bald gar kein Gast mehr.

Sabine und Butzi sitzen am Tresen. Butzi ist schon im Abendkleid, perfekt geföhnt, vielleicht noch vom Casting. Eigentlich hätte ich gedacht, sie kommt nach ihrem Termin gar nicht rein.

»Wie war's?«, frage ich neugierig.

»Ich hab's mir anders überlegt.«

»Waaas? Das war doch voll die Chance für dich!« Ich schaue ratlos zu Sabine, die Butzi ja noch länger kennt als ich.

»Sie ist gar nicht erst hingegangen«, seufzt Sabine.

Ich schaue fragend zu Butzi. Die zuckt mit den Schultern.

»Hab euch doch gesagt, dass ich so was nicht kann. Das sind doch alles voll die Superfrauen, die da als Model arbeiten. Und dann weiß der Typ von der Agentur auch noch, dass ich eine Nutte bin. Da gehöre ich doch gar nicht hin.«

»Das ist doch total egal!«, sage ich. »Das geht die gar nichts an.« Ich finde es richtig traurig, dass sie sich auf einmal dafür schämt, als Prostituierte zu arbeiten. Es ist Arbeit, die viele Frauen niemals machen würden, aber sie verdient ihr eigenes Geld. Darauf kann sie stolz sein, es gibt schließlich genug Frauen, die Typen nur wegen der Kohle heiraten. Denen hält ja auch niemand Moralvorträge.

»Ach, Schätzchen!«, sagt Sabine. Sie sieht ratlos und ein bisschen bedrückt aus, legt Butzi den Arm um die Schultern und streicht ihr über die Haare, wie bei einem Kind. »Ach, meine Süße.«

GOLDENER OKTOBER

Ach, Schätzchen! Das ist doch nicht so schlimm.« Ein paar Wochen später saß ich bei meinem Bruder auf dem Sofa und habe den warmen Lockenkopf meiner Nichte gestreichelt. Meine Nichte hatte ihrer Puppe die Haare abgeschnitten, ratzekahl, und mir ganz traurig den stacheligen Plastikschädel gezeigt. »Die hatte Läuse, Tante Mina. Wann wachsen die nach?«

»Gar nicht, Süße. Puppenhaare können nicht wachsen.« Das weiß man halt mit vier noch nicht. Sofort schossen ihr die Tränen in die Augen, und sie hat sich heulend in meine Arme geworfen. Ich habe sie ganz fest gedrückt und wieder an Butzi denken müssen. Die hat als Kind immer am Daumen gelutscht, wenn sie traurig war, und die Leute im Kinderheim haben ihr den Daumen mit bitterer Tinktur bestrichen, damit sie damit aufhört.

Ich war für zwei Wochen abgehauen aus dem Club, um der Augustflaute zu entkommen. Es war auch wirklich Zeit für einen Besuch zu Hause. Meine Mutter hatte mich regelrecht angefleht, doch mal wiederzukommen.

»Ach Kind, ich weiß ja gar nicht, ob es dir gut geht. Ist das denn nicht zu anstrengend, wenn du jeden Abend so lange arbeiten musst?« Sie macht sich dauernd Gedanken. Obwohl sie nicht mal weiß, was wirklich Sache ist. Meiner Familie erzähle ich nur die Geschichte von dem Job in einer noblen Bar, fertig. Kein Wort von Prostitution oder Nachtclub, sonst wäre was los – wegen der Familienehre!

Mein Vater wittert irgendwas, zumindest bilde ich mir das ein. Der will von meiner Arbeit gar nichts mehr hören, er fragt nicht mal mehr, wann ich mein Studium endlich wieder aufnehme. Dem ist das alles suspekt. Am liebsten wäre es ihm, ich würde einen braven Muslim heiraten, vielleicht einen Automechaniker mit eigener Werkstatt, und dem die Buchhaltung machen. Er erzählt dauernd von Freunden meines Bruders. Dass der und der eine Frau sucht. Und dass es mal Zeit würde für mich, wenn ich in diesem Leben noch einen Mann finden wolle.

»Papa, das ist meine Sache«, sage ich dann, und auf der Stirn meines Vaters schwillt eine Ader zornig an.

Wenn Mama fragt, ob ich abends mit ihnen esse, mischt er sich ein. Warum Mama mich überhaupt fragen würde. »Deine Tochter macht doch sowieso, was sie will.« Er spricht dann nie direkt mit mir, obwohl ich neben ihm sitze.

Ich bin dann lieber für ein paar Tage zu meinem Bruder gefahren, vor allem, weil ich meine Nichte wiedersehen wollte. Sie hat grüne Augen und schwarze Haare, riecht unglaublich gut, nach Kinderhaut und frischer Wäsche, und wenn ich sie sehe, denke ich jedes Mal: Eines Tages möchte ich auch eine Tochter haben.

»Tante Mina, wo warst du so lange?«

»Arbeiten, Alia. Ich arbeite in einer großen Stadt.«

»Und was ist deine Arbeit? Bist du eine Krankenschwester?«

»Nein.« Ich musste lachen, weil es echt häufig vorkommt, dass die Freier sich die Mädels im sexy Krankenschwestern-Outfit wünschen. Aber das kann ich natürlich keiner Vierjährigen erzählen.

»Was arbeitest du dann?«

»Ich bediene in einer Bar.«

»Was ist eine Bar?«

»Da gehen Leute hin und trinken Wein und Bier.«

»Warum? Papa sagt, das darf man nicht.«

»Ach weißt du ... das erkläre ich dir, wenn du größer bist. Komm, wir spielen was.« Zum Glück lässt Alia sich leicht ablenken. Von all dem, womit ich den Großteil meiner Zeit verbringe, soll sie noch lange, lange nichts erfahren.

Die hat es gut. Noch. Sie ist so klein, es spielt keine große Rolle, ob sie Mädchen oder Junge ist. Sie hat keine Mitschüler, die scharf auf sie sind. So wie der eklige Matthias, der Sitzenbleiber. Immer wollte der mich küssen, dabei war ich gerade erst zwölf. Sieben Monate lang habe ich es geschafft, vor ihm wegzulaufen. Eines Tages stand er mit drei Kumpels plötzlich vor mir, und ich kam nicht vorbei, konnte nicht zurück, und ich weiß noch genau, wie puddingweich sich meine Beine plötzlich anfühlten, als ich merkte, wir standen am Rand des Wäldchens, an der einsamsten Stelle meines Weges.

»Haltet sie gut fest«, hat Matthias den anderen Jungs befohlen, die mich zwischen die Bäume zerrten. Sie haben mir die Arme auf den Rücken gedreht, das tat saumäßig weh; und dann bin ich auf einer Baumwurzel gelandet, ein Knie in der Magengrube, während Matthias mir mit roher Gewalt seine Zunge zwischen die Lippen geschoben hat. Am liebsten hätte ich mit aller Kraft in diese Zunge gebissen, die mich zum Würgen brachte, aber die vier Jungs über mir waren größer, stärker und brutaler. Ich hatte eine Wahnsinnsangst. Was machen die mit mir? Ist da niemand, der mir hilft? Bringen die mich jetzt um, damit ich für immer schweige?

Sie sind abgehauen, als ein Hund bellte. Ich bin den ganzen Weg nach Hause gerannt. Meiner Mutter habe ich erst Tage später davon erzählt. Ich habe damals eine Weile nicht essen können. Mama war total besorgt und hat mich immer wieder gefragt, was los sei. Schließlich habe ich mich ihr anvertraut. Aber sie hat mir nicht geglaubt. Matthias, der Sohn des Bürgermeisters! Bestimmt nur ein dummer Scherz, alles halb so schlimm.

Ich bin nie wieder alleine nach Hause gelaufen. Lieber habe ich eine Stunde gewartet, bis auch mein Bruder Schulschluss hatte. Und dann durfte ich endlich ins Internat. So bin ich diesem Arschloch entkommen.

Noch heute bin ich froh, wenn ich wieder aus dem Kaff abhauen kann, in dem ich großgeworden bin. Da bin ich echt lieber im Club. Da habe ich die Kontrolle, da kommt mir keiner zu nahe, und niemand meckert an mir rum. Und wenn doch, dann motze ich einfach zurück.

Ich liebe meine Eltern wirklich sehr, auch meinen sturen Vater. Aber nach meiner Rückkehr nach den zwei Wochen in der Heimat hat ein spannender Trip auf mich gewartet.

Der Chef hat einen zweiten Laden in München. Wir wollen dort hinfahren, Butzi, Sabine, Polen-Tanja, Natalie und ich.

»Wir machen das Oktoberfest, Julia, du kannst dir nicht vorstellen, wie gigantisch man da verdient!«, hat Sabine gesagt.

»Wie bei der Fruchtmesse?«

»Haha! Du bist ja süß, ne, drei-, viermal so viel!«

Wir sind mit unseren riesigen Koffern auf die Reise nach München gegangen und haben unser Quartier im Gold-Club bezogen.

»Wohnen geht aufs Haus«, hatte der Andi gönnerhaft versprochen, als wir mit ihm den Oktoberfest-Einsatz ausgehandelt haben, »das tue ich doch gern für meine besten Mädels.«

Der Münchner Club war früher ein Nobel-Hotel. Hier ist alles vom Feinsten. Sogar die Putzfrauen, die die Zimmer für den nächsten Gast sauber machen, tragen Uniformen mit eingesticktem Logo. »Je edler der Club, desto spendabler die Gäste«, meint der Chef.

Es ist gleich sieben, und dann schwemmt die Wiesn lauter sexhungrige, besoffene Freier rein, denen das Geld so was von locker sitzt.

Der Laden ist schon jetzt total voll. Mit Frauen. Da sind die Münchnerinnen. Die sind ein bisschen älter und irgendwie damenhafter als meine Mädels. Abendkleider. Dezente Blondierung. Mehr so der Typ Catherine Deneuve. Dann sitzen da die üblichen Girls aus Rumänien und Polen. Alle in Miniröcken, die so kurz sind, dass sie eigentlich nur als Arsch-Banderole taugen. Aber die braucht man bei den großen Events. Wegen der Masse. Und ein paar Studentinnen sind dabei. Die kommen nur für das Oktoberfest und können dann mit der Kohle, die sie hier in sieben Tagen verdienen, ein ganzes Semester finanzieren. Die meisten tragen tief dekolletierte Dirndl.

Eine kommt aus Argentinien. Adriana heißt sie, ist erst neunzehn, sieht aus wie ein Model und hat ein Stipendium für ein halbes Jahr, aber weil die Kohle allein nicht reicht, will sie es hier im Club versuchen.

»Hast du schon mal angeschafft?«, fragt Sabine neugierig.

»Nein, ich war nur Hostess. Aber meine Freundin hat gesagt, ist nicht so schwierig, nicht alle Männer wollen Sex.« Sie schaut uns hoffnungsvoll an, und wir versuchen, ihr einigermaßen beruhigend zuzunicken.

»Die meisten, die hierherkommen, sind eh schon zu besoffen zum Ficken«, sagt Polen-Tanja und lacht. Adriana nickt dankbar.

Als hätte Tanja sie herbeibeschworen, erscheint am Eingang eine Gruppe Gäste. Die haben schon mehr als eine Maß intus. Die torkeln heftig. Ihr Lachen dröhnt laut durch die Bar.

»Champagner!«, grölt ein Mann in Lederhose. Jetzt geht's wirklich los.

Der Chef hat mir eingeschärft, in München immer bar zu kassieren. Wegen des Finanzamts. Die kontrollieren hier superscharf, und alles, was über Kreditkarte läuft, muss er versteuern; da hat er keinen Bock drauf. Überhaupt sind die ganzen Gesetze und Kontrollen für Nachtclubs hier viel krasser, manchmal gibt es Razzien. Deswegen schimpft Andi immer rum, dass die Mädels den Gästen bloß kein Kokain verkaufen sollen. Tun sie aber trotzdem, heimlich.

»Mach mal eine Flasche auf!«, ruft ein untersetzter Mann in pseudobayrischer Tracht am Tresen. Er holt seine Brieftasche raus, klappt sie auf und fummelt mit tapsigen Fingern einen Fünfhunderter hervor. Dem Akzent nach ist er auf keinen Fall Bayer, eher Schweizer. Ich hole eine Flasche Champagner aus der Kühlung, da ruft der Schweizer, dem inzwischen Sabine aufgefallen ist: »Nein, lala… lass, ich geh viii… vielleicht gleich aufs Zimmer.«

Sabine neigt sich lächelnd zu ihm. Die weiß genau, wie weit sie sich vorbeugen muss, damit er ganz wunderbar ihren üppigen Busen bewundern kann. Sie trägt heute ein Kleid aus schwarzer Spitze. Mit Riesendekolleté. Man kann beinahe die Nippel sehen, bloß wächst genau da, wo die zarte rosa Haut der Brustwarze anfängt, eine schwarze Stoffblüte. Der Schweizer kriegt die Augen nicht mehr los und schwankt sichtlich erotisiert auf seinem Barhocker hin und her.

»Ich glau… glaube, ich gege… gehe aufs Zimmer, oder?« Dann legt er nochmal fünfhundert Euro auf den Tresen.

»Sabine kann dir gerne das Haus zeigen«, schlage ich vor. Er nickt, Sabine setzt sich mitsamt ihrem verlockenden Dekolleté in Bewegung, und der Schweizer schwankt magnetisiert hinter ihr her.

Während die beiden ihre Tour durch den Club machen, versorge ich die nächsten Gäste mit Champagner und Frauen: einen etwas weniger angetrunkenen, etwa fünfzigjährigen Mann, der im Trachtengewusel auffällt, weil er ein Sakko trägt, und seine vier chinesischen Begleiter. Butzi, die heute ein ultrakurzes Dirndl trägt, stellt sich auf den Tisch, breitet die Arme aus und beginnt sehr laut zu jodeln.

Polen-Tanja hält sich die Ohren zu.

Die Chinesen dagegen applaudieren begeistert.

Der Chef kommt aus dem Büro geschossen.

»Hörst du auf mit dem Geschrei!« Die armen Chinesen zucken ganz verschreckt zusammen.

»Wieso?«

»Das klingt grässlich. Als würde eine Frau abgestochen!«

»Aber ich fühle mich heute so nach Jodeln!«, sagt Butzi.

»Ihr seid doch alle narrisch!« Der Chef zieht sich kopfschüttelnd wieder in sein Büro zurück. Die Chinesen und Butzi kichern.

Nach drei Flaschen Champagner winkt mir der Sakko-Mann zu. Er bezahlt drei Stunden im Voraus. Butzi und Tanja nehmen zwei Rumäninnen und die Argentinierin mit und gehen mit ihm und den Chinesen auf Zimmer.

Chinesische Gäste sind super. Wenn die Alkohol trinken, sind sie nach kürzester Zeit so besoffen, dass sie sowieso keinen mehr hochkriegen. Aber die zahlen trotzdem. Deswegen sind alle Mädels immer scharf darauf, mit Chinesen aufs Zimmer zu gehen.

Dann steht der Schweizer wieder vor mir. »Zwei Stunden.« Er tastet nach seiner Brieftasche. Als er sie aufklappt, klappt ihm gleichzeitig die Kinnlade runter. »Scheiße, mein Geld ist we … weg! Ich hatte doch mindestens tausend Euro dabei. Das haben die mir auf der Wiii… Wiesn geklaut!« Er ist vollkommen außer sich.

»Tja, das ist ja blöd«, stellt Sabine mitleidslos fest.

»Hast du denn eine Karte?«, frage ich. Der Typ hat einfach vergessen, dass er uns schon die Kohle gegeben hat. Sein Pech.

»Naa … nein…«, antwortet der Schweizer kleinlaut und tastet in allen Taschen seines Trachtenjankers nach den vermissten Scheinchen.

»Das ist ja wirklich doof«, sage ich freundlich. »Dann also kein Zimmer.« Kein Geld, keine Frau. So ist das eben.

Der Schweizer schaut mich traurig an.

»Na komm, wir geben dir einen Jägermeister aus«, tröste ich ihn.

»Aber … wie ko… komm ich denn ins Hotel?«

»Mmmh, ausnahmsweise könnte ich dir Taxigeld geben. Aber nur, wenn du versprichst, dass du ein andermal wiederkommst.«

Der Blick des Schweizers wandert von mir zu Sabines Brüsten.

»Ja … ein andermal«, seufzt er.

»Kopf hoch.« Sabine prostet ihm zu.

»Hier, damit kommst du bis ins Hotel«, sage ich und lege ihm einen Fünfziger hin.

»Danke, das ist so ne… ne… nett«, stammelt er, nimmt das Geld und zieht ab Richtung Ausgang.

Sabine grinst mich an. Ich proste ihr zu. Irgendwie finde ich, dass es unser gutes Recht ist, das Geld des Schweizers zu behalten.

Die Nacht ist bombastisch. Mir kommt es vor, als hätten die Gäste nur darauf gewartet, endlich mal wieder komplett auszurasten und Wahnsinnsbeträge auf den Kopf zu hauen.

Der Sakko-Mann mit den Chinesen ist dran. Also ab nach oben, zum Verlängern. Sakko-Mann ist total stolz, weil er den Chinesen einen Supertag auf der Wiesn ermöglicht hat, mit VIP-Lounge im Zelt und allem Gedöns, damit sie der Firma, für die er als Manager arbeitet, einen großen Auftrag erteilen. Irgendwelche Hightech-Bauteile für ein Mammut-Eisenbahnprojekt.

»Das kriegst du heute gar nicht hin, ohne die Leute bei Laune zu halten.« Er wedelt mit einem Bündel Geldscheine. »Die Kohle verbuchen wir als Marketing!«

»Und, wie lang wollt ihr bleiben?«

»Mach bis sieben. Aber dann musst du hochkommen und mich daran erinnern, dass ich um neun ein Meeting habe.«

»Sag das doch lieber gleich ab«, schlage ich vor.

»Ne, da muss ich hin. Sag mir nur rechtzeitig Bescheid!«

Ich nicke, lächle und denke mir meinen Teil.

Zehn Stunden und dreizehn Flaschen Champagner später komme ich ins Zimmer. Wie versprochen: Punkt sieben. Zwei Chinesen schnarchen auf dem Bett, zwei auf den Sofas vor sich hin. Mein großer Geschäftsmann planscht mit den Frauen im Pool.

Nur Adriana sitzt stocksteif in einem Sessel neben der Zimmertür, als wäre sie bereit für eine schnelle Flucht.

»Na, musstest du was machen?«

»Nix, nur reden und trinken.« Adriana lächelt mich schüchtern an. Ich frage mich, warum die nicht einfach kellnern geht. So viel Angst, wie die vor den Typen hier hat.

»Juliaaa! Komm zu uns!«, ruft der nackte Sakko-Mann. »Trink einen mit!« Er schüttelt die Magnum-Flasche und besprüht die kreischenden Mädels mit Champagner.

»Du musst doch jetzt los.«

»Waaas? Nein, ich will verlängern!«

»Hast du nicht um neun ein Meeting?«

»Ohhh ...!« Er schaut mich mit glasigen Augen an. »Du hast recht ... scheiße ... und vorher muss ich ins Hotel.« Er stellt die Champagnerflasche beiseite und stützt sich am Rand des Whirlpools ab. Er schwankt. Er fasst sich an die Stirn und setzt sich wieder ins warme Blubberwasser. Der ist total voll.

»Du bleibst noch!«, freut sich Polen-Tanja.

»Du bist viel zu besoffen, um zu einem Meeting zu gehen«, stelle ich fest.

»Ohh Gott, jaa.«

»Hab ich dir ja schon vorhin gesagt, dass du den Termin absagen wirst.« Ich kann mir ein Grinsen nicht verkneifen.

»Hast ja recht. Ich hätte auf dich hören sollen.« Er glotzt ratlos vor sich hin. »Was mach ich denn jetzt? Ich kann echt nicht arbeiten.«

»Gib mir mal dein Handy.«

Butzi zeigt mir, wo sein Smartphone liegt, ich lasse mir den Code geben, dann die Mailadresse seines Chefs, dann fange ich an zu tippen.

Guten Morgen. Kunden sind bereit zur Unterschrift. Waren begeistert von der Wiesn. Hat leider geregnet, bin völlig durchnässt ins Hotel und eben mit Fieber aufgewacht. Kann heute nicht arbeiten, melde mich später bzgl. Vetragsvorbereitung.

»Na, passt das?«, frage ich. Der Gast nickt dankbar, und ich drücke auf »senden«.

»Jetzt musst du aber noch zwei Stündchen verlängern«, grinst der große Geschäftsmann und zeigt auf sein Sakko, wo der Umschlag mit den schönen Scheinchen aus der Tasche lugt. Für den ist die Nacht richtig gut gelaufen.

Drei Tage später kriege ich auch endlich mal was mit vom Oktoberfest. Butzi und Sabine haben mich mitgeschleppt.

»Wer arbeitet, muss auch feiern«, hat Butzi verkündet. Wir sind direkt zum Käfer-Zelt marschiert und mussten nicht mal warten, weil die Mädels die Türsteher kennen. Die haben uns direkt an einen Tisch gebracht mit reservierten Plätzen.

»So.« Sabine grinst mich vergnügt an. »Willkommen auf der Wiesn!«

Direkt neben uns feiern ein paar Fernseh-Köche mit einem Rudel schöner Frauen, und drei Tische weiter einige Fußballer. Einer fällt mir sofort auf. Hellblonder Igel-Schnitt, und seine Gattin, die im Dirndl auf dem Tisch tanzt, hat offenbar denselben Friseur.

»Guck mal, wer da ist!« Ich drehe Butzi Richtung Fußballer. Butzi stößt Sabine an. Zu dritt starren wir das Pärchen an. Der Fußballer bemerkt uns und schaut ganz schnell wieder weg. Der weiß genau, wer wir sind, aber der will auf keinen Fall, dass seine Frau was mitbekommt.

Dem musste ich nämlich gestern fünf Mädels in seine Villa bringen. Zum Hausbesuch. Eine, die Shanaia, hatte er extra vorbestellt. Sie ist transsexuell, lebt seit Jahren als Frau, aber früher war sie ein Mann. Vollständig operiert ist sie noch nicht, meinten die Mädels, und die müssen es ja wissen. Nur die Brüste und das Gesicht seien gemacht. Und genau darauf steht der Fußballer.

Ein Fahrer hat uns mit einer Stretch-Limo zu der Fußballer-Villa gefahren. In so einen edlen Vorort mit hohen Hecken und riesigen Toren an den Grundstückseinfahrten. Der Fahrer hat angerufen und Bescheid gesagt, dass die Damen angekommen seien. Dann ist das hohe Tor leise zur Seite geglitten. Elektrisch, klar. Wie im Film.

An der Haustür hat uns der Fußballer höchstpersönlich geöffnet. Hat mich erstmal gewundert, weil ich dachte, der hätte Hauspersonal. Bei dem Riesenhaus! »Kommt, die Luft ist rein, ich habe sie alle weggeschickt. Braucht ja nicht jeder mitkriegen, dass wir eine Party feiern.«

Logisch, dachte ich mir, vor allem nicht die Frau von dem. Ich habe für vier Stunden kassiert und bin mit dem Fahrer zurück zum Club. Aber ich war kaum hinter dem Tresen angekommen, als Sabine mir getextet hat: »SOS. Komm uns holen. Sitzen im Garten!« Im Garten? Um Mitternacht? Ich habe natürlich sofort angerufen. Und Sabine hat mir die ganze Saga des Abends erzählt: Der Fußballer war gerade mit Shanaia und Polen-Tanja zugange, als Butzi bemerkt hat, dass sich von der Auffahrt Scheinwerfer nähern.

»Kommt noch jemand?«, hat sie ganz arglos gefragt. Der Fußballer, der gerade dabei war, Shanaia im Höschen herumzufummeln, ist wie angestochen aufgesprungen und hat durch die Vorhänge gelinst.

»Scheiße, das ist meine Frau! Alle raus!« Hysterisch hat er die Mädels zur hinteren Veranda gescheucht. Wie die Hühner. »Haut durch den hinteren Ausgang ab, da könnt ihr über den Zaun klettern!« Kaum waren die draußen, hat er die Terrassentür zugeknallt.

Die Mädels standen halb nackt im Freien. Ohne Klamotten. Die hat er ihnen immerhin noch durch das Fenster zugeworfen. Bloß die Schuhe von Polen-Tanja und Shanaia nicht. Die beiden mussten barfuß durch das feuchte Gras laufen.

Als ich mit dem Fahrer endlich den Hinterausgang des Grundstückes gefunden hatte, haben sich die Mädels gerade gegenseitig eine Räuberleiter gemacht, um über den Zaun zu kommen. Dabei haben die gekichert, als wären sie auf einem ultralustigen Schulausflug. Die haben sich gar nicht mehr eingekriegt.

»Du hättest den sehen sollen, Julia, wie der Schiss gekriegt hat!«, hat Polen-Tanja geprustet. »Der hat Megarespekt vor seiner Alten. Ich wäre echt gern dabei, wenn die unsere Schuhe findet!«

Aber ich glaube, die hat die Schuhe nicht entdeckt. Sonst wäre sie nicht mit ihrem Mann hier, und vor allem wäre sie bestimmt nicht so gut drauf.

Neben mir drängelt jemand. Ich schaue mir den Typen an. Er hält eine halb volle Maß in der Hand und mustert uns.

»Come on, have a beer with me«, sagt er, legt den Arm um meine Taille und zieht mich an sich. Klingt nach Nordengland. Ich mache mich sofort los.

»No, thanks«, sage ich und drehe mich zu Butzi um. Der Engländer packt mich an der Schulter.

»Are you German?«

»Ja sicher«, antworte ich kühl und schüttele seine Hand ab.

»Deswegen bist du so arrogant.« Er kommt mir schon wieder viel näher, als mir lieb ist. »You are a real German bitch!«

Der spinnt ja wohl.

»Entweder, du entschuldigst dich. Oder du fliegst raus.«

Er lacht. »Glaubst du. Ich habe hier einen ganzen Tisch, wir trinken hier seit einer Stunde Champagner. Ich fliege nicht raus.«

»Bist du da so sicher?«, fragt Butzi, die alles mitgehört hat und mindestens so zornig aussieht, wie ich mich fühle. »Dann pass mal auf!« Sie zieht mich durch die feiernden Leute zu den Türstehern und setzt einen unschuldigen Augenaufschlag auf.

»Jungs, da ist so ein Typ, der war eben richtig assig zu uns. Der hat die Julia geschubst und gesagt, wir wären Schlampen.«

»Welcher?«, fragt Türsteher Nr. 1. »Der da«, sagt Butzi und zeigt auf den Engländer, der langsam kapiert, dass es eng wird.

»Alles klar«, sagt Türsteher Nr. 2. Die beiden Schränke setzen sich in Bewegung, schnappen sich den Engländer, der sich verdattert Richtung Ausgang schieben lässt, während Butzi und ich ihm freundlich zum Abschied winken.

Eine Stunde später fahren wir zum Club. Adriana und Sabine sind angeschickert, weil sie zwei Maß Bier getrunken haben, aber der Chef wird nichts sagen, weil wir Mega-Umsätze machen.

Um sieben purzeln gleich zwei Trachten-Truppen in die Bar. Heute wird es noch voller als in den letzten Tagen. Am letzten Wiesn-Wochenende kommen Horden von Touristen angereist. Ich höre fast nur Fremdsprachen: Englisch, Russisch, Spanisch. Nach anderthalb Stunden sind fast alle Frauen weggebucht. Nur noch Adriana und eine Rumänin sitzen bei mir am Tresen. Ein Brasilianer will auf Zimmer gehen, und neben Adriana thront ein rotgesichtiger Engländer, der schon mehrmals verkündet hat, dass er jetzt ficken wolle. Dafür ist der zwar meiner Meinung nach viel zu besoffen, aber sicherheitshalber werde ich ihm die Rumänin geben, dann kann Adriana, die bei jedem »ficken« zusammenzuckt, mit dem Brasilianer gehen, über Südamerika reden und mit ihm Tango tanzen. Das wird sie schon hinkriegen, auch wenn sie kein Portugiesisch kann. Das wird bestimmt funktionieren.

DIE LETZTE NACHT

Ich kassiere bei beiden Kunden für zwei Stunden und hoffe, dass bald welche von den anderen Mädels frei werden. Mir ist irgendwie nicht ganz wohl, wenn die Frauen allein bei den Freiern sind. Zu zweit ist immer besser. Dann haben sie die Männer im Griff. Dann kann eine anrufen, wenn's schrägläuft.

In der Bar ist schon wieder High Noon, und ich versorge einen Junggesellenabschied mit Magnum-Flaschen. Butzi kommt mit zwei Rumäninnen runter. Wunderbar, die drei können sich um die nervigen Junggesellen kümmern. Ich bugsiere die gesamte Truppe in eines der Séparées, damit die mir nicht den ganzen Tresen blockieren. Dann muss ich hoch, um bei anderen Gästen zu verlängern. Das sind zwei Amis, die sich gerade mit Evelyn, Polen-Tanja und Sabine vergnügen. Die sind total zufrieden und legen nochmal drei Stunden drauf.

Als ich wieder runterkomme, sitzt Adriana alleine am Tresen. Was macht die denn jetzt hier? Der Brasilianer hatte doch zwei Stunden gebucht, aber seit der mit ihr hochgegangen ist, sind höchstens fünfundvierzig Minuten vergangen.

»Was ist los, gibt's Probleme?«

Adriana schüttelt stumm den Kopf.

»Ist der Brasilianer gegangen?«

Adriana nickt.

Ich bohre nach. »War der nicht zufrieden?«

Adriana zuckt mit den Schultern. Ich bin langsam genervt.

»Wo ist der denn, ist er noch oben?«

»Nein, der ist weg«, haucht Adriana. Meine Güte. Wie schüchtern kann man eigentlich sein? Die hat sich echt noch nicht im Nachtleben eingefunden.

»Dann geh doch bitte rüber zu den neuen Gästen.« Ich deute auf die Junggesellen im Séparée. Adriana hält den Kopf gesenkt und reagiert nicht. Ich kann nicht mal erkennen, ob die mich verstanden hat, weil ihre langen schwarzen Haare wie ein Seidenvorhang vor ihren Augen hängen. Da tropft eine Träne auf den Tresen.

»Was ist denn bloß los mit dir?«

Adriana bleibt stumm.

Vielleicht ist es jetzt passiert. Mit dem Brasilianer. Irgendwann hat jedes Mädel mal den ersten Gast, der nicht nur plaudern will, sondern auch Sex. Ich gehe zu Adriana und lege ihr die Hand auf den Unterarm.

»Musstest du was machen? Weinst du deswegen?«

Adriana beugt sich zur Seite und kotzt in den Champagnerkühler. Ach du Scheiße.

»Der … Er hat mich einfach genommen. Hat mich so fest gehalten … und dann …« Adriana vergräbt ihr Gesicht in den Händen. »Ohne Gummi«, schluchzt sie.

»Waaas?« Mir wird ganz heiß vor Wut. »Dieses Arschloch! Den müssen wir kriegen.« Ich lasse Adriana sitzen, presche zur Tür und schaue mich um, ob da noch irgendwo der Brasilianer zu sehen ist.

»Habt ihr diesen schwarzhaarigen, kleinen Typen gesehen? Diesen Brasilianer? Der hatte so einen grünen Trachtenjanker an. Wo ist der hin?« Die Türsteher glotzen mich verständnislos an.

»Julia, hier sind in der letzten Stunde bestimmt zwanzig Männer durch, und die hatten *alle* Tracht an«, stellt Wolfi, der auch mit nach München gekommen ist, bedauernd fest. »Keine Ahnung, wo der hin ist.«

Na toll. Der Typ ist längst über alle Berge. Hat sich ein Taxi genommen und ist in der Nacht verschwunden. Ich gehe rüber zum Separre und flüstere Butzi ins Ohr, was passiert ist.

»Ach du Scheiße. Hat Adriana den Typen einfach abhauen lassen?«

Butzi oder Sabine würden sich so was nie gefallen lassen. Die würden die ganze Bude zusammenschreien, wenn ein Gast versuchen würde, sie zu vergewaltigen. Die sind total selbstbewusst. Die haben außerdem ein Supergespür dafür, mit was für Männern sie es zu tun haben.

Wir gehen zu Adriana, schnappen uns den Kotzkübel und gehen in die Küche. Armes Ding. Was soll die jetzt noch an der Bar.

»Möchtest du, dass wir die Polizei rufen?«, frage ich.

Adriana schüttelt heftig den Kopf. »Bitte keine Polizei. Bitte nicht. Ich habe Angst, dass meine Familie in Argentina was mitkriegt. Das darf niemand erfahren.«

Irgendwie verstehe ich sie. Weiß man, ob die Bullen die Eltern kontaktieren? Gerade, weil sie Ausländerin ist? Ein blöder Brief reicht ja schon. Und dann? Mein Vater würde durchdrehen, weil ich Schande über die Familie gebracht hätte.

»Soll dich jemand nach Hause bringen?«, fragt Butzi.

Adrianas Nicken ist kaum zu erkennen.

»Komm, wir nehmen ein Taxi. Ich hole deine Sachen.« Butzi kommt nach drei Minuten mit Adrianas Tasche und Mantel aus dem Umkleideraum zurück, nimmt sie an der Hand, die Studentin folgt ihr wie eine Schlafwandlerin.

In dieser Nacht schlafe ich total schlecht. Ich hätte besser aufpassen müssen. Niemals eine Neue mit einem Gast alleine lassen. Das hätte ich berücksichtigen müssen. Sie hatte noch überhaupt keine Erfahrung, und ich wusste das. Wäre eins von meinen Mädels dabei gewesen, hätte der Brasilianer keine Chance gehabt. Eher hätten sie ihm die Eier abgebissen.

Adriana kommt am nächsten Tag nicht wieder. Butzi meint, die wäre immer noch vollkommen verstört gewesen, als sie im Studentenwohnheim angekommen sind. Zum Glück hat sich dann gleich eine Freundin um sie gekümmert.

Ich stelle mir vor, der Brasilianer würde noch mal aufkreuzen. Die Türsteher würden ihn windelweich prügeln.

Heute ist der letzte Abend in München. Adriana ist *das* Gesprächsthema unter den Frauen.

»Nimm's dir nicht so zu Herzen«, tröstet mich Sabine. »Sie wird schon darüber hinwegkommen. Und schau mal – nach der Nummer will die bestimmt keine Nutte mehr sein. Ist doch eigentlich besser für sie.«

Ich kann mich gerade nicht beruhigen. Mir geht das total nahe. So was hätte mir auch passieren können, vielleicht nicht gerade hier. Aber ich kenne dieses Gefühl, wenn man einem Mann ausgeliefert ist. Ich checke jeden Gast ab und versuche zu erkennen, ob er ein Vergewaltiger sein könnte. Drei Betrunkene mit schweren Augenlidern grinsen mich lüstern an. Bei keinem von denen würde ich es ausschließen.

»Bonsoir, darf ich Ihnen ein Glas Champagner ausgeben?« Den Typen habe ich noch gar nicht gesehen. Dabei fällt der total auf zwischen den Gästen hier. Weil er noch so jung ist. Vielleicht Ende zwanzig. Und noch mehr, weil er so freundlich aussieht. Der ist in der ganzen Bar der Einzige, der mir bei meinem Vergewaltiger-Scan einigermaßen unverdächtig erscheint. Ich mache eine

Flasche auf und schenke uns ein. Ein Glas werde ich mittrinken. Ausnahmsweise. Mir ist danach, und es ist der letzte Abend.

»Ich bin Alain«, stellt er sich vor. Aus Paris sei er. Aha. Er prostet mir zu.

»Ich bin Julia«, antworte ich.

»Oh! Julia et Alain! Das ist Poesie!«, stellt er erfreut fest.

»Hmhm.« So begeistert wie er bin ich nicht. Aber Julia ist ja auch bloß mein Tarnname.

»Sie lächeln heute nicht?«, stellt er ein wenig bedauernd fest. Oha. Der beobachtet aber aufmerksam.

»Vielleicht später.« Ich zucke die Schultern.

»Sind Sie etwa traurig?«

»Ein bisschen«, antworte ich wahrheitsgemäß. Das kommt so aus mir raus. Komischerweise. Der ist doch bloß ein Gast. Und Gästen zeige ich nicht, wie ich mich fühle.

»Dann brauchen Sie eine Aufheiterung. Hoppala!« Er schwankt beim Aufstehen und hält sich am Tresen fest. Der hat auch schon gut was intus. Er hebt die Arme. Was gibt das jetzt?

Der Franzose dreht sich wie eine Ballerina und schwingt die Hüften. Weil er ein bisschen moppelig ist, hat er die Anmut eines tanzenden Schweinchens. Die Bässe aus den Boxen feuern ihn an. Er gibt Vollgas und schüttelt die Haare im Rhythmus der Musik. Ich muss lachen.

»Jetzt haben Sie doch gelacht!« Der will mich echt aufheitern, den stört das überhaupt nicht, sich dafür zum Deppen zu machen.

Er kommt schnaufend zum Tresen, ordert die nächste Flasche Champagner und gibt ein fürstliches Trinkgeld. Der Franzose ist vermutlich der mit Abstand netteste Gast, den ich in den zehn Monaten im Nachtleben hatte. Da kommt der Chef von links.

»Julia, kümmerst du dich mal um den Minister«, flüstert er mir zu. »Der wartet schon hinten.«

Den Minister hat der Chef bereits heute Mittag angekündigt. Der kommt jedes Jahr zum Fest. Seine große Stunde schlägt aber erst am allerletzten Tag, wenn er alle seine Pressetermine und die Show-Auftritte hinter sich hat. Dann geht er jedes Mal für eine halbe Nacht auf Zimmer, um Frauenkleider anzuziehen.

Ich lächle dem Franzosen zu. »Bin gleich wieder da!«

»Versprochen?« Er schaut mich an, als würde er es keine fünf Minuten ohne mich aushalten. Wie so ein Hündchen, das vom Besitzer am Supermarkteingang zurückgelassen wird. Ich nicke.

»Guten Abend, Herr Minister«, begrüße ich den Mann am Hintereingang.

»Pssschhh … schtt!« Er checkt ab, ob uns irgendwer gehört hat. Ist aber niemand da. Zum Hintereingang kommen nur ganz wenige, immer sehr spezielle Gäste, das ist in München nicht anders als im Club Nuit.

»Keine Sorge, wir sind diskret.« Ich gehe voraus. Die Mädels sind hoffentlich schon auf Zimmer.

»Tabea! Wie schön, dich wiederzusehen!«, kreischt Sabine, als sie ihn sieht, geht zum Minister und gibt Küsschen. Aha, Tabea nennen die den also, wenn er in die Frauenrolle schlüpft. Der Minister hält Sabine geziert die Wange hin und zirpt euphorische Begrüßungslaute, die mindestens eine Oktave über seiner Normalstimme liegen. Ich mache die Tür hinter mir zu und bleibe einfach da. Das Ganze fasziniert mich. Wie der Typ, kaum dass er das Zimmer betreten hat, zu einer Frau wird! Also nicht körperlich. Aber in allem, was er macht, und wie er spricht.

»Mogst auch an Schampus?«, fragt Laura Minister-Tabea.

Laura ist eine von den Münchner Frauen. »Und mogst dir was anderes anziehen?«

Die Mädels haben schon Kleider bereitgelegt. Eine Abendrobe in rotem Pailletten-Look, ein sommerlich gerüschtes Ding und ein Dirndl. Alles mindestens Größe 46. Sogar Pumps haben die Mädels besorgt. Echte Riesendinger. Die sind bestimmt aus einem Transen-Spezialgeschäft.

»Ladys, ihr seid wunderbar. So ein schönes Kleid!«, kiekst der Minister und lässt seine Hand zärtlich über die Paíletten des Abendkleides gleiten. Sabine hilft ihm aus Sakko und Hemd, und Laura manövriert das Abendkleid über seinen Kopf. Das Glitzerding ist total eng, die Mädels müssen zu zweit am Reißverschluss zerren, bis es endlich zu ist. Dann steht der Minister als stolze, glitzernde Presswurst vor dem Spiegel, und alle quietschen im Chor vor Begeisterung. Jetzt habe ich genug gesehen, ab nach unten.

Polen-Tanja greift mich kurz vor dem Tresen ab. Als hätte sie mir aufgelauert.

»Julia, warte mal! Da ist ein total komischer Typ am Tresen. Ich dachte, ich kümmer mich mal um den – aber der hat mich weggeschickt. Der meinte, er wartet auf dich. Kennst du den?« Sie deutet verstohlen mit dem Kinn auf den Franzosen, der in sein Champagnerglas hineinträumt.

»Ach so, der! Jaaa.« Polen-Tanja darf man nicht zu viel erzählen. Auf keinen Fall werde ich der intriganten Bratze auf die Nase binden, wie sympathisch ich den Franzosen finde.

»Woher kennst du den denn?«

»Och ... ist eine Empfehlung von einem anderen Gast.«

»Gehst du mit dem auf Zimmer?« Polen-Tanja sieht mich mit unverhohlener Neugier an. Das würde der so passen!

»Nein, weißt du doch. Wir quatschen nur. Mehr will der gar nicht.« In dem Moment checke ich es erst selber. Der will überhaupt nicht auf Zimmer. Der schaut die anderen Mädels mit dem Arsch nicht an. Der wartet wirklich auf mich. Und ich freu mich total.

»Noch einen Champagner?«, frage ich, als ich wieder hinter dem Tresen stehe. Er schaut total überrascht auf. Der hat gar nicht mitbekommen, dass ich wieder da bin.

»Da sind Sie ja wieder!« Er strahlt mich an. Wie ein Kind an Weihnachten. Da ist so viel aufrichtige Freude in den blauen Augen, dass ich ganz verlegen werde. Richtig verlegen! Das ist mir in den ganzen Monaten im Club nicht einmal passiert.

Ich wurschtele sinnlos an der Champagnerflasche rum und wische dreimal über ein und dieselbe Stelle am Tresen, die eigentlich schon supersauber ist. Irgendwas macht der mit mir. Jetzt erzählt er von Paris. Ob ich da schon mal war? Klar, antworte ich. Wir stellen fest, dass wir beide ein und dasselbe Café in Montmartre lieben. Und uns noch nie bis nach oben auf den Eiffelturm getraut haben, weil wir es so gruselig finden, dass man zwischen den Metallstufen sieht, wie verdammt hoch man schon ist.

Da vibriert mein Handy. »Kommst du zum Verlängern?«

OMG. Ich habe total vergessen, dass der Minister längst dran ist. Der hatte für zwei Stunden bezahlt, und jetzt sind schon fast drei rum.

»Du, ich muss mal kurz was erledigen, bin aber gleich wieder da«, verspreche ich dem Franzosen und laufe nach oben.

Als ich die Tür aufmache, steht der Minister in voller Pracht vor mir. Ein BH aus roter Spitze pusht das, was an Männerbrust da ist, zu einem Dekolletee. Darunter wölbt sich seine Wampe, und weiter runter will ich eigentlich gar nicht gucken, kann aber auch nicht wegschauen. Dieser Tanga ist eindeutig zu knapp. Man sieht irgendwas Hautfarbenes darunter, womit er sich den Schwanz und die Eier abgebunden hat. Da ist nur noch eine kleine Wölbung. Den Rest hat er sich irgendwo zwischen Schenkel und Hinterbacken geklemmt.

Am besten sind die Perücke und das Make-up. Der Minister trägt jetzt blonde Locken statt grauem Haarkranz. Und so viel Rouge und Lippenstift, als hätten die Mädels ihn im Stockdunkeln geschminkt. Sogar künstliche Wimpern und einen Lidstrich haben sie ihm verpasst.

Minister-Tabea platziert seine Hände auf den Hüften und dreht sich vor dem Spiegel hin und her. Er lächelt. Der sieht richtig glücklich aus. Er fährt sich durch die Haare, und als er sich ein wenig nach links wendet, bemerkt er mich. Sofort hält er inne.

»Hallo. Ich komme zum Verlängern. Du bleibst noch, gell?«

»Ja, mach nochmal drei Stunden«, antwortet er mit seiner normalen Stimme. Ich versuche, mir nicht anmerken zu lassen, wie grotesk ich die Kombination aus Männerstimme und Reizwäsche finde. Irgendwie ist das ja auch rührend. Der kann ja mit seiner Neigung nur hierher. Sonst nageln die den in der Politik ja sofort an die Wand. Ich kassiere. In bar. Ich schätze mal, dieser Gast würde nicht mal mit Karte zahlen, wenn mein Chef das okay fände.

MICKYMÄUSE

Fünf Telefonate. Hundertachtunddreißig Nachrichten. In drei Tagen. Und bei jedem Handypiep kriege ich dieses Flattern in der Brust, als wäre da eine verrückte Taube gefangen.

Als der Franzose nach meiner letzten Oktoberfestnacht morgens um sieben ins Taxi gestiegen ist, habe ich ihm noch schnell meine Handynummer eingetippt. Weil er ziemlich betrunken war, hat er es selber nicht mehr hinbekommen. Ich hatte ihm nach dem ganzen Champagner noch drei Kurze ausgegeben, und danach konnte er sein rechtes Bein kaum noch vom linken unterscheiden.

Keine Ahnung, wie vielen Gästen ich meine Nummer im Lauf der letzten Monate schon gegeben habe. Als die Barfrau mir ganz am Anfang den Tipp gegeben hat, fand ich es echt gewöhnungsbedürftig. Aber das gehört halt zum Job, da denke ich mittlerweile gar nicht mehr drüber nach,. Wenn ich keinen Bock auf Anrufe habe, schalte ich halt auf Flugmodus. Jedenfalls war es bei Frenchy auf einmal megaaufregend, das mit der Handynummer. Mir ist ganz heiß geworden, als ich so nah neben ihm stand. Ich konnte den Rest seines After-Shaves riechen und seine Wärme spüren. Zum ersten Mal seit Monaten war da ein Mann, der total angenehme Gefühle in mir ausgelöst hat. Aber in meinem Kopf hat eine Stimme in Dauerschleife vier Sätze geleiert:

Sei vernünftig, Jasmina!

Der Mann ist ein Gast!

Lass niemals einen Typen an dich ran, der ins Bordell geht!

Der verschleudert sein ganzes Geld in Nachtclubs!

Der Franzose hatte mir ein Hammertrinkgeld gegeben. Zweitausend Euro. Dabei war nach der fünften Flasche Champagner seine Karte platt. Das hat ihn aber nicht davon abgehalten, mir noch mehr zu spendieren. Um drei Uhr morgens hat er bei seiner Bank angerufen, damit die ihm das Limit hochsetzen.

Und jetzt hänge ich hier mit dem Geflatter in der Brust, und aus dem Franzosen ist Alain geworden, und Alain schreibt und ruft an und ist unglaublich liebevoll und romantisch. Sobald er aus dem Büro raus ist, meldet er sich. Und wenn ich um sieben in den Club gehe, schreiben wir weiter. Die Mädels haben mich gestern gefragt, was los ist, ich musste Strafgeld an den Chef zahlen, weil er mich mit dem Handy an der Bar erwischt hat. Und Fabienne mosert, dass wir uns mal wieder treffen sollen. Die ist neugierig auf die Storys vom Oktoberfest.

Alain wollte gestern wissen, was das eigentlich für eine schöne Bar war, wo wir uns begegnet sind. Er war so besoffen, dass er sich nicht mal den Namen des Clubs gemerkt hat. Hatte auch keine Ahnung, in welchem Stadtteil der eigentlich war. Der Taxifahrer hat ihn da einfach hingekarrt, weil Alain noch irgendwo Champagner trinken wollte. In dem Moment wurde mir schlagartig klar, warum mein französischer Gast sich nicht um die Huren geschert hat. Der hatte nämlich gar nicht gerafft, dass er im Bordell gelandet war. Da ist mir ganz flau geworden: Scheiße, auf keinen Fall darf er das erfahren.

»Jaaa, ganz toller Laden«, habe ich geantwortet und schnell abgelenkt. »Wie geht es deiner Mutter?« Alain hatte mir nämlich erzählt, dass seine Mutter sehr krank gewesen sei, irgendwas mit dem Magen, und er sie am Wochenende besuchen würde.

Er hängt sehr an ihr. »Sie ist die gute Seele unserer Familie.«

Wir haben uns dann weiter über unsere Eltern unterhalten. Alain kommt aus einer total konservativen katholischen Familie, und wenn ich von meinem strengen arabischen Vater erzähle, habe ich zum ersten Mal das Gefühl, dass ein Mann mich wirklich versteht. Bei Alain will auch sein Vater das Leben seines Sohnes bestimmen – und mischt sich ständig ein wie mein Vater bei mir. Im Unterschied zu mir arbeitet Alain allerdings in der Firma seines Vaters. Das ist bestimmt nicht einfach. Die fabrizieren Sitze für Autos, für ganz exklusive Luxusmarken. Alain leitet den Vertrieb, obwohl er eigentlich Musik studieren wollte. Als er das seinem Vater gesagt hat, ist der ausgerastet und hat ihm geschworen, dass er ihn enterben würde und nie wieder ein Wort mit ihm reden würde, dieser Künstlerscheiß sei doch kein Beruf.

Als Alain mich gefragt hat, ob ich auch in Berlin in einer Bar arbeite, habe ich ihn angelogen. Ich konnte einfach nicht anders. Als Verkäuferin im Schuhgeschäft würde ich arbeiten, habe ich gesagt, bei einem Prada-Laden. Den Bar-Job hätte ich nur gemacht, um mir ein bisschen was dazuzuverdienen.

»Du weißt schon, von einem Verkäufergehalt wird man nicht reich«, habe ich lachend gesagt.

»Oh, verdienst du echt so wenig?« Alain war ganz betroffen und hat dann angedeutet, dass ich ihm sagen solle, wenn ich Geld bräuchte. Dann würde er mir helfen. Haha. Butzi, Sabine und ich haben unsere Umsätze ausgerechnet und uns wie irre gefreut. Das Oktoberfest ist echt noch mal eine ganz andere Nummer. Ich habe mir sogar bei einem Kumpel des Chefs eine Rolex bestellt. Für zehntausend Euro. Normalerweise kostet die fünfzehntausend, aber er hat irgendwelche Connections. Irgendwas muss ich mit dem ganzen Bargeld ja anfangen. Zur Bank bringen geht nicht, davor hat mich der Steuerberater gewarnt. Dann kriegt das Finanzamt Wind davon, wie viel ich wirklich verdiene. Also habe ich mir gesagt, Jasmina, kauf am besten etwas, das nicht so schnell an Wert verliert. Natürlich kein Wort davon zu Alain. Erstens wäre meine Lüge dann sofort aufgeflogen. Zweitens fühlen sich die meisten Männer nicht gerade wie Superhelden, wenn die Frau mehr Kohle hat.

Butzi und Sabine sitzen in der Küche, als ich in den Club komme. Es ist schon Viertel nach sieben.

»Muss mich beeilen«, sage ich und will durchrauschen zu unseren Spinden.

»Wieso bist'n du heute so spät?«, fragt Butzi und hält mich am Arm fest.

»Und wieso siehst du so gut aus?«, fragt Sabine.

Aus meiner Jeans piepst es. Vielleicht Alain. Hoffentlich Alain.

»Du hast eine Nachricht bekommen!«, flötet Butzi und macht alberne Kussmündchen. Ich muss lachen. Die beiden kennen mich viel zu gut.

»Jaaa ...«, antworte ich gedehnt und widerstehe mit äußerster Willenskraft der Versuchung, das Handy rauszuholen. Die Mädels würden es sich sofort schnappen.

»Jetzt erzähl schon«, drängelt Sabine. »Wer schreibt dir dauernd?«

»Wir finden es sowieso raus!«, sagt Butzi. Sie hält mich immer noch am Handgelenk fest.

»Das ist der Franzose von neulich.«

»Oh, là, là! Bist du etwa verliebt?«, fragt Butzi.

Ich zucke die Schultern und versuche, einigermaßen cool zu wirken. Aber in mir flattert es schon wieder.

»Pass nur auf.« Sabine hat mich wie immer durchschaut und sieht ganz besorgt aus. »Du weißt doch gar nichts über den.«

Ich nicke, drehe mich um und gehe zu den Spinden. Ich hole mein schwarzes Bar-Outfit raus, schlüpfe in die enge Satinhose und das halbtransparente Top. Eigentlich hat sie recht. Was weiß ich schon über Alain?

Als ich an die Bar komme, sitzt ausgerechnet Detlev am Tresen. Na toll. Dieser Typ ist wie Fußpilz. Bisschen eklig, und man ist einfach nur froh, wenn's überstanden ist.

»Da ist ja meine schwarze Prinzessin! Endlich sehe ich dich wieder!«

Ich rolle die Augen.

Er grinst ungerührt. »Das müssen wir feiern!«

Er winkt Sabine und Butzi, die sich vorsorglich auf den Sofas in Sicherheit gebracht hatten, heran. »Heute möchte ich mit euch eine ganz besondere Nacht verbringen.«

Oh man, denke ich, was ist das jetzt wieder? Das ist nicht Kokain-Detlev. Der ist auf irgendeiner neuen Droge. Er sieht auch irgendwie verändert aus. Die Wangen sind total eingefallen, die Haut dünn wie Papier. Und bleich ist der. Als würde er in der Gruft leben.

»Gib uns erst mal einen Champagner aus«, sagt Butzi.

»Genau, zur Feier des Tages einen Moët«, ergänzt Sabine, und ich hole die Flasche raus.

Heute wird es voll werden. Es ist irgendein Presseball in der Stadt. Wird es da ab Mitternacht langweilig, kommen die alle zu uns. Bis dahin will ich Detlev los sein.

»Geht doch schon mal rauf.«

»Och nee, da bin ich jetzt aber gar nicht drauf vorbereitet.«

»Ich komme auch gleich nach, und dann sind wir unter uns.« Ich lächle ihn verführerisch an.

»Na los.« Sabine steht auf. Die Mädels wollen Stunden machen.

Butzi holt die Detlev-Tasche, dann ziehen die drei ab.

Eine halbe Stunde später gehe ich hoch. Wenn die beiden ihn gut im Griff haben, kann ich gleich für drei Stunden kassieren.

»Julia, meine schwarze Prinzessin! Endlich! Setz dich zu uns!«

Neuerdings nennt der mich bei jeder Gelegenheit so. Idiot. Er ist noch komplett angezogen und die Mädels auch. Komisch. Außerdem machen die beiden ein Gesicht, als wären sie in was Ekliges reingetreten.

»Alles gut bei euch?«

»Jetzt ist er echt verrückt geworden«, flüstert Sabine mir zu.

»Meine Prinzessinnen. Ich vertraue euch so sehr, dass ich auch dies mit euch teilen möchte.«

»Na, was denn?«, frage ich. Das Getue ist mir irgendwie unheimlich.

»Das hier.« Detlev holt feierlich ein Beutelchen mit weißem Pulver aus seiner Hosentasche.

»Wegen dem bisschen Koks machst du so eine Welle?« Ich verdrehe die Augen.

»Das …« Detlev macht eine kunstvolle Pause. »… ist reinstes Heroin!«

Die Mädels rücken ein Stück von ihm ab. Mit Fixern will hier niemand was zu tun haben. Detlev krabbelt hinterher und schlingt seine dürren Arme um Butzi.

»Keine Angst! Mein Arzt hat es mir empfohlen. Es ist das Beste. Wenn du den Körper danach regenerieren lässt, kannst du es absolut bedenkenlos spritzen!«

Detlev hebt beide Arme und legt seine Hände wie ein Priester auf die Köpfe der Mädels. »Hört mir zu, meine Prinzessinnen! Ich sage euch, dies ist der Weg, und ich möchte ihn mit euch gehen, denn ihr seid die einzigen Menschen, zu denen ich so eine innige Beziehung habe.«

Er schließt die Augen und beginnt zu zittern. Butzi und Sabine flüchten zu mir.

»Detlev, du spinnst. Kein Arzt würde dir zu Heroin raten! Und jetzt gib mir das Zeug, oder du fliegst raus.« Ich strecke die Hand aus.

Detlev presst den kleinen Beutel an sich.

»Ihr müsst das verstehen! Das ist der Weg!« Der hat totale Panik, dass ich ihm seinen Stoff wegnehmen könnte.

»Mädels, wir gehen. Wenn du in zehn Minuten nicht weg bist, kommt Wolfi hoch.« Ich zittere jetzt auch. Dass der annimmt, wir würden ihm die Arzt-Story glauben! Oder sogar mit ihm Heroin nehmen! Detlev ist endgültig hinüber.

Unten briefe ich Wolfi, der mich ganz ängstlich anguckt, bestimmt hat er Schiss, dass Detlev ihn mit einer Spritze attackiert. Aber da erscheint Detlev am Treppenhauseingang.

»Bring ihn raus. Der braucht nicht mehr wiederzukommen«, befehle ich Wolfi. Dann gehe ich in die Küche, wo Butzi schon dabei ist, einen Detox-Smoothie zu mixen.

Ich habe mein Glas noch nicht mal halb ausgetrunken, als Wolfi reinschaut. »Was ist, macht Detlev Stress?«

»Ne, der ist weg. Aber da ist so ein anderer … der ist ganz komisch drauf.«

»Tja, ist ja auch Vollmond«, stellt Sabine sachlich fest. Immer diese Verrückten in den Vollmondnächten.

Ich folge Wolfi zur Bar. Vor dem Tresen tigert ein Mann im Smoking auf und ab. Einer von den Ballgästen. Bisschen früh dran. Er presst sich nach jedem dritten Schritt die Hände auf die Augen und schüttelt den Kopf. Dann zupft er hektisch an seiner Fliege.

Mit Wolfi an meiner Seite nähere ich mich vorsichtig dem Tiger im Smoking.

»Hallo?«

»Du musst mir helfen.« Der Smoking-Mann packt meinen Arm. »Ich brauche eine Frau!«

»Da bist du hier schon mal richtig.« Ich entziehe ihm meinen Arm. »Setz dich erst mal hin.«

Der Mann krallt sich am Tresen fest, klettert auf einen Barhocker, stützt seinen Kopf in beide Hände und wippt vor und zurück.

»Ich seh nur noch Mickymäuse. Verstehst du? Du bist Mickymaus. Er ist Mickymaus.« Er zeigt auf Wolfi. »Alle sind Mickymaus! Alle!« Seine Stimme überschlägt sich.

»Aha.« Mein Therapeutenton. Arbeite ich bei der Drogenberatung oder was? »Kommst du grade vom Ball?«

»Ja. Und ich hab echt nicht viel davon genommen. Wollte nur mal probieren, wie das ist. LSD. Krass, Mann. Total abgefahren. Auf einmal reden lauter Mickymäuse mit dir.«

»Und jetzt?« Ich bin doch nicht seine Psychologin.

»Du musst mir helfen. Ich brauche eine Frau!«

Butzi und Sabine haben nach Detlev die Schnauze voll von Drogen-Freaks. Aber hinten lungern zwei Rumänninnen auf dem Sofa. Die sollen es mal probieren. Mickymaus heißt ja auf Rumänisch Mickey Mouse, das kriegen die hin, der Rest ist egal, wenn der nur jemanden zum Festhalten braucht.

»Zwei Frauen für zwei Stunden – macht zweitausend Euro.« Das ist teuer. Selbst für uns. Aber wenn er nicht will, kann er's ja lassen.

»Ja, ist gut.« Der Smoking-Tiger streckt mir seine Kreditkarte über den Tresen. Ich frage lieber nicht, ob er eine Flasche Champagner möchte. Das ist mir zu riskant. Wer weiß, was für ein Psycho-Gewitter dann in seinem Hirn losdonnert. Den Rumäninnen schärfe ich ein, dass sie ihm alle halbe Stunde Mineralwasser geben, und sonst nichts.

»Was hat Mann?«, fragt Svetlana.

»Scheißdrogen«, antworte ich.

»Macht Stress?«

»Ne. Sagt ihm einfach immer wieder, dass ihr keine Mickymäuse seid.«

Svetlana schaut mich skeptisch an, aber sie nickt.

»Keine Mickey Mouse.«

Solche LSD-Anfänger oder welche, die Pilze nicht vertragen haben, kommen alle paar Jahre, sagen die Mädels. Für diese Typen ist der Club eine Art Notaufnahme, eine schweineteure zwar, aber dafür können sie sich darauf verlassen, dass die Ehefrau, die ahnungslos zu Hause sitzt und sich um die Kinder kümmert, nichts erfährt.

Der Smoking-Tiger ist jetzt seit einer Stunde hier, und die Rumäninnen haben sich nicht gemeldet. Das heißt nicht unbedingt, dass alles im Lack ist. Wenn der Mann das Bett vollkotzen würde, dann würden sie garantiert Bescheid sagen, damit das einer wegmacht. Aber falls er bewusstlos wäre, würden die vielleicht einfach annehmen, dass er pennt, und sich selbst hinlegen. Ich mache mir Sorgen, ob der Smoking-Mann vielleicht gerade kollabiert. Also gehe ich lieber mal hoch. Oder er ist schon von seinem Maus-Trip runtergekommen. Das wäre mir eigentlich am liebsten.

Svetlana öffnet. Sie glotzt mich wortlos an und kaut mit offenem Mund Kaugummi.

»Da, immer noch Mouse.« Sie deutet mit dem Kinn zum Bett.

Zwischen den Laken liegt zusammengerollt wie ein Embryo

das LSD-Opfer. Es trägt weiße Unterwäsche und schwarze Socken. Der Smoking liegt auf dem Sessel neben dem Bett. Svetlanas Kollegin, die sich Anna nennt, liegt hinter ihm und streichelt mechanisch seine Haare. Anna murmelt irgendetwas, ich verstehe sie erst, als ich näher komme. »Mickey Mouse bald weg, Mickey Mouse tun nix.«

Der Mann schreckt plötzlich hoch und setzt sich kerzengerade auf die Bettkante. Total wirrer Blick.

»Du!« Er zeigt auf mich. »Du siehst zwar aus wie Mickymaus! Aber ich weiß Bescheid. Dich gibt es gar nicht!« Er ist so schnell bei mir, dass ich total überrumpelt bin, und packt meine Haare.

»Lass sofort los!«, kreische ich.

Svetlana tätschelt ihm gelangweilt den Arm. »Keine Mouse, alles gut.«

Aber das LSD-Opfer hält meine Haare fest umklammert und befühlt Strähne für Strähne. Wenn ich jetzt einen großen Sprung zur Tür mache, dann reißt er sie mir büschelweise aus.

»Das sind Haare.« Er lässt die Arme sinken und fällt wieder auf das Bett.

»Genau. Was dachtest du denn? Mickymausohren?«

Am liebsten würde ich den auch rausschmeißen. Aber die Rumänninnen scheinen ihn im Griff zu haben, wenn die das mitmachen, darf er meinetwegen bleiben. Aber zahlen soll er.

»Du schuldest uns noch mal zweitausend Euro.«

Er nickt ergeben. Auf einmal ist er wieder ganz ruhig. »Hauptsache, ihr helft mir.«

Svetlana zieht ihm die Kreditkarte aus der Smokingtasche. Ich buche die zwei Mille ab. Eigentlich hätte er noch eine bezahlte Stunde, aber das Schmerzensgeld haben wir uns verdient.

Als ich endlich wieder im Treppenhaus stehe, brummt mein Handy. Alain. »Gute Nacht, schöne Träume!«

Wenn der wüsste. Bei mir ist eher absurder Albtraum angesagt. Aber davon kann ich ihm natürlich nicht erzählen. Also schicke ich bloß zwei Emojis: den Schläfer und dann – auch wenn ich kurz überlege, ob ich das echt tun soll – den Smiley mit Küsschen.

KÜSSE UND BULLEN

Nach dieser Scheißnacht mit Heroin-Detlev und dem LSD-Opfer hatte ich erstmal die Schnauze voll. Von allen. Sogar von Alain. Alle wollen immer was von mir. Und keiner fragt, ob ich eigentlich klarkomme. Ja klar, wie soll Alain nach etwas fragen, wovon er keine Ahnung hat. Trotzdem. Dann hat mich auch noch der Chef in sein Büro zitiert. Eine ganze Stunde sollte ich früher kommen, er wolle was total Wichtiges mit mir besprechen. Ich dachte: Jetzt schmeißt er mich raus.

»Julia, Schätzchen, kannst du dir denken, worüber ich mit dir reden will?« Prüfender Blick. Der hat so eine Art, einen abzuchecken, das macht mich immer noch nervös. Wie damals im Januar, als ich mit Jeans und Turnschuhen hier aufgetaucht bin und vom Nachtleben keinen Schimmer hatte.

»Ich weiß nicht, vielleicht wegen Detlev?« Wäre typisch für das Arschloch, sich beim Chef über mich zu beschweren. Aber wenn der mich jetzt loswerden will – bitte schön. Auch egal. Ich wollte ein Jahr im Club arbeiten, das Jahr ist bald um.

»Was ist mit Detlev?« Hochgezogene Augenbrauen beim Chef.

Von dem ganzen Theater hatte der Chef offenbar gar nichts mitbekommen.

»Den musste ich rauswerfen, der wollte mit den Mädels Heroin nehmen.«

»Was? Mit welchen Mädels? Wer von den Huren schleppt hier Heroin rein?«

»Keine von denen. Andi, den Stoff hat Detlev selbst mitgebracht! Und dann hat er uns erzählt, sein Arzt hätte ihm das empfohlen. Total crazy. Da habe ich gesagt: Entweder du gehst, oder Wolfi wirft dich raus. Und er ist gegangen.«

Der Chef hat sich nachdenklich sein stoppeliges Kinn gerieben und erst mal ein paar Sekunden keinen Ton von sich gegeben, während ich immer nervöser geworden bin.

»Gut so. Wenn die Bullen spitzkriegen, dass hier Heroin gespritzt wird, kann ich den Laden dichtmachen. Aber jetzt lass uns mal über dich reden. Ich will, dass du für mich einen neuen Laden aufmachst. Am Bodensee. Mit zehn, zwölf Frauen, für den Anfang. Hab da was gekauft, richtig gute Lage, superedel. Und ganz nah an der Schweizer Grenze, steinreiche Touristen ohne Ende. Das wird eine Goldgrube.«

Da war ich sprachlos. Mit allem hatte ich gerechnet. Aber nicht damit, dass er mich zur Chefin eines neuen Nachtclubs machen will. Er hat einfach weitergeredet.

»Wenn du den Club am Bodensee für mich aufbaust, kriegst du für das erste Jahr achtzig Mille fest. Obendrauf zwanzig Prozent vom Umsatz.«

Dann hat er die Arme verschränkt und mich mit seinem Blick festgenagelt. Mir ist ganz schwindelig geworden, als ich überschlagen habe, was da für mich drin sein könnte, wenn der Laden nur einigermaßen gut laufen würde.

»Hm, ja, danke. Ich … also … da muss ich drüber nachdenken.«

Ein eigener Laden! Durch mein Hirn sind die wildesten Gedanken geschossen. Wie schön die Gegend ist. Was das für eine Chance wäre. Vor allem finanziell. Dass würde ausreichen, um das Startkapital für ein eigenes Schuhgeschäft zusammenzubekommen. Oder für ein nettes Café. Und ich könnte alles so aufziehen, wie ich das will. Megafreundliches Personal, nur Profis. Ich hatte das dringende Bedürfnis, mit Butzi und Sabine zu reden, und habe sie mit Nachrichten bombardiert, dass sie ihren Hintern in den Club bewegen sollen. Als die beiden nach einer halben Stunde endlich da waren, habe ich ihnen erst mal alles haarklein berichtet.

»Wie abgefahren! Das musst du machen, da gehen wir mit!«, hat Butzi gejubelt.

Sabine war auch total begeistert. »Stell dir mal vor, wie cool das wird, da machen wir unser Ding!«

Irgendwie hat mich ihre Freude angesteckt, das mit dem eigenen Laden konnte ich mir durchaus vorstellen. Weil wir uns mittlerweile echt gut kennen und ich weiß, dass ich mich auf die beiden verlassen kann. Ich habe schon angefangen, mir auszumalen, wie ich den neuen Nachtclub einrichten würde, so mit goldenen Spiegeln hinter der Bar, wie er heißen soll. Alles ganz edel. Bademäntel mit Logo-Stickerei. Der Name vom Club auf den Champagnerkühlern. In dieser Nacht waren die Mädels und ich in absoluter Partystimmung. Wenn mich der Chef in dem Moment noch mal gefragt hätte, hätte ich sofort zugesagt.

Am nächsten Tag habe ich Fabienne getroffen und ihr erstmal ein ausführliches Update gegeben. Ich musste ihr von Alain berichten und dann von diesem Hammerangebot mit dem eigenen Club.

Sie saß da so businesslike im Blazer, mit diesem gepflegten blonden Bob und ihrer ganzen Anständigkeit. »Naja, die Nummer mit dem eigenen Bordell ist nicht ohne. Hast du dir mal überlegt, wie es dann weitergehen soll? Du wolltest doch nur bis Ende des Jahres im Nachtclub arbeiten.«

»Ich könnte halt noch mal richtig Kohle machen.«

»Ist das denn so wichtig?« So was kann auch nur Fabienne fragen mit dem kilometerdicken finanziellen Polster ihrer Eltern. Will gar nicht wissen, wie viele Eigentumswohnungen die erben wird.

»Also für mich schon.«

Fabienne hat sofort gemerkt, dass ich sauer bin.

»Jasmina, ich will doch bloß, dass du dir überlegst, was dir wirklich wichtig ist. Willst du dein Leben lang im Puff hinterm Tresen stehen?«

Genau darüber wollte ich mir in dem Moment keine weiteren Gedanken machen, weil ich immer an denselben Punkt komme: Eigentlich weiß ich nicht, was ich sonst beruflich machen könnte.

Zwei Tage später hat Alain mir geschrieben, dass er in die Stadt kommt. Zu einem Kunden. Und dass er das Wochenende dranhängen würde, um mit mir Zeit zu verbringen. Er würde sich ein Hotelzimmer mieten und sich wahnsinnig freuen, wenn ich Zeit hätte.

Ich konnte tagelang an nichts anderes mehr denken. Vor lauter Freude. Und vor Aufregung. Und Schiss hatte ich auch. Was, wenn er ganz anders ist, als ich ihn in Erinnerung habe? Wenn er in Wirklichkeit ein selbstverliebter Idiot ist wie die meisten Männer, denen ich begegne? Stopp, Jasmina, Schluss mit der Grübelei. Du musst es einfach herausfinden!

Also habe ich dem Chef gesagt, dass ich unbedingt das Wochenende frei bräuchte, und mich mit Alain in einem Café am Park verabredet, von dem ich ganz sicher wusste, dass da an einem Samstagvormittag weder die Mädels noch Fabienne auftauchen würden.

Als Alain zur Tür reinkam, habe ich ihn sofort wiedererkannt und er mich. Bloß war mir im Schummerlicht an der Münchner

Bar gar nicht aufgefallen, wie blau seine Augen waren. Alain hat mich angelächelt und sich eine Locke aus der Stirn gestrichen. Auf dem Weg zu meinem Tisch hat er fast die Kellnerin umgerannt. Er hat nicht nach links und nicht nach rechts geschaut, nur zu mir. Als er endlich vor mir stand, wussten wir beide nicht, ob wir uns umarmen sollten, oder Küsschen Küsschen geben oder einfach die Hand. Wir haben dagestanden wie zwei aufgeregte Teenies und uns gegenseitig angehimmelt. Blöderweise sind meine Knie so puddingartig aufgeweicht, dass ich mich ziemlich plötzlich hinsetzen musste. Alain wollte mir noch schnell den Stuhl zurechtrücken, aber irgendwie ist er dabei am Tischbein hängen geblieben und fast auf mich gefallen.

»Mon Dieu, ich bin so ein Tollpatsch!« Er hat ganz verlegen gegrinst, und dann mussten wir beide lachen.

Es war wieder genauso wie in der Nacht, als er im Club aufgetaucht ist. Wenn ich etwas erzählt habe, hat er mich angesehen, als würde er einer Offenbarung lauschen. Wir haben drei Stunden geredet. Dabei war er der vollendete Gentleman. Er hat nicht mal versucht, nach meiner Hand zu greifen oder so. Nichts.

Wir sind dann noch durch die Stadt gebummelt. Da hat er mir immerhin galant den Arm gereicht. Abends waren wir total schön essen, und danach hat er gefragt, ob er mich nach Hause bringen darf. Ich habe schnell überlegt, ob aufgeräumt ist. Und ob irgendwo Jasmina zu lesen ist. Aber eigentlich steht mein Name nur auf der Klingel; »J. Amin«. J. – wie Julia.

Als wir auf dem Bürgersteig vor dem Hauseingang standen, hat er mir einen Kuss auf die Wange gegeben und sich verabschiedet. Damit hat er mich komplett verwirrt. Im ganzen Leben bin ich noch keinem Mann begegnet, der nicht versucht hat, mich beim ersten Date ins Bett zu kriegen. Dabei hatte ich mir sogar schon heimlich vorgestellt, wie es sein würde, Alain zu küssen. Ich konnte die Nacht kaum schlafen, für Sonntag hatten wir uns gleich wieder verabredet.

Am Nachmittag haben wir uns zu einem Spaziergang den Fluss entlang getroffen. Die Spätherbstsonne hat das bunte Laub angestrahlt, es war kühl, aber klar. Plötzlich ist Alain stehen geblieben, hat mit seiner Hand ganz zart meine Wange berührt und mir die Haare aus dem Gesicht gestrichen. Ich dachte: Wenn es jetzt nicht passiert, kippe ich noch um vor lauter Aufregung. Also habe ich mich auf die Zehenspitzen gestellt, ihm die Arme um den Hals gelegt, und wir haben uns geküsst. Ich könnte schwören, dass in dem Moment die Farben um uns herum explodiert sind und die elektrische Energie zwischen uns sich in einem Feuerregen entladen hat. Er hat mich umschlungen, richtig fest. Der hat geahnt, dass meine Beine zu Gelee wurden. Ich hatte keine Ahnung, dass Küsse so sein können. Nach Minuten oder vielleicht auch Ewigkeiten haben wir die Augen geöffnet. Ich habe mit meinem Zeigefinger die Linie seiner Lippen nachgezeichnet. Ein Fingerkuppenweg voller kleiner Explosionen. Er hat mich weitergezogen. Wir haben fünf Schritte geschafft. Oder zwölf. Bis zu einer Bank. Da hat er mich auf seinen Schoß gehoben und mich wieder geküsst. Seine Hände waren auf einmal unter meinem Mantel, und das fühlte sich so gut an, dass ich mich am liebsten bei acht Grad am Flussufer komplett ausgezogen hätte, um seine Berührungen überall zu spüren. Ich konnte von diesem Mann einfach nicht genug kriegen.

Als Alain sich abends ins Taxi zum Flughafen gesetzt hat, habe ich versprochen, ihn bald in Paris zu besuchen.

»Dann sagst du also deinem Chef ab?«, hat Fabienne mich gefragt, als ich ihr von Alain und mir erzählt habe.

»Wieso das denn? Ich würde Alain doch nur für ein paar Tage besuchen.«

»Aber wenn du so verliebt bist, braucht ihr doch eine Perspektive.«

Irgendwie hat mich das ganz aggressiv gemacht. Als würde ich mir überhaupt keine Gedanken über meine Zukunft machen. Und überhaupt, wir haben nur geknutscht, wer weiß schon, was daraus wird. »Ja und? Soll ich jetzt alles hinwerfen und ohne Geld und ohne Job nach Paris gehen, oder wie stellst du dir das vor?«

»Ich meine es ja nur gut.«

Dann war ein paar Tage Funkstille zwischen uns.

Das ist jetzt zwei Wochen her. Es ist Anfang Dezember, und die Stadt ist voller Touristen. Das Geschäft in der Adventszeit ist beinahe so gut wie zu Messezeiten, ich komme einfach nicht dazu, in Ruhe nachzudenken, geschweige denn, eine Reise zu planen. Alain hat sich schon beschwert, weil wir immer nur kurz sprechen, aber außer arbeiten und Sport geht halt gerade nicht besonders viel. Alain macht schon Witze darüber, dass ich total sportsüchtig sei, weil ich ihm erzählt habe, dass ich fünfmal die Woche abends bis zehn im Fitnessstudio bin und danach zu platt, um noch mit ihm zu telefonieren.

»Warum erzählst du mir eigentlich so wenig von deinem Alltag?«, hat er gestern gefragt.

»Was ist da schon Interessantes dran, wenn man anderen Leuten Schuhe verkauft!« Ich bin richtig zickig geworden, diese Lügerei stresst mich tierisch.

»Na ja, du hast Kunden, genau wie ich. Und du arbeitest auch im Luxussegment, Prada ist ja nicht irgendeine Marke. Ich interessiere mich für alles in deinem Leben, Julia!«

Hilfe, jetzt glaubt er am Ende noch, ich würde mich schämen, weil ich nur Schuhverkäuferin bin und er Geschäftsmann.

Langsam wird es echt kompliziert, das ganze Rumgelüge, aber wenn ich ihm erzähle, dass ich im Puff arbeite, dann wird er nichts mehr von mir wissen wollen. Jedenfalls fürchte ich das. Alain ist anständig, katholisch und Franzose. So jemand will doch keine Beziehung mit einer, die im Nachtleben arbeitet. Und wie seine Mutter das finden würde, mag ich mir gar nicht ausmalen. Hallo Mama, das ist Julia, die heißt aber eigentlich Jasmina. Julia ist ihr Tarnname, wenn sie an der Bar arbeitet. Wieso Tarnname? Ach, das ist halt so ein Edelbordell. Schöne Scheiße.

Der Chef hat nachgefragt, was nun mit dem Bodensee ist. Ich habe ihm gesagt, dass ich noch Zeit brauche.

»Worüber musst du so lange nachdenken?«, hat er gebrummt. »Du hast das Zeug dazu. So ein Talent wie dich gibt es nicht oft. Im Februar will ich den Laden eröffnen, und ich will das mit dir machen.«

Da war ich natürlich total geschmeichelt. »Ich sage dir nächste Woche Bescheid, okay? Versprochen.«

Heute haben zwei neue Frauen im Club angefangen. Die eine hat noch bis vor ein paar Tagen in einem Laufhaus angeschafft. Da hat der Chef sie entdeckt und direkt angeworben. Ich finde ja nicht, dass die hier reinpasst. Mit ihren gebleichten, strohigen Haaren und den fiesen Plastik-Fingernägeln sieht die ziemlich billo aus. Aber der Chef meint, die wird super laufen, weil sie so ein Baby-Face hat. Die sieht aus wie vierzehn, dünn, mit ganz schmalen Hüften und kleinen Brüsten. Auf solche Teenie-Typen stehen manche Freier wie die Transe auf die Stöckelschuhe. Gerade die älteren, die so um die sechzig sind. »Sie erinnert mich an meine Tochter«, hat neulich so ein Pädo-Freier geseufzt. Aber illegal machen wir nichts, das ist viel zu heikel, die Mädels bei uns müssen mindestens achtzehn Jahre alt sein. Der Chef schwört, dass er den Ausweis der Neuen gecheckt hat, und dass die sogar schon neunzehn sei.

Die andere ist so eine Libanesin, die sich Mariam nennt und nicht verraten will, wo sie vorher gearbeitet hat. Aber sie hat schon vor uns allen angegeben, dass sie zwei Kunden am Start hätte, so viel Kohle, das habt ihr noch nie erlebt, und Trinkgeld, da träumst du von! Polen-Tanja war richtig beeindruckt. Aber mich hat das Geschwaller eher misstrauisch gemacht. Der Chef hat mir eingeschärft, dass ich die beiden Neuen nur mit unseren Althuren arbeiten lassen soll. Also wird Polen-Tanja sich heute um die Libanesin kümmern, und Butzi soll das Teenie-Mädchen unter ihre Fittiche nehmen.

Sabine hat keine Zeit. Die hat einen Stammfreier da, so einen Promi-Koch aus München, der mich jedes Mal anruft, bevor er kommt. Er will meistens zu Sabine. Er ist ein Fuß-Fetischist und bringt ihr jedes Mal Pumps mit. Nicht irgendwelche, sondern Louboutins. Megahohe, wunderschöne High Heels mit dieser typischen roten Sohle. Die kosten locker fünfhundert Euro, und Sabine hat schon drei Paar davon bekommen. Jedes Mal bringt ihr der Gast neue mit. Die Kohle kratzt den gar nicht. Der ist einfach glücklich, dass wir genau wissen, was ihn antörnt.

Sabine und der Koch liegen auf dem Bett, als ich zum Verlängern komme. Sabine trägt heute ein Korsett aus dunkelroter Seide. Zwischen den Brüsten verlaufen dünne Samtbändchen, die dermaßen unter Spannung stehen, dass es aussieht, als würden sie gleich zerreißen und die Brüste herauspurzeln. Der Slip dazu ist eine kunstvolle, total umständliche Konstruktion aus Seidenbändern, die bis hoch zur Taille geschnürt sind. Zwischen Sabines

Pobacken verläuft nur ein dünnes Fädchen zu dem rotseidenen Dreieck, unter dem sich ihre Muschi wölbt, als hätte sie sich eine pralle dunkle Kirsche zwischen die Beine gelegt.

Sabine rekelt sich auf den Laken. Sie sieht total verführerisch aus. Aber der Koch interessiert sich weder für ihre Brüste noch für die raffinierte Slip-Konstruktion. Er streichelt andächtig Sabines Wade. Dann umfasst er mit beiden Händen ihre Fessel, lässt seine rechte Hand noch tiefer gleiten, bis er die Hacke ihres Schuhs im Griff hat, und streift Sabine im Zeitlupentempo das schwarze Lackleder ab. Er wirkt so vertieft, dass ich mir zuerst gar nicht sicher bin, ob er mich überhaupt wahrnimmt.

»Mach uns mal den Moët auf, Schätzchen«, befiehlt er, ohne den Blick von Sabine abzuwenden.

Aha, also doch. Ich nehme die Flasche aus dem Kühler, er reicht mir den Schuh, und ich gieße ein, dass es nur so sprudelt im schwarzen Lackleder. Es schäumt über, und er hält der Sabine die Louboutin-Ferse an den Mund. Sie schluckt und stöhnt dabei, als wäre es das Geilste, was sie je in ihrem Leben getan hat. Der Promi-Koch leckt Champagnertropfen von Sabine und dem Schuh ab und stöhnt mit ihr um die Wette. Dann schenkt er nach, und kaum hat er die Flasche beiseitegestellt, schlürft Sabine mit offenem Mund den Schampus aus dem Schuh. Sie will die Louboutins nach der Nummer verhökern, deswegen achtet sie darauf, dass die Schuhe nicht vollständig durchnässt werden, denn dann ist das teure Leder hinüber, und sie kriegt höchstens noch fünfzig Euro dafür.

Der Koch verlängert für drei Stunden. Ich gehe.

Butzi ist mit dem Teenie-Mädchen und einem Familienvater-Typen, der geschäftlich hier in der Stadt ist, auf Zimmer im zweiten Stock. Libanon-Mariam und Polen-Tanja sind hier auf der

Etage. Ich gehe zu ihrer Tür. Mal lauschen, ob alles okay ist. Die beiden Gäste, die Mariam so groß angekündigt hatte, sind mir nicht geheuer. Das sind zwei Araber, die teure Klamotten und noch teurere Uhren tragen, aber geredet haben die wie die letzten Vollprolls. »Ey, Alter, lass ficken gehen, du Fotze, ich ficke deine tote Mutter, wenn du mir keinen Rabatt gibst, du Schlampe.« Ich habe denen natürlich keinen Rabatt gegeben, sondern ihnen erklärt, dass sie so mit mir nicht reden können.

»Wenn ihr euch nicht benehmen könnt, dann bitte – da ist die Tür.«

Da haben die sich totgelacht, Spaß. Immerhin haben sie sich dann einigermaßen vernünftig benommen und ein fettes Trinkgeld gegeben. Als sie mit den Mädels hochgegangen sind, meinte Wolfi, das wären mit Sicherheit Clan-Leute. Schon allein das Auto wäre total verdächtig. So ein weißer AMG-Mercedes. Tiefer gelegt, und ein Auspuff – da könnte ein Schäferhund drin übernachten, meinte Wolfi. Der übertreibt manchmal schamlos.

Während ich noch vor der Tür von Zimmer 309 rumlungere, brummt mein Handy. Wolfi ist dran.

»Äh, ja, hallo, kannst du mal runterkommen?«

»Was ist denn los? Kommst du nicht mal fünf Minuten ohne mich klar?«

»Äh, also … es ist wichtig … weil … äh … komm halt runter.« Dann legt er einfach auf. Wenn Wolfi so drauf ist, gibt's ein Problem. Vielleicht macht gerade ein Gast Stress. Ich verschiebe den Lauschangriff und laufe runter. Als ich schon fast in der Bar angekommen bin, rennen auf einmal Butzi und das Teenie-Mädchen hinter mir vorbei. Nackt. Mitten durchs Treppenhaus. Butzi hat nur ihr Handy in der Hand und das Mädchen irgendwelche Klamotten. Dann sind sie weg, die Treppen runter Richtung Keller.

Das sieht nach Flucht aus. Wovor die wohl abhauen? Sollte ich hinterhersprinten? Aber da kommt schon Wolfi mit zwei Typen ins Treppenhaus. Die Männer eilen mit schnellen Schritten auf mich zu. Ich will ausweichen, aber der eine stellt sich blitzschnell hinter mich, sodass ich nicht weitergehen kann. Jetzt ist mir wirklich mulmig.

»Was gibt's?«

»Die Herren sind von der Polizei.« Wolfi wischt sich einen Schweißtropfen ab, der ihm die Schläfe hinunterläuft.

Der jüngere der beiden Männer, der eine schwarze Jeansjacke und eine echt peinliche Bauchtasche trägt, hält mir seinen Ausweis vor die Nase. Ich schaue mir das Ding ganz genau an, obwohl ich keine Ahnung habe, wie ein Polizei-Ausweis aussehen müsste.

»Wo können wir uns unterhalten?« Er nagelt mich mit seinem Blick fest. Ich habe solches Herzklopfen, mein Blut rauscht in den Ohren, keine Ahnung, was ich machen soll. Andi ist nicht da, der ist ja fast nie da, wenn man ihn braucht.

»Äh … ich muss erst mal den Chef anrufen«, antworte ich.

»Das denke ich nicht.« Der Ältere wackelt oberlehrerhaft mit dem Zeigefinger. Er dreht sich zu dem Jüngeren um und zeigt zum Tresen, wo das Kartenlesegerät steht. Der Jüngere nickt, geht zur Bar und flüstert mit drei weiteren Männern, die betont unauffällig herumlungern. Ganz klar: Zivilbullen. Na toll, das ist jetzt wohl meine erste Razzia.

Der Ältere legt mir seine Pranke auf die Schulter und schiebt mich in die Küche. Er kommt mir dabei so nahe, dass mir fast schlecht wird von dem Geruch, den er ausdünstet. So eine Mischung aus kaltem Zigarettenrauch, fettigen Haaren und Dönerbude.

»Hinsetzen.« Er fängt an, mich auszufragen. Wo ich herkomme. Wie ich heiße. Ob er meinen Ausweis sehen könnte, aber den habe ich nie dabei, wenn ich arbeite, könnte ja in falsche Hände gelangen. Er lässt sich meine Daten geben, Name, Adresse, Geburtsort, und zückt das Handy.

»Ja, hallo, ich habe hier eine verdächtige Person, bitte mal Folgendes überprüfen: Jasmina Amin …« Er gibt meine Daten durch und legt auf.

Jetzt bin ich also eine verdächtige Person. Obwohl ich ein 24-Stunden-Deo benutze, bilden sich unter meinen Achseln riesige feuchte Flecken. Nach ein paar Minuten vibriert das Bullenhandy.

»Aha, ah ja.« Der Polizist schaut mich schräg an, als wüsste er etwas, was er mir nicht sagen möchte. »Sie kommen morgen mit Ihren Papieren auf die Wache.« Er notiert etwas in ein kleines Büchlein und schiebt mir eine Visitenkarte über den Tisch.

Dann geht es weiter mit der Fragerei. Wo mein Handy wäre.

»Äh, ich habe gar kein Handy.«

Der Polizist seufzt und schüttelt den Kopf, als wollte er mir damit sagen, dass das wohl die dümmste Ausrede ist, die ihm jemals untergekommen sei. »Das wollen wir doch mal sehen. Aufstehen!«

Nun kriege ich auch noch kalt-schwitzige Hände. Die Panik pulsiert durch meinen ganzen Körper. Ich würde am liebsten losrennen. Ruhig, Jasmina, wenn du jetzt durchdrehst, wird es nur schlimmer. Also stehe ich langsam auf.

Der Bulle lächelt zufrieden, schiebt sich hinter mich und beginnt, meinen Körper abzutasten. Zuerst hinten. Er lässt seine Hände über meine Schulterblätter und den BH-Verschluss gleiten. Er fühlt an meiner Taille, meinem Hintern, an den Schenkeln, innen und außen. Ich könnte schwören, der genießt das. Extra langsam wandert seine eine Hand zu meinen Waden, streicht über meine Fußknöchel, und die andere Hand fühlt unter seiner Jacke. Vielleicht hat der da seine Pistole. Er steht ächzend auf und streicht von vorne über meine Beine. Von unten nach oben. Darf der das überhaupt, müsste das nicht eigentlich eine weibliche Beamtin machen? Aber vielleicht verwechsle ich das auch mit dem Abtasten am Flughafen. Im Studium kam so was irgendwie nicht vor. Oder ich habe es nicht mitbekommen. Und zu fragen traue ich mich eh nicht.

In meinem Hosenbund ertastet der Polizist das Handy. Zum Glück habe ich es heute nicht in den BH gesteckt.

»Na bitte.« Er schaltet es aus und legt es auf den Tisch. »Wir wollen Sie doch nicht in Versuchung führen, die anderen Damen zu warnen, nicht wahr?«

Was für ein Arsch. Ich tue teilnahmslos, das habe ich ja in den letzten Monaten perfektioniert.

Dann geht das Verhör weiter. Welche Gäste heute da wären, und ob ich die Namen kenne. Ob die öfter kämen. Wie viele Frauen heute arbeiten. Wie viele Frauen normalerweise hier arbeiten. Ob Illegale oder Minderjährige hier arbeiten. Ich denke an das Teenie-Mädchen, aber die ist ja abgehauen, zum Glück; wer weiß, ob die wirklich neunzehn ist oder ob die ihren Ausweis gefälscht hat.

Der Bulle fragt, wie oft ich hier bin. Was ich verdiene. Was mir heute aufgefallen wäre. Ich mache ein bisschen auf hohl und antworte total einsilbig. Und dann fragt der nach den Arabern. Wenn ich Angst habe, kann ich echt nicht gut lügen. Also erzähle ich ihm, dass die oben sind. Alle beide. In der 309. Ich soll ihn da hinbringen, sagt er, und ruft seinen Kollegen dazu. Als mich die Bullen durch den Flur führen, kriege ich Panik. Und zum ersten Mal seit der Russen-Geschichte wieder den stechenden Schmerz im

Nacken, so weit reicht die Ayahuasca-Entspannung dann nicht mehr. Was, wenn die Clan-Araber mich sehen? Die wissen doch sofort, dass ich die Bullen zu ihnen gebracht habe. Wenn die verhaftet werden, steht hinterher in der Akte mein echter Name als Zeugin. Und ich bin am Arsch.

Als wir im dritten Stock angekommen sind, fragt der ältere Polizist mich leise, wer in der 307 sei.

»Niemand«, flüstere ich wahrheitsgemäß. Die Sabine ist mit ihrem Koch in der 305. Kaum habe ich das erklärt, schiebt mich der Bulle in Zimmer 307, warnt mich, ich solle mich nicht vom Fleck rühren, und schließt hinter mir die Tür ab. Ich hoffe inständig, dass Butzi Sabine gewarnt hat und die wiederum so schlau war, das Koks in der Toilette runterzuspülen. Die hat ja öfter mal Kokain dabei, vor allem, wenn sie einen guten Freier hat, den sie wachhalten muss. Der Chef sagt immer, dass die Drogen bei einer Razzia die größte Gefahr seien. Falls eine der dämlichen Huren was dabei habe, solle sie das sofort spurlos verschwinden lassen, sonst…! Aber die Mädels meinen, dass der Chef spinnt; das ganze schöne Geld ins Klo werfen. Deswegen würden sie es lieber in die Sofaritzen stopfen.

In der 305 ist es ruhig, und ich frage mich, ob Sabine schon was spitzgekriegt hat. Aber aus der 309 kommt plötzlich Gekreische und Gepolter. Dann höre ich ein Durcheinander von Männerstimmen, erst nebenan, dann auf dem Flur. Ich habe tierische Angst, dass die Araber rumballern. Wer weiß, ob die Waffen dabeihaben, also lege ich mich ganz nah vor dem Fenster auf den Boden. Mein Herz klopft im ganzen Körper, der Schmerz im Nacken kriecht die Wirbelsäule hinab. Ich atme viel zu schnell. Ruhig, Jasmina, ruhig. Hoffentlich schießt auch keiner von den Bullen. Wenn die Araber Messer ziehen! Ganz kurz kommen mir meine

Eltern in den Sinn, oh bitte, auch wenn mein Vater ein Arsch sein kann, möchte ich ihn wiedersehen. Und ich muss ausgerechnet an die Anti-Terror-Übung damals an der Uni in Lissabon denken: weg von der Tür, nicht aus dem Fenster schauen, hinlegen, ganz ruhig bleiben.

Ich horche konzentriert. Es ballert aber niemand. Die Stimmen werden leiser, und Schritte von mehreren Leuten entfernen sich. Wahrscheinlich nehmen die auch die Mädels mit. Um diese Mariam tut es mir nicht leid, und Polen-Tanja wird sich schon rausreden. Ich höre noch, wie die Tür von der 305 aufgerissen wird und irgendwer ruft: »Polizei!«

Aber niemand antwortet. Na klar, Butzi wird Sabine gewarnt haben, und die ist mit ihrem Kunden rechtzeitig abgehauen. Ich muss grinsen. Wenigstens die haben es geschafft. Nur ich arme Sau bin hier im Zimmer eingesperrt. Wann holen die mich wohl hier raus? Oder haben die Bullen mich am Ende vergessen?

IRGENDWANN IST VIELLEICHT JETZT

Es hat sechs endlos lange Stunden gedauert, bis die Tür aufging. Der Chef. Endlich.

»Was ist hier eigentlich los? Und wo sind die verdammten Nutten?«

»Razzia«, habe ich geantwortet. »Aber du könntest ruhig auch mal fragen, wie es mir geht. Ich bin hier seit Stunden eingesperrt!«

Den Chef hat aber nur interessiert, dass die Bullen den Kartenleser mitgenommen haben. Er hat wie wahnsinnig darüber geflucht, dass alle Buchungen vom Abend futsch sind, die über ausländische Kreditkarten gelaufen sind. Keine Ahnung, warum das so ist, aber ich bin mindestens genauso genervt wie er: tausendfünfhundert Euro Trinkgeld einfach weg. Aber das ist nicht das Schlimmste. Dieses Ausgeliefertsein beim Verhör hat echt an meiner Psyche gekratzt. Deswegen habe ich dem Chef direkt an Ort und Stelle gesagt, dass er das mit dem Laden am Bodensee vergessen kann. Er meinte, ich solle mich nicht so anstellen, die Bullen seien doch nur hinter den Arabern her gewesen. Aber ich war mir auf einmal total sicher, dass ich kein Bordell führen möchte, und das hat er am Ende auch geschluckt. Allein die Vorstellung, dass ich bei einer Razzia diejenige wäre, die für die ganze Scheiße verantwortlich wäre, hat mich fertiggemacht. Die wütenden Huren, die ihre Kohle haben wollen. Und dass man dann bei den Bullen in den Akten steht. Das finde ich am schlimmsten. Ich bin doch keine Verbrecherin. Selbst wenn du alles legal machst, die schauen dich an wie Abschaum – und behandeln dich auch so.

Dann bin ich nach Hause, habe schnell geduscht, mich ordentlich angezogen mit Perlohrringen, Rollkragenpulli und Bügelfaltenhose, einen Kaffee getrunken und meinen Ausweis eingesteckt, um das mit der Polizeiwache hinter mich zu bringen. Ich hatte Fabienne kurz vom Computer angeskypt, weil ich schon bei dem Gedanken, da alleine hinzugehen, die Krise gekriegt habe.

»Du musst mir helfen, ich muss zur Polizei. Die haben mein Handy. Und ich muss mich ausweisen.«

»Was ist denn passiert?« Fabienne klang richtig alarmiert.

»Bei uns war gestern Razzia, und die haben mein Handy einkassiert, und ich hatte keinen Ausweis, und dann haben die zwei so Araber verhaftet und zwei von den Mädels mitgenommen.« Ich habe vor lauter Aufregung so rumgestammelt, Fabienne hat ewig gebraucht, um alles zu kapieren. Sie meinte, ich bräuchte eigentlich einen Strafverteidiger, falls die Anklage erheben würden. Oh man, ich wäre am liebsten direkt ins Flugzeug gestiegen, um ein paar Tausend Kilometer zwischen mich und den ganzen Schlamassel zu bringen. Fabienne hat am Ende versprochen, dass sie mitkommt, aber nur unter der Bedingung, dass wir sofort einen Strafverteidiger anrufen würden, wenn es zu einer Anklage käme, genug Adressen hätte sie. Ich war ihr total dankbar, vor allem, weil sie ja wirklich Grund gehabt hätte, sauer auf mich zu sein, nachdem ich sie neulich so angezickt hatte. Eigentlich wollte sie mir ja nur freundschaftliche Ratschläge geben.

Auf der Wache haben wir erst mal eine Stunde gewartet. Ein gelangweilter Beamter hat sich meinen Ausweis angeschaut, irgendwas in seinen Computer eingetippt und mich dann auf einmal ganz neugierig gemustert. Der hat sich bestimmt überlegt, ob ich eine Prostituierte bin. Dann hat er uns wieder warten lassen, bestimmt eine halbe Stunde, bis er endlich mein Handy rausgerückt hat.

Als ich mit Fabienne draußen auf der Straße war, habe ich das Handy eingeschaltet. Und dann kamen die ganzen Nachrichten. Siebenundvierzig WhatsApps von Alain, zwei Mailbox-Nachrichten und fünfzehn verpasste Anrufe. Als ich das gesehen habe, bin ich vor lauter schlechtem Gewissen fast in die Knie gegangen. Da war kein einziger Vorwurf dabei. Torben hätte schon längst wütende Hassnachrichten geschrieben, dass ich so unzuverlässig bin. Aber Alains Nachrichten waren alle liebevoll. Alle! Aus jeder einzigen sprach echte Sorge, was ich total verstehen konnte, weil wir ja vorher nonstop getextet haben. Und ich habe mich sofort an das beschissene Gefühl erinnert, als Torben in Thailand nicht erreichbar war. Alain hat am Ende nur noch Fragezeichen und Herzchen-Emojis geschickt, und ich hätte ihn am liebsten sofort angerufen, aber ich musste mir erstmal darüber klar werden, was ich ihm erzähle.

Fabienne hat mich ganz mitleidig von der Seite angeschaut. »Auf die Dauer macht dich dieses Leben kaputt. Du brauchst eine Alternative.«

Zum ersten Mal hatte ich das Gefühl, dass sie total recht hat.

Butzi hatte mir auch eine Nachricht draufgesprochen. Sie und das Teenie-Mädchen konnten sich durch den Heizungskeller, der mit dem Nachbarhaus verbunden ist, rausschleichen. Fünfzig Meter weiter haben sie sich in das Taxi von einem unserer Stammfahrer geflüchtet. Da haben sie fünf Stunden halb nackt gehockt, weil ja ihr ganzes Zeug inklusive Hausschlüssel noch im Spind lag. Als die Bullen abgezogen sind, haben sie sich in den Club geschlichen und ihre Sachen geholt. Dass ich noch oben eingesperrt war, wussten sie nicht. Nachdem sie dem Chef Bescheid gegeben haben, hat der dann das ganze Haus kontrolliert – und mich gefunden.

Sabine und der Promi-Koch waren den Bullen am Hinterausgang in die Arme gelaufen, der Koch hat ein Riesentheater gemacht, weil seine Personalien aufgenommen wurden.

»Wenn das in die Presse kommt, dann kann ich einpacken, dann ist es aus«, hat er gejammert.

»Wenn Sie wüssten, was wir schon gesehen haben – und kaum etwas ist in der Zeitung gelandet«, hat ihn einer der Polizisten beruhigt.

Sabine kannten die schon, die wurde noch nicht mal nach ihrem Ausweis gefragt. Dann durften beide gehen. Der Koch hat Sabine in seinen Mantel gewickelt und mit in sein Hotel genommen, bis Butzi geschrieben hat, dass die Luft rein sei.

Ich habe den Mädels von unterwegs geschrieben, dass ich bei den Bullen war, aber dass jetzt alles okay wäre.

Alain habe ich erst später eine Nachricht geschickt.

»Hatte mein Handy in einem Laden liegengelassen, tut mir total leid, bitte mach dir keine Sorgen!«

Er hat sofort angerufen, obwohl er eigentlich mitten in einer Sitzung war, und mir gesagt, wie erleichtert er sei, dass nichts Schlimmes passiert wäre. Ob denn sonst alles okay wäre? Er hätte so deutlich wie nie zuvor gespürt, wie viel ich ihm bedeute. »Ich liebe dich, Julia!«

Zum ersten Mal hat er das gesagt. Da ist mir innendrin ganz warm geworden. Herzchenaugen.

Aber nur Sekunden später hat mein skeptisches Hirn Alarmmeldungen rausgeschickt. Jasmina, sei vorsichtig! Meint der das ernst? Du bist schon zu oft auf Typen reingefallen, die dir das Blaue vom Himmel runter versprochen haben, aber am Ende nie für dich da waren!

»Alain, ich weiß nicht, wir haben uns doch überhaupt nur zwei Tage nüchtern gesehen. Und wir haben nicht mal miteinander geschlafen.«

»Findest du nicht, dass man damit ein bisschen warten kann?« Er klang ganz erstaunt, vielleicht sogar ein bisschen verletzt. »Es war doch bisher alles wunderschön, oder nicht? Und ich habe Zeit.«

Da habe ich mich geschämt. Endlich ist mal ein Mann so einfühlsam und legt es nicht auf schnellen Sex an, und dann komme ich und mosere rum, nur, weil ich so viele schlechte Erfahrungen gemacht habe.

»Es ist total schön mir dir, Alain. Aber manchmal weiß ich einfach nicht, wie das funktionieren soll, du bist so weit weg.«

»Dann komm nach Paris! Ich buche dir ein schönes Hotel. Mit Fitnessstudio!«

Ich war ganz gerührt, weil er daran gedacht hat, dass ich mein regelmäßiges Workout brauche. Aber irgendwas bremst mich die ganze Zeit. Als wäre da eine unsichtbare Schranke, die mich davon abhält, mich wirklich auf ihn einzulassen. Wenn ich ihn jetzt in Paris besuche, wie geht das dann weiter? Wenn ich so richtig fest mit ihm zusammenkomme, muss ich dann den Job im Nachtleben an den Nagel hängen? Will ich das? Die finanzielle Selbstständigkeit habe ich echt zu schätzen gelernt. Es ist einfach eine Riesenerleichterung, dass ich nicht mehr auf die Almosen meines Vaters angewiesen bin, die immer mit endlosen Moralpredigten verbunden waren. Und ich liebe es, mir Dinge leisten zu können. Meine eigenen Louboutins oder Handtaschen, von denen ich früher nur geträumt habe, oder eine spontane Reise ins Wellness-Hotel, nicht dieses ewige Nachrechnen und ab Monatsmitte nur noch Nudeln mit Butter. Andererseits habe ich mittlerweile so viel gespart, dass ich ungefähr ein halbes Jahr gut damit auskommen würde. Vielleicht sogar acht Monate. Und dann könnte ich mir in Ruhe überlegen, was ich wirklich machen will, also beruflich.

»Ich schaue mal, ob ich freibekomme. Ich würde dich ja auch gern sehen. Aber du weißt ja, in der Adventszeit ist im Laden immer besonders viel los.«

Das stimmt immerhin zum Teil, auch wenn Alain natürlich denkt, der »Laden« sei ein Schuhgeschäft, in Wirklichkeit ist er halt ein Bordell. Und in dem ist jetzt vor Weihnachten echt viel los, und die Umsätze sind super. An einem Wochenende mache ich locker acht- bis zehntausend Euro.

»Du bist mir wichtig, Julia. Ich warte auf dich.« Alains Versprechen hat mich wieder total geflasht, das hat noch keiner zu mir gesagt. Und ich überlege tatsächlich, ob ich nach Weihnachten eine Auszeit in Paris nehme. Nur nicht gerade jetzt, wo so viel los ist.

Ich bin heute seit sieben Uhr abends im Club. Mein Wall-Street-Mann ist da, der ist gleich mit drei Mädels auf Zimmer gegangen und hat die komplette Nacht gebucht. Der Rocker ist hier, aber ohne seine Freunde, und hat mir ganz traurig gebeichtet, dass er sich mal wieder geritzt hat. Jetzt kümmern sich zwei Rumäninnen um ihn.

Seit Mitternacht ist ein Engländer da, ein Hedgefonds-Manager, der angeblich geschäftlich hier zu tun hat, vollgekokst wie ein kolumbianischer Drogenhändler. Der hat drei Stunden an der Bar gesessen und Sabine und mich vollgequatscht. Bei den Koksern ist ja das Gute, dass man ihnen nur Stichpunkte hinwerfen muss, und die labern und labern. Seinen Champagner hat er mit einer Platin-Amex bezahlt, und eine schwarze Kreditkarte hat er außerdem einstecken. Das macht Hoffnung, die haben normalerweise ein Limit von mindestens zwanzigtausend Euro.

Jetzt ist er mit Evelyn und Sabine hochgegangen. Evelyn hat mich vorgewarnt, dass sie maximal bis sechs Uhr früh bleiben kann, weil sie ihre Babysitterin ablösen muss. Evelyn hat einen vierjährigen Sohn. Das hat sie mir erst vor ein paar Wochen erzählt, das wusste nicht mal der Chef. Gerade hat sie Stress mit dem Jugendamt, weil die meinen, dass sie wegen ihrer Arbeitszeiten nicht in der Lage wäre, ein Kind zu erziehen

Aber das mit den Zeiten ist total vorgeschoben. Bei einer Krankenschwester, die Nachtschicht hat, fragt ja auch keiner. Die Mutter von ihrem Ex will das Kind für sich, die hat Evelyn beim Jugendamt angezeigt. Gleich mit Anwalt. Dann kam so eine übereifrige Trulla zur Kontrolle. Hat mit spitzen Fingern jedes Kuscheltier von dem Kleinen umgedreht und Evelyn ausgefragt, ob sie Freier in der Wohnung empfangen würde. Keine einzige Frage zu den Arbeitszeiten. Nur so ein Scheiß, dass ihr Arbeitsumfeld das Kindeswohl gefährdet. Und man sich beim Amt Gedanken darüber machen würde, ob eine so unmoralische Person überhaupt in der Lage wäre, das Kind zu erziehen. Man würde sie jetzt regelmäßig kontrollieren, und zwar unangemeldet. Und wie sie als Alleinerziehende ohne Ausbildung genug Geld für das Kind und sich verdienen soll, erzählen sie ihr aber auch nicht. Deswegen macht sie momentan nie länger als bis sechs, und dann bringt sie den Jungen immer erst in den Kindergarten oder zu ihrer Mutter, bevor sie sich hinlegt. Und abends kommt sie erst, wenn er im Bett ist, und sie ihm eine Gute-Nacht-Geschichte vorgelesen hat.

Ob Alain wohl Kinder möchte? Bei dem Gedanken bekomme ich schon wieder Herzklopfen. Seit unserem letzten Telefonat denke ich dauernd an Alain, es ist echt verrückt, aber irgendwie auch richtig schön.

Um fünf gehe ich hoch, um bei dem Engländer zu verlängern.

»Da ist meine Mama!« Er krabbelt auf mich zu. Er ist nackt. Bis auf ein Handtuch, das er um die Hüften trägt. Er kniet sich vor mich hin und macht Babygeräusche. Ich bin perplex. So einen Freier habe ich hier in der ganzen Zeit noch nicht erlebt.

»Er will ein Baby sein. Ein Mädchen«, flüstert mir Evelyn zu.

Hilfe!

»Du bist meine Mutter, und ich mache nur, was du sagst!«, quäkt der Engländer.

In dem Moment kommt Wolfi zur Tür rein, mit einem Champagnerkühler und einer Magnum-Flasche. Der Engländer greift sich die Flasche, trinkt einen Schluck aus der Pulle und zieht sich direkt danach eine Line.

»Du darfst keine Drogen nehmen! Du bist ja ein Baby«, sage ich streng. Evelyn und Sabine kreischen vor Lachen.

»Genau, und pass mal auf, dass der Papa nicht sauer wird, wenn du hier mit den nackten Muttis rumspielst!«, ermahnt ihn Evelyn.

Die sind schon voll in dem komischen Spiel, und Wolfi haben sie gleich zum Papa gemacht.

»Dann Papa sauer!«, lispelt der Gast in englischer Babysprache.

»Dann musst du Papa einen blasen«, fügt Sabine hinzu, ebenfalls auf Englisch. Wolfi macht ein schockiertes Gesicht. Der Gast steckt einen Dildo, der neben dem Bett liegt, in den Mund und lutscht daran, und Sabine kreischt vor Vergnügen, als sie die Panik in Wolfis Augen sieht. Wolfi ist echt so ein leichtes Opfer, da verarschen wir ihn umso lieber. Dass der mal Polizist werden wollte, ist schon schräg. Dieses ängstliche Bärchen. Hat immer Angst vor seiner Freundin, wenn sie wieder totale Eifersuchtsattacken bekommt. Die stellt sich vor, er kommt zur Arbeit und drei nackte Weiber blasen ihm einen. Haha. Wenn die wüsste.

Die alberne Stimmung der Mädels steckt mich an. So absonderlich ich das Ganze auch finde – es hat auch irgendwie etwas Faszinierendes.

»Na komm, kümmere dich um dein Baby!«, fordere ich Wolfi auf. Er weicht mit angewidertem Gesicht zurück, verfärbt sich puterrot und holt tief Luft, bevor er losschimpft wie ein Rohrspatz, natürlich auf Deutsch, Englisch ist nicht so sein Ding.

»Ihr habt sie doch nicht alle. Warum gehst du nicht schlafen, und ich mach die Verlängerung? Du kannst dir gar nicht vorstellen, wie nervig ihr seid, ihr aufgedrehten Weiber!« Dann knallt er die Tür zu.

»Daddy angry?«

»Ei, ei, Baby, alles gut.« Sabine tätschelt ihm den Kopf.

Der Freier schmeißt sich auf den Rücken, gluckst und strampelt mit den Beinen.

Um sechs bin ich das zweite Mal zum Verlängern nach oben und nehme Polen-Tanja mit. Sabine döst auf dem Sofa. Evelyn will heim, aber der Gast macht ein Riesentheater. Sie wäre seine Schwester! Und sie müsste bleiben! Außerdem wolle er Windeln, echte Windeln.

Ich verspreche ihm, dass wir mit ihm einkaufen gehen.

»Und Evelyn muss jetzt in die Schule, Baby. Du hast jetzt eine neue Schwester.« Ich gebe Polen-Tanja einen Stups, damit sie sich um ihn kümmert.

Eine Stunde später mache ich mich mit Tanja und dem Freier, der unter seiner Jacke einen BH von Sabine trägt, weil er ein Mädchen sein will – ein Babymädchen mit Brüsten halt, auf den Weg zur Drogerie. Die am Bahnhof macht schon um sieben auf, und ich gehe lieber mit, weil ich nicht sicher bin, wie besoffen Tanja in dieser Nacht ist und ob sie überhaupt den Weg finden würde. Mit komischen Nachtvögeln im Schlepptau durch die Tagwelt zu ziehen, macht mir auch überhaupt nichts mehr aus. Mein normales Leben findet sowieso in einem ganz anderen Stadtteil statt. Der Weg ist zwar echt weit, aber ich denke gar nicht daran, in die Nähe des Clubs zu ziehen. Ich bin nämlich saufroh, dass meine private Welt mehr als zehn Haltestellen vom Bordell entfernt ist. Und ganz davon abgesehen würden mich die meisten Leute so aufgestylt gar nicht erkennen. Lippenstift und High Heels können eine Supertarnung sein.

Jetzt stehen wir vor dem Regal mit Baby-Bedarf, und ich frage mich, was für einen Reim sich die Verkäuferin, die kniend Milchpulver einsortiert, auf uns macht. Der Engländer studiert andächtig das Schnuller-Angebot und vergleicht ein zartgelbes mit einem rosa Modell. Ich halte ihm ein rosa Lätzchen unter die Nase. Er legt es sofort in unseren Einkaufskorb und gluckst entzückt. Polen-Tanja erkundigt sich, ob es eigentlich auch Windeln für Erwachsene gebe.

Die Verkäuferin guckt pikiert und schüttelt den Kopf. »Haben wir leider nicht, nur die Windeln für Babys.«

Der Baby-Freier ist zu der Kosmetik-Wand weitergezogen.

»Was suchst du denn hier? Du bist doch ein Baby«, wundere ich mich.

»I want to be a baby girl«, antwortet der Engländer mit sehnsüchtiger Stimme und legt einen Lippenstift, ein Paar künstliche Wimpern und French Nails zum Aufkleben in das Einkaufskörbchen. Dann versinkt er im Studium der Lidschattenpaletten. Tanja kommt von der anderen Seite und legt eine Babyflasche und Milchpulver in den Korb.

»Er möchte Muttermilch trinken. Der war sicher, dass du gerade Mutter geworden bist und noch Milch hast.«

»Ich? Wie kommt der denn darauf?« Die Nummer wird langsam echt schräg.

Tanja zuckt die Schultern und reibt sich mit vielsagendem Blick die Nase.

Mein Handy brummt. Alain.

»Ich bin gerade aufgewacht und denke an dich. Hast du etwas Schönes geträumt?«

Ich schaue den Engländer an, der gerade Rouge ausprobiert, und Polen-Tanja in ihrem Lackleder-Mini. Wenn das hier ein Traum ist, dann ein sehr merkwürdiger, von dem ich Alain auf keinen Fall erzählen kann.

»Guten Morgen, wie lieb von dir. Ich bin wach und träume von dir«, tippe ich schnell und lege dann das rosa Lätzchen, die Milchflasche, die Wimpern, die Fingernägel, den Lippenstift, Babypuder, Feuchttücher und eine Packung von den größten Babywindeln, die wir finden konnten, auf das Band. Die Verkäuferin, die eben noch am Regal eingeräumt hat, zieht die Waren mit versteinertem Gesicht über den Scanner.

Als wir mit dem Baby-Gast wieder bei Sabine auf Zimmer sind, pellt Tanja die French Nails aus der Verpackung. In dem Moment kommt Wolfi mit einem Stapel frischer Handtücher zur Tür rein und läuft sofort wieder knallrot an.

»Geht's eigentlich noch? Du kannst dir doch nicht die Nägel machen, wenn ein Gast da ist!« Der regt sich total oft darüber auf, dass die »Weiber« so faul seien und ja überhaupt nicht arbeiten würden. So ein Idiot, dabei ist der selber total faul und obendrein feige. Dass er jetzt denkt, Tanja würde ihre Maniküre machen, finden die Mädels und ich so komisch, dass wir in hysterisches Gelächter ausbrechen. Jetzt glotzt Wolfi richtig verwirrt aus der Wäsche.

»Die Nägel sind für den Gast, der will ein Mädchen sein. Kannst bestimmt auch welche bekommen.« Ich schiebe Wolfi zur Tür. Er verschwindet kopfschüttelnd.

Als ich mich umdrehe, liegt der nackte Engländer rücklings auf dem Teppich und strampelt. »Baby muss Pipi!«

Polen-Tanja wirft ihm geistesgegenwärtig ein Handtuch über den Schwanz. Der Freier quakt. Sabine reicht Tanja eine Windel, Tanja zieht mit spitzen Fingern das vollgepisste Handtuch weg, schmeißt es in die Ecke, greift sich eine Packung Feuchttücher, nimmt einen richtig dicken Stapel, wischt sehr gründlich seine Eier, seinen Penis und den halben Bauch ab, schüttet Unmengen von Babypuder auf die feuchten Stellen und legt ihm dann die viel zu kleine Windel zwischen die Beine. Das Klebebändchen an der Seite baumelt weit entfernt vom Vorderteil der Windel, weil der Baby-Freier eben eine normale, eher sogar etwas speckige Männerhüfte hat.

»Hier, nimm das.« Sabine wirft ihr den Gürtel eines Bademantels zu. Damit schnürt Tanja die Windel fest. Zufrieden betrachtet sie ihr Werk.

»So! Und jetzt kriegst du dein Fläschchen.« Sie nimmt Sabine, die bereits das Milchpulver mit heißem Leitungswasser aufgeschüttelt hat, das Fläschchen aus der Hand, stopft dem Engländer den Nuckel in den Mund, und der beginnt vor Lust schmatzend zu trinken.

Sabine gähnt herzhaft und verkündet, dass sie auch mal eben was essen müsste. »Das Baby muss doch sowieso gleich sein

Nickerchen halten. Und wenn was ist, rufst du halt Papa.« Seitenblick auf Tanja.

Die wirft ihr einen giftigen Blick zu, aber weil Sabine sich schon gut acht Stunden mit diesem englischen Kleinkind rumgeschlagen hat, finde ich es total in Ordnung, wenn sie eine halbe Stunde mit in die Küche kommt, und wir lassen Polen-Tanja und das englische Baby allein.

»So krass, dieser Typ«, stöhnt Sabine, als wir zusammen vor einem Bananen-Orange-Spinat-Smoothie sitzen. »Der wollte, dass ich auch eine Windel anziehe. Und dass wir ihm Tampons in den Hintern schieben.«

»Wieso das denn?«

»Der meinte, das wäre seine Vagina, und er wäre ja ein Mädchen. Der will ein Mädchen *und* ein Baby sein, beides auf einmal. Ganz ehrlich, der soll in ein Adult Baby Studio gehen!« Sie schüttelt angewidert den Kopf.

»Gibt's das?«, frage ich erstaunt.

»Ja, hab ich gegoogelt. Weil ich zwischendrin dachte, jetzt halte ich den nicht mehr aus!«

Was für eine anstrengende Nummer. Die meisten Perversen sind mir eigentlich egal. Sollen sie ihre Gelüste ausleben. Betrifft mich ja nicht. Aber der Engländer hat an der Bar vorhin erzählt, dass er selbst Vater ist. Eine kleine Tochter. Die ist erst zwei. Wer weiß, was der mit ihr anstellt, wenn er Babys so erregend findet. Ich kriege einfach die Bilder nicht aus dem Kopf. Und dann dieser Geruch nach Pisse! Der sitzt in meiner Nase fest.

»Wie lange schafft man das eigentlich?«

»Was meinst du?«

»Na ja, diesen Job mit den ganzen Verrückten.«

»Willst du aussteigen?« Sabine kennt mich wirklich gut.

»Weiß nicht. Gerade finde ich es echt heftig. Und das mit Alain ist auch schwierig. Aber ich weiß nicht, womit ich sonst mein Geld verdienen soll. Ich kann das halt auch echt richtig gut. Und vieles macht mir auch Spaß, so mit euch.«

Sabine nickt nachdenklich, rührt in ihrem Smoothie und sieht mich dann ganz ernst an.

»Julia, ganz ehrlich: Du hast doch so viele Möglichkeiten, was anderes zu machen. Irgendwann ist eh Schluss hier. Ein Leben lang kann man das nicht machen. Oder siehst du hier im Club irgendwen über vierzig?«

»Aber du bist doch auch schon so lange dabei!«

»Und was glaubst du, warum? Ich habe nicht mal einen Schulabschluss, Evelyn auch nicht. Butzi hat gerade mal so die Hauptschule geschafft, Anca hat eigentlich eine Ausbildung als Krankenschwester angefangen in Ploieşti, aber das ist wohl superschwierig mit den Behörden, sich das anerkennen zu lassen. Du hast Abi, Julia! Du sprichst drei Sprachen.«

»Aber …«

»Ne, ganz im Ernst. Hör auf mit dem Aber und dem Verschieben auf morgen. Irgendwann ist vielleicht genau jetzt! Und so einen Mann wie diesen Alain findest du auch nicht an jeder Ecke, glaub es mir. Wiederkommen kannst du immer noch!« Sie klingt jetzt richtig wütend.

»Ich denke mal drüber nach …« Ich räume die Gläser ab, und Sabine geht wieder hoch zur Polen-Tanja und dem perversen Engländer.

Ich bin todmüde. Es ist gleich neun. Ich muss schlafen, wenigstens kurz, sage Wolfi Bescheid, gehe in ein leeres Zimmer und stelle mir den Wecker. Das nächste Verlängern ist in drei Stunden fällig. Das Aufwachen ist echt mühsam. Ich starre auf mein Handy und widerstehe der Versuchung, den Wecker auf »Snooze« zu stellen. Als ich den Flugmodus ausschalte, vibriert es wie wild. Nachrichten von Alain. Ich muss lächeln, obwohl ich noch keine gelesen habe. Erst mal muss ich zu den Mädels.

Sabine rollt mit den Augen, als ich ins Zimmer komme. Sie hat Wolfi geholt. Der Freier hat zwischenzeitlich panisch rumgestammelt, als er in einem lichten Moment festgestellt hat, dass er kein Baby ist, sondern ein erwachsener Mann, der in Windeln steckt und künstliche Fingernägel draufpappen hat. Aber anstatt mit den Drogen aufzuhören, hat er sich noch mehr Koks reingezogen.

»Du bist total fertig, du musst ins Hotel.« Sabine gähnt. Sie hat eindeutig keinen Bock mehr, Geld hin oder her.

»Nein, ich will meinen Brei«, quakt der Gast trotzig und bindet sich das rosa Lätzchen um.

»Baby, du bist erst ein Jahr alt, du kannst gar nicht sprechen. Außerdem musst du jetzt in dein Bettchen im Hotel«, sage ich streng. Da rastet der Engländer aus.

»Ich bringe mich um, wenn meine Mami nicht bei mir ist! Ich springe aus dem Fenster!«

Das ist der Moment. Genau jetzt müssen wir ihn loswerden. Das ganze Gekokse macht den total unberechenbar, und wer weiß, was der sonst noch genommen hat. Mit Wolfis Hilfe schaffen wir ihn ins Taxi, instruieren den Fahrer und bezahlen fürstlich im Voraus, damit der gute Mann den durchgeknallten Engländer sicher ins Hotel bringt. Und zwar bis aufs Zimmer. Die Zimmernummer und den Namen des Hotels habe ich schon vor Stunden aus dem Freier rausgequetscht. Sicherheitshalber.

Nach einer halben Stunde rufe ich dort an und erzähle dem total verdatterten Rezeptionisten von der Selbstmord-Drohung, der soll mal schön Kontrollgänge machen. Wenn der Engländer ein ausgewachsenes Kokser-Depri-Down hat, kann man nicht wissen, was passiert.

Sabine und Tanja sind weg. Ich schicke Wolfi nach Hause. Dann setze ich mich ins Taxi und fahre durch den fahlen Sonnenschein des Dezembertages in meine kleine Wohnung. Draußen das ganz normale Leben und in meinem Kopf die Stimme von Sabine: Irgendwann ist vielleicht jetzt.

Als sechs Stunden später mein Wecker piepst, weiß ich zuerst gar nicht, wo ich bin. In meinem Kopf kreisen Windeln und Babyflaschen. Ich bin noch dabei, meine Gedanken in die Schubladen »Traum« und »Realität« zu sortieren, als mein Handy vibriert. Es ist Alain.

»Hallo?«, murmele ich.

»Störe ich dich bei der Arbeit? Oder bist du schon zu Hause?«

»Zu Hause«, antworte ich, zu verschlafen, um mir eine Lüge auszudenken.

»Dann schau mal aus dem Fenster.«

Ich schaue raus. »Oh! Es schneit! Meinst du das?«

»Nein.« Er lacht, so warm und ansteckend, wie nur er lachen kann. »Steh mal auf und schau runter auf die Straße!«

Ich tappe folgsam zum Fenster. Auf der Straße hupt ein Taxi. Durchs Telefon hupt es ebenfalls. Auf der Straße öffnet sich die Taxitür. Ein Mann steigt aus. Er hantiert ungeschickt mit seinem Handy, der Autotür und einem riesigen Strauß Rosen, die im Licht der Straßenlaterne dunkelrot zu glühen scheinen. Es dauert ewig, bis ich es kapiere. Ich reiße das Fenster auf. Die gesamte Merkwürdigkeit der letzten Nacht fliegt davon in das leise Schneetreiben, und ich fühle mich ganz leicht vor Glück.

»Alain!«